Mary Shelley

FRANKENSTEIN

Tradução de Miécio Araújo Jorge Honkis

www.lpm.com.br

L&PM POCKET

Coleção **L&PM** POCKET, vol. 54

Texto de acordo com a nova ortografia.
Publicado anteriormente em primeira edição pela L&PM Editores em formato 14 x 21 cm, em 1985.

Primeira edição na Coleção **L&PM** POCKET: 1997
Esta reimpressão: setembro de 2024

Tradução adquirida conforme acordo com Distribuidora Record de Serviços de Imprensa S/A

Tradução: Miécio Araújo Jorge Honkis
Capa: Ivan Pinheiro Machado
Revisão final: L&PM Editores

ISBN 978-85-254-0661-3

S545f Shelley, Mary, 1797- 1851 pseud.
Frankenstein / Mary Wedstonecraft; tradução de Miécio Araújo Jorge Honkis – Porto Alegre: L&PM, 2024.
256 p. ; 18 cm – (Coleção L&PM POCKET ; v. 54)

1. Ficção inglesa-Romances. 2. Wedstonecraft, Mary, 1797-1851. I. Título. II. Série.

CDD 823
CDU 820-3

Catalogação elaborada por Izabel A. Merlo, CRB 10/329.

Rua Comendador Coruja, 326 – Floresta – 90.220-180
Porto Alegre – RS – Brasil / Fone: 51.3225.5777

PEDIDOS & DEPTO. COMERCIAL: vendas@lpm.com.br
FALE CONOSCO: info@lpm.com.br
www.lpm.com.br

Impresso no Brasil
Primavera de 2024

Mary Shelley

(1797-1851)

Mary Shelley nasceu em Londres, filha do filósofo, romancista e jornalista William Godwin e de Mary Wollstonecraft, filósofa feminista, educadora e escritora, que morreu poucos dias após dar à luz. Mary e sua meia-irmã, Fanny Imlay, foram criadas pelo pai, que as educou de forma não convencional para a época. Elas cresceram juntamente com Charles e Claire Clairmont, filhos da segunda esposa do pai. Durante a infância, Mary Shelley era frequentemente encontrada lendo ao lado da tumba da mãe.

Em 1813, Mary, então com dezesseis anos, conheceu o poeta romântico Percy Bysshe Shelley, amigo e seguidor intelectual do seu pai. Ele tinha apenas 22 anos e já era casado. Os dois se apaixonaram e, contrariando o pai de Mary, se casaram, estabelecendo-se na Itália. Em 1816, o casal passou o verão com Lord Byron, John William Polidori e Claire Clairmont, perto de Genebra, na Suíça. Byron teria lançado a ideia de um concurso de histórias de horror, e o resultado mais exitoso foi *Frankenstein.* Porém, a tragédia parecia persegui-los. Apenas um dos quatro filhos, Percy Florence, sobreviveu à primeira infância. E, em 1822, com apenas trinta anos, Percy morreu afogado. Mary viveria mais trinta anos, período no qual escreveu dois romances históricos, *Valperga* (1823) e *Perkin Warbeck* (1830), além dos romances *The Last Man* (1826), *Lodore* (1835) e *Falkner* (1837), e o livro de relatos de viagens *Rambles in Germany and Italy* (1844).

Pedi eu, ó meu criador, que do barro
Me fizesses homem? Pedi para que
Me arrancasses das trevas?
(O PARAÍSO PERDIDO, X, 743-45)

Introdução da autora

Quando os editores da coleção Standard Novels escolheram *Frankenstein* para uma de suas séries, expressaram o desejo de que eu lhes contasse algo sobre a origem da história. Aquiesci prazerosamente, pois isso me dá a oportunidade de responder de um modo geral à pergunta que frequentemente me fazem – como é que eu, então uma jovem, pude pensar e discorrer sobre um assunto tão horrível. É verdade que tenho total aversão de apresentar-me em letra de imprensa, mas, como minha explicação servirá apenas como apêndice para uma produção anterior e ficará restrita a assuntos ligados somente à minha qualidade de autora, dificilmente poderei acusar-me de uma intrusão pessoal.

Não é de estranhar que, como filha de duas personalidades de notável celebridade literária, eu pensasse, ainda no início de minha vida, em escrever. Quando criança, eu rabiscava, e meu passatempo preferido durante as horas de recreio era *escrever histórias*. Eu tinha, porém, um prazer ainda maior que este, ou seja, construção de castelos no ar – permitindo-me sonhar acordada – a que se seguia uma torrente de pensamentos que tinha por objetivo a formação de uma sucessão de incidentes imaginários. Meus sonhos eram ao mesmo tempo mais fantásticos e agradáveis do que meus escritos. Nesses últimos, eu tinha muito de imitadora – fazendo mais o que os outros já tinham feito do que realizando as sugestões de minha própria mente. O que escrevia se destinava pelo menos a mais alguém – o companheiro e amigo de minha infância; meus sonhos, porém, eram só para mim; a ninguém os revelava; eram meu refúgio quando eu estava aborrecida – meus mais caros prazeres quando me achava livre.

Quando menina, vivi principalmente no campo e passei um tempo considerável na Escócia. Ocasionalmente, visitava as regiões mais pitorescas, conquanto minha residência habitual fossem as alvas e lúgubres praias do litoral do Norte do Tay, perto de Dundee. Olhando para o passado eu as chamo de alvas e lúgubres; naquela época, não me pareciam assim. Elas eram a morada da liberdade e a região agradável onde descuidadamente eu me podia comunicar com as criaturas da minha fantasia. Naquela época eu escrevia, embora no mais vulgar dos estilos. Foi debaixo das árvores dos campos pertencentes à nossa casa, ou nas encostas nuas e desoladas das montanhas próximas, que nasceram e floresceram as minhas verdadeiras composições, e os fantásticos voos da minha imaginação. Eu não me fazia heroína de meus contos. No que me dizia respeito, a vida me parecia um lugar-comum. Eu jamais poderia imaginar-me envolvida em aflições românticas ou acontecimentos maravilhosos; contudo, eu não ficava confinada à minha própria identidade, e eu podia povoar aquelas horas com criações para mim muito mais importantes, naquela idade, do que minhas próprias sensações.

Depois disso, minha vida tornou-se mais ocupada, e a realidade substituiu a ficção. No entanto, desde o início, meu marido mostrou-se muito ansioso que eu provasse ser digna de meus pais e me incluísse nas páginas da fama. Ele estava sempre incitando-me a conseguir reputação literária, o que então também me preocupava, embora depois eu me tenha tornado bastante indiferente a isso. Naquela ocasião, ele desejava que eu escrevesse, não com a ideia de que eu fosse capaz de produzir algo de importância, mas para que ele pudesse julgar o que eu seria capaz de realizar no futuro. No entanto, eu nada fiz. As viagens e os cuidados com a família ocupavam todo o meu tempo; e o estudo, no sentido de aperfeiçoar minhas ideias para melhor comunicação com seu cérebro muito mais culto, era tudo o que, em matéria de literatura, prendia minha atenção.

No verão de 1816, nós visitamos a Suíça e tornamo-nos vizinhos de Lord Byron. No início, passávamos nossas horas de lazer no lago ou errando por suas praias; e Lord Byron, que estava escrevendo o terceiro canto do *Childe Harold,* era o único dentre nós que punha suas ideias no papel. Essas, à medida que ele as ia apresentando a nós, envoltas em toda a luz da poesia e da harmonia poéticas, pareciam trazer o selo das glórias divinas do céu e da terra, cujas influências partilhávamos com ele.

Aquele, entretanto, estava sendo um verão muito desagradável, e as chuvas incessantes nos obrigavam a permanecer em casa durante vários dias. Caíram em nossas mãos alguns volumes das histórias de fantasmas, traduzidas do alemão para o francês. Havia a *History of the Inconstant Lover* (História do amante inconstante), que, quando pensava estar abraçando a noiva, a quem jurara eterna fidelidade, achava-se nos braços do pálido fantasma daquela que ele abandonara. Havia o conto do pecaminoso fundador de sua raça cujo infeliz destino era dar o beijo da morte em todos os filhos jovens de sua maldita casa, quando eles atingiam a idade em que se devia cumprir o fado. Sua forma sombria, gigantesca, vestida numa armadura completa, como o fantasma do *Hamlet*, mas com a viseira levantada, era vista à meia-noite aos raios da Lua, avançando lentamente ao longo da triste alameda. A forma se confundia com as sombras das paredes do castelo; mas logo se escancarava um portão, ouviam-se passadas, abria-se a porta de um quarto, e ele avançava para a fileira dos jovens que dormiam placidamente. Uma tristeza infinita se estampava em seu rosto, quando ele se curvava e beijava a fronte dos meninos, que daquele momento em diante murchavam como flores arrancadas de sua haste. Nunca mais vi essas histórias, mas seus incidentes se acham tão frescos em minha mente como se eu as tivesse lido ontem.

"Cada um de nós vai escrever uma história de fantasmas", disse Lord Byron, e sua proposição foi aceita. Éramos quatro. O nobre autor começou a escrever um conto, um trecho do qual ele colocou no fim de seu poema de Mazeppa.

Shelley, mais apto a incorporar as ideias e os sentimentos no esplendor de imagens brilhantes e na música dos mais melodiosos versos que enfeitam nossa língua do que inventar a maquinação de uma história, começou um baseado nas primeiras experiências de sua vida. Pobre Polidori! Ele concebeu qualquer coisa sobre uma mulher que tinha por cabeça uma caveira, e que fora assim castigada por haver espiado através de um buraco de fechadura – esqueci-me para ver o quê: naturalmente algo muito chocante e absurdo; mas depois que ela ficou reduzida a uma condição pior do que a do renomado Tom de Coventry, ele nada achou de melhor para fazer com ela do que despachá-la para a tumba dos Capuletos, único lugar adequado para ela. Os ilustres poetas, também entediados pela chatice da prosa, rapidamente abandonaram sua desagradável tarefa.

Dediquei-me a *pensar em uma história* – uma história que rivalizasse com as que nos tinham incitado a realizar aquele trabalho. Uma história que falasse aos misteriosos medos de nossa natureza e despertasse um espantoso horror – capaz de fazer o leitor olhar em torno amedrontado, capaz de gelar o seu sangue e acelerar os batimentos do seu coração. Se eu não o conseguisse, minha história de fantasmas seria indigna do seu nome. Pensei e ponderei, mas em vão. Senti aquela total incapacidade de invenção que é a maior desgraça dos autores, quando um estúpido nada responde às nossas ansiosas invocações. "Já encontrou a história?", perguntavam-me todas as manhãs, e eu era obrigada a responder com uma mortificante negativa.

Parodiando Sancho Pança, tudo deve ter um início; e esse início deve estar ligado a algo que já existiu antes. Para os hindus o mundo é sustentado por um elefante, mas o elefante se acha apoiado em cima de uma tartaruga. Inventar, deve-se admitir humildemente, não consiste em criar algo do nada, mas sim do caos; em primeiro lugar, deve-se dispor dos materiais; pode-se dar forma à substância negra e informe, mas não se pode fazer aparecer a própria substância. Em tudo o que se refere às descobertas e às invenções, mesmo àquelas que pertencem à imaginação, lembramo-nos continuamente da história do ovo de Colombo. A invenção consiste na capacidade de julgar um objeto e no poder de moldar e arrumar as ideias sugeridas por ele.

Muitas e longas eram as conversas entre Lord Byron e Shelley às quais eu assistia como ouvinte devota, mas silenciosa. Durante uma delas, discutiu-se sobre várias doutrinas filosóficas e, entre outras, sobre a natureza do princípio da vida, e se havia possibilidade de ele ser descoberto e comunicado a algo. Eles falavam das experiências do dr. Darwin (não me refiro ao que o doutor realmente fez ou disse que fez, mas no meu próprio interesse, no que se falava que ele teria feito), que havia guardado um pedacinho de vidro até que, por algum meio extraordinário, ele começou a se mover voluntariamente. Afinal de contas, não era assim que a vida devia ser criada. Talvez se pudesse reanimar um cadáver; as correntes galvânicas tinham dado sinal disso; talvez se pudesse fabricar as partes componentes de uma criatura, juntá-las e animá-las com o calor da vida.

A noite escoou por sobre essa conversa, e até mesmo a hora das bruxarias há muito havia passado, quando nos retiramos para repousar. Coloquei a cabeça sobre o travesseiro, mas não consegui dormir, nem podia dizer que estivesse pensando. Minha imaginação, solta, possuía-me e guiava-me, dotando as sucessivas imagens que se erguiam em minha mente de uma clareza que ia além dos habituais limites do sonho. Eu via – com os olhos fechados, mas com uma penetrante visão mental –, eu via o pálido estudioso das artes profanas ajoelhado junto à coisa que ele tinha reunido. Eu via o horrível espectro de um homem estendido, que, sob a ação de alguma máquina poderosa, mostrava sinais de vida e se agitava com um movimento meio-vivo, desajeitado. Deve ter sido medonho, pois terrivelmente espantoso devia ser qualquer tentativa humana para imitar o estupendo mecanismo do Criador do mundo. O sucesso deveria aterrorizar o artista; ele devia fugir de sua odiosa obra cheio de horror.

Ele esperaria que, entregue a si mesma, a centelha de vida que ele lhe comunicara extinguir-se-ia, que aquela coisa que recebera uma animação tão imperfeita mergulharia na matéria morta, e ele poderia então dormir na crença de que o silêncio do túmulo envolveria para sempre a breve existência do hediondo cadáver que ele olhara como berço de uma vida. Ele dorme; mas é acordado; abre os olhos; avista a horrorosa coisa de pé ao lado de sua cama, afastando as cortinas e contemplando-o com os olhos amarelos, vazios de expressão, mas especulativos.

Horrorizada, eu abri os meus. Aquela ideia tanto se apossou de meu cérebro que um arrepio de medo percorreu meu corpo, e eu desejei substituir a horrenda imagem da minha fantasia pelas realidades que me rodeavam. Ainda as vejo: o próprio quarto, o assoalho negro, as cortinas fechadas, através das quais a luz da lua lutava para entrar, e a sensação de que a superfície vítrea do lago e os cumes dos Alpes brancos de neve estavam longe. Não pude livrar-me facilmente do meu tétrico fantasma; ele ainda me assombrava. Eu devia pensar em outra coisa. Recorri à minha história de fantasmas – à minha cansativa e infeliz história de espectros! Oh! Se eu pudesse ao menos encontrar uma que aterrorizasse o leitor tanto quanto eu ficara aterrada naquela noite!

Foi então que a ideia me empolgou, rápida como a luz. Achei! O que me havia aterrorizado, certamente encheria de horror os outros; e eu tinha apenas de descrever o espectro que assombrara o meu sono da meia-noite. Na manhã seguinte, anunciei que já havia *encontrado uma história*. Comecei a escrevê-la naquele mesmo dia com as palavras: "Era uma sombria noite de novembro", transcrevendo apenas os lúgubres terrores do meu sonho acordada.

No princípio pensei apenas em escrever algumas páginas, um conto curto, porém Shelley incitou-me a estender a ideia. Devo esclarecer que não devo a sugestão de um só incidente nem a menor orientação dos meus pensamentos ao meu marido e, no entanto, não fosse pela sua insistência, o texto jamais teria tomado a forma sob a qual foi apresentado ao mundo. Dessa declaração devo excetuar o prefácio. Tanto quanto me recordo, foi inteiramente escrito por ele.

E agora, uma vez mais, desejo que minha hedionda criação prossiga e prospere. Tenho afeição por ela, pois foi o fruto de dias felizes, quando a morte e a dor não eram senão palavras que não encontravam eco em meu coração. Suas várias páginas falam de muitos passeios, de muitas conversas, quando eu não estava sozinha; e quando meu companheiro era alguém que, neste mundo, eu jamais verei. Mas isso só diz respeito a mim; meus leitores nada têm a ver com essas associações.

Não acrescentarei senão uma palavra quanto às alterações que fiz. Referem-se principalmente ao estilo. Não alterei qualquer parte da história nem introduzi ideias ou situações novas. Corrigi a linguagem onde estava tão seca que seria capaz de interferir no interesse da narrativa; e essas alterações ocorrem quase que exclusivamente no início do primeiro volume. Além do mais, acham-se inteiramente restritas àquelas partes que nada mais são do que adjuntos da história, conservando porém o miolo e a substância intactos.

Mary Shelley, Londres, 15 de outubro de 1831.

Prefácio

O fato em que esta ficção se baseia tem sido considerado, pelo dr. Darwin e alguns dos fisiologistas da Alemanha, como não impossível de acontecer. Não se deve pensar que eu alimente a menor fé em tal imaginação; no entanto, admitindo-a como a base de obra de fantasia, eu não me considerei como apenas tecendo uma série de terrores sobrenaturais. O fato do qual depende o interesse da história está isento das desvantagens de um simples conto de espectros ou encantamento. Foi sugerido pela originalidade das situações que ele desenvolve e, conquanto impossível como um fato físico, proporciona um ponto de vista à imaginação, para o delineamento das paixões humanas, mais compreensivo e imperioso do que podem oferecer quaisquer umas das relações comuns dos acontecimentos reais.

Procurei, assim, preservar os princípios elementares da natureza humana, embora não tenha tido escrúpulos em inovar sobre suas combinações. A *Ilíada*, a poesia trágica da Grécia, Shakespeare na *Tempestade* e no *Sonho de uma noite de verão*, e mais especialmente Milton em *O paraíso perdido* amoldam-se a esta regra; e o mais humilde novelista, que procura dar ou receber diversão de suas obras, pode, sem presunção alguma, aplicar um pouco de liberdade à prosa ficcionista, ou melhor, adaptar-se à regra de cuja adoção tantas requintadas combinações do sentimento humano resultaram nos mais elevados exemplos de poesia.

A situação sobre a qual repousa minha história foi sugerida por uma conversa casual. Começou em parte como fonte de diversão, em parte como um expediente para exercitar recursos inexplorados do cérebro. À medida que a obra prosseguia, outros motivos misturaram-se a esses. Não sou indiferente ao modo por que o leitor é afetado pelas tendências morais existentes nos sentimentos ou caracteres; contudo, minha principal preocupação a este respeito limitou-se a evitar os enervantes efeitos das novelas atuais, e a afabilidade da afeição doméstica, e a excelência da virtude universal. As opiniões que naturalmente brotam do caráter e da situação do herói não devem ser concebidas como sempre existentes em minhas próprias convicções; nem se deve tirar das páginas que se seguem qualquer inferência prejudicial a doutrinas filosóficas de qualquer espécie.

Também é assunto de interesse adicional para a autora que esta história tenha sido começada na majestosa região em que a cena se desenvolve principalmente, e numa roda social da qual sempre se terá saudade. Passei o verão de 1816 nas cercanias de Genebra. O tempo estava frio e chuvoso. À noite reuníamo-nos em volta de uma fogueira e ocasionalmente nos divertíamos com algumas histórias alemãs de fantasmas que caíram em nossas mãos. Esses contos despertavam em nós um desejo de imitação. Dois outros amigos (de um dos quais um simples conto seria muito mais aceito pelo público do que qualquer coisa que eu possa esperar produzir) e eu combinamos escrever, cada um, uma história baseada em algum acontecimento sobrenatural.

De repente, porém, o tempo melhorou; e meus dois amigos deixaram-me numa viagem entre os Alpes e perderam, nos magníficos cenários que eles apresentam, toda a lembrança de suas visões fantásticas. O conto que se segue foi o único que se completou.

Marlow, setembro de 1817.

Carta 1

À sra. Saville, Inglaterra

SÃO PETERSBURGO, 11 DE DEZEMBRO DE 17...

Você gostará de saber que nenhum desastre sucedeu ao iniciar-se um empreendimento que você olhava com tantos maus pressentimentos. Cheguei aqui ontem, e meu primeiro cuidado foi assegurar à minha querida irmã que estou bem de saúde e possuído de uma crescente confiança no sucesso de minha empresa.

Já me encontro muito longe, ao norte de Londres, e andando pelas ruas de São Petersburgo sinto o vento frio do Norte fustigar o meu rosto, o que revigora meus nervos e me enche de prazer. Será que você compreende esta sensação? Esta brisa, que chega das regiões para onde estou caminhando, dá-me o antegozo daqueles climas gelados. Encorajados por este vento promissor, meus sonhos se tornam mais ferventes e vívidos. Tento em vão persuadir-me de que o polo é um local de gelos e desolação; ele sempre se apresenta à minha imaginação como uma região de beleza e delícias. Ali, Margaret, o Sol é sempre visível, com seu amplo disco apenas tocando o horizonte e difundindo um perpétuo esplendor. Ali – com sua permissão, minha irmã, eu dou algum crédito aos navegadores que me precederam –, ali estão banidas a neve e a geada; e, navegando por um mar calmo, podemos ser impelidos para uma terra que ultrapasse em maravilhas e beleza todas as regiões até agora descobertas no mundo habitável. Suas produções e aspectos podem ser únicos, como são sem dúvida os fenômenos dos corpos celestes naquelas solidões desconhecidas. Que não se pode esperar num país de luz eterna? Posso descobrir ali a força maravilhosa que atrai a bússola e posso realizar milhares de observações que nada mais exigem do que esta viagem para que suas aparentes excentricidades se tornem consistentes para sempre. Saciarei minha curiosidade ardente com a visão de uma parte do mundo jamais visitada e posso pisar uma terra que jamais recebeu a impressão de um pé humano. Esses são os meus atrativos e são suficientes para dissipar todo o medo do perigo ou da morte e para me levar a começar essa laboriosa viagem com a alegria que uma criança experimenta quando embarca num bote com seus companheiros, numa expedição para descobrir o rio de sua região natal. Supondo porém que todas essas conjecturas sejam falsas, você não pode contestar o inestimável benefício que eu prestarei a toda a humanidade até a última geração, descobrindo, perto do polo, uma passagem para aqueles países que tantos meses exigem para que sejam alcançados hoje, ou descobrindo o segredo do magnetismo cuja compreensão só será possível através de um empreendimento igual ao meu.

Essas reflexões desvaneceram a agitação com que comecei minha carta, e sinto meu coração brilhar com um entusiasmo que me eleva ao céu, pois nada contribui tanto para tranquilizar a mente como um firme propósito – um ponto sobre o qual a alma pode fixar seu olho intelectual. Esta expedição constituiu o sonho favorito de meus primeiros anos. Tenho lido com ardor os relatos das várias viagens feitas com o objetivo de alcançar o norte do Oceano Pacífico através dos mares que circundam o polo. Você deve lembrar-se de que uma história de todas as viagens realizadas com o objetivo de descobertas compunha toda uma parte da biblioteca de nosso bom tio Thomas. Minha educação foi negligenciada, embora eu amasse profundamente a leitura. Esses volumes foram os meus estudos dia e noite, e minha familiarização com eles aumentou a dor que eu sentia, como criança, por saber que a injunção da morte de meu pai levara meu tio a proibir que eu embarcasse em uma vida de aventuras.

Essas visões se desvaneceram quando eu li com atenção, pela primeira vez, os poetas cujas efusões arrebataram minha alma e a elevaram até o céu. Eu também me tornei poeta e, por um momento, vivi num paraíso de minha própria criação; imaginei que eu também podia conseguir um lugar, um nicho, no templo onde os homens de Homero e Shakespeare são consagrados. Você conhece muito bem o meu fracasso e sabe o quanto me doeu suportar a decepção. Mas, justamente naquela época, herdei a fortuna de meu primo, e meus pensamentos retornaram às minhas primitivas tendências.

Seis anos se passaram desde que eu resolvi lançar-me à minha presente aventura. Mesmo agora, posso recordar a hora a partir da qual me dediquei a este grande empreendimento. Comecei por habituar meu corpo às privações. Acompanhei os pescadores de baleias em várias expedições ao Mar do Norte; voluntariamente suportei o frio, a fome, a sede e a necessidade de dormir; muitas vezes trabalhava mais arduamente do que os marinheiros comuns durante o dia e devotava minhas noites ao estudo da matemática, à teoria da medicina e àqueles ramos das ciências físicas das quais um aventureiro naval pode tirar o maior número de vantagens práticas. Com efeito, por duas vezes empreguei-me como ajudante num baleeiro groenlandês e portei-me com galhardia. Devo admitir que me senti um tanto orgulhoso quando meu capitão me ofereceu o segundo posto no barco e insistiu para que eu ficasse com ele, tão valiosos considerava meus serviços.

E agora, cara Margaret, não mereço realizar algum grande feito? Minha vida transcorreu no ócio e no luxo, mas eu preferia a glória a todos os atrativos que a riqueza colocava em meu caminho. Oh, alguma voz encorajadora devia responder com uma afirmativa! Minha coragem e minha resolução são firmes; minhas esperanças, porém, flutuam, e meu ânimo muitas vezes se deprime. Estou prestes a iniciar uma longa e difícil viagem para cujas conjunturas preciso de toda a minha fortaleza: é preciso que eu não só anime o espírito dos outros, mas algumas vezes alente o meu próprio, quando os deles estiverem falhando.

Esta é a época mais favorável para se viajar na Rússia. Voa-se celeremente por sobre a neve nos trenós; o movimento é agradável e, em minha opinião, muito mais delicioso do que o de uma diligência inglesa. O frio não é excessivo, se estivermos abrigados e envoltos em peles – vestimenta que já adotei, pois há uma grande diferença entre ficar andando e permanecer sentado imóvel durante horas, quando não há exercício que impeça o sangue de congelar nas veias. E eu não tenho a mínima vontade de perder minha vida em algum posto da estrada entre São Petersburgo e Arcângel.

Devo partir para esta última cidade dentro de uma quinzena ou três semanas; e minha intenção é alugar ali um navio, o que se consegue com facilidade desde que se pague o seguro ao proprietário, e contratar, entre os pescadores de baleia, tantos marinheiros quantos eu julgar necessários. Não pretendo velejar até o mês de junho; e quando regressarei? Ah, querida irmã, como posso responder a essa pergunta? Se eu for bem-sucedido, muitos, muitos meses, talvez anos, passarão antes que nos encontremos. Se eu falhar, você me verá muito em breve, ou jamais.

Adeus, minha querida e excelente Margaret. Que os céus a cubram de bênçãos, e me protejam, para que eu possa sempre testemunhar a minha gratidão por todo o seu amor e toda a sua bondade.

Seu afeiçoado irmão,
R. Walton.

Carta 2

À sra. Saville, Inglaterra

ARCÂNGEL, 28 DE MARÇO DE 17...

Como o tempo custa a passar aqui, cercado que estou de gelo e de neve! No entanto, já dei mais um passo no que se refere ao meu empreendimento. Aluguei um navio e acho-me ocupado em recrutar meus marinheiros; aqueles que já recrutei parecem-me homens em quem posso confiar e são certamente possuidores de inegável coragem.

Tenho porém um anseio que ainda não pude satisfazer, e a ausência desse algo faz-me sentir bastante mal. Eu não tenho um amigo, Margaret; quando fico empolgado com o entusiasmo não há alguém para participar da minha alegria; se sou assaltado pela decepção, ninguém tenta amparar-me em meu desânimo. É verdade que eu confiarei meus pensamentos ao papel; mas este é um meio muito pobre para comunicação dos sentimentos. Eu desejo a companhia de um homem que partilhasse comigo, cujos olhos refletissem os meus olhos. Pode ser que você me considere romântico, minha querida irmã, mas sinto amargamente a necessidade de ter um amigo. Não tenho nenhum junto a mim, tranquilo, mas corajoso, com a mente tão capaz e culta quanto a minha, cujos gostos sejam iguais aos meus, para aprovar ou corrigir meus planos. Como um amigo nessas condições compensaria os erros de seu pobre irmão! Eu sou impulsivo demais na execução e impaciente ante as dificuldades. O pior porém para mim é que eu seja um autodidata; pois os primeiros 14 anos de minha vida eu passei como um qualquer e nada li a não ser os livros de viagens do nosso tio Thomas. Naquela época, travei conhecimento com os celebrados poetas de nossa pátria; mas só depois de perder a possibilidade de tirar os mais importantes benefícios dessa situação, foi que eu percebi a necessidade de conhecer outras línguas que não a de minha terra natal. Tenho agora 28 anos e sou mais iletrado do que muitos escolares de 15. É verdade que tenho pensado mais e que meus sonhos são muito mais vastos e magníficos, mas eles precisam (como dizem os pintores) de *harmonia*; e eu sinto uma tremenda necessidade de um amigo que tivesse bastante senso para não me desprezar como romântico, e que me demonstrasse bastante afeição para que eu pudesse regular e harmonizar minha mente.

Bem, essas queixas de nada adiantam; é muito provável que eu não encontre amigo algum na vastidão do oceano, ou mesmo aqui em Arcângel, entre mercadores e marinheiros. No entanto, alguns sentimentos alheios à escória da natureza humana batem até nesses peitos rudes. Meu imediato, por exemplo, é um homem de maravilhosa coragem e iniciativa; anseia loucamente pela glória, ou melhor, para caracterizar melhor minhas palavras, subir na sua profissão. É um inglês e, apesar de todos os preconceitos nacionais e profissionais, não refinado pela cultura, o que faz com que retenha alguns dos mais nobres dons da humanidade. Primeiro conheci-o a bordo de um navio baleeiro; vendo que se achava desempregado nesta cidade, fácil me foi recrutá-lo para ajudar-me em minha empresa.

O mestre é uma pessoa de excelente disposição e notável no navio por sua delicadeza e pela suavidade de sua disciplina. Essa circunstância, acrescida à sua conhecida integridade e arrojada coragem, despertaram em mim o desejo de contratá-lo. Uma juventude passada na solidão, meus melhores anos vividos sob a sua educação feminil e suave refinaram tanto o meu caráter que não posso deixar de experimentar um desgosto intenso ante a brutalidade usualmente empregada a bordo dos navios; nunca achei que ela fosse necessária e, quando eu soube de um marinheiro igualmente notável por sua bondade de coração e do respeito e obediência que a tripulação lhe tributava, senti-me singularmente feliz em poder contratar seus serviços. Ouvi falar dele pela primeira vez de um modo algo romântico, por uma senhora que lhe deve a felicidade de sua vida. Em resumo, é esta sua história: há alguns anos ele se apaixonou por uma jovem russa de relativa fortuna e, tendo ganhado uma considerável soma de dinheiro, o pai da moça consentiu no casamento. Uma vez, antes do casamento ele viu sua amada; ela, porém, estava desfeita em lágrimas e, atirando-se aos seus pés, implorou que a deixasse, confessando ao mesmo tempo que amava outro. Como, porém, esse outro era muito pobre, seu pai jamais consentiria na união. Meu generoso amigo confortou a suplicante e, informando-se do nome do seu apaixonado, imediatamente abandonou o terreno. Ele já havia comprado uma fazenda, onde pretendia passar o resto da vida; transferiu, porém, tudo para o rival, juntamente com o dinheiro que lhe sobrara para comprar suprimentos. Então, ele próprio solicitou ao pai da jovem que aprovasse o casamento dela com o homem a quem amava. No entanto, o velho, julgando-se ligado por laços de honra ao meu amigo, recusou firmemente. Ante a inflexibilidade do pai da moça, meu amigo deixou o país, só voltando depois que soube que sua ex-namorada se tinha casado conforme suas inclinações. "Que nobreza de caráter, a desse homem!", dirá você. E assim é. Mas ele também não tem cultura alguma: é calado como um turco, e uma espécie de descuidada ignorância o cerca, o que, embora torne a sua conduta ainda mais espantosa, lhe tira um pouco do interesse e da simpatia que de outro modo ele imporia.

Contudo, não pense que, porque eu me queixe um pouco ou porque procure arranjar um consolo para fadigas que eu talvez jamais conheça, não pense, digo, que estou abalado em minhas resoluções. Estas se encontram firmes quanto ao destino, e minha viagem está adiada até somente o tempo permitir que eu embarque. O inverno tem sido tremendamente rigoroso, mas a primavera é promissora, e acha-se que chegará logo, o que talvez permita que eu possa velejar mais cedo do que esperava. Nada farei afoitamente; você me conhece o bastante para confiar em minha prudência e o cuidado, onde quer que seja necessário, com a segurança dos outros, sob minha responsabilidade.

Não posso descrever-lhe minhas sensações ao se aproximar o momento de iniciar o meu empreendimento. É impossível fazê-la sentir a sensação entre agradável e temerosa, de que me sinto possuído, enquanto faço os preparativos para minha partida. Eu vou para regiões inexploradas, para a "terra do nevoeiro e da neve", mas não matarei nenhum albatroz; portanto não se preocupe com a minha segurança ou se eu regressar para você gasto e desgraçado como o *Velho Marinheiro*. Você vai achar graça nessa alusão que faço, mas vou revelar-lhe um segredo. Muitas vezes, tenho atribuído minha atração e meu entusiasmo apaixonado pelos perigosos mistérios do oceano à imaginação dos mais imaginativos dos poetas modernos. Há qualquer coisa que atua na minha alma e que eu não compreendo. Eu sou praticamente ativo – laborioso, um operário pronto a executar tudo com perseverança e trabalho –, mas ao mesmo tempo tenho amor pelo maravilhoso, uma crença no maravilhoso, entremeada em todos os meus projetos, e que fazem com que eu me afaste dos caminhos comuns do homem, chegando mesmo a me impelir para o mar selvagem e para as regiões desconhecidas que estou prestes a explorar.

Voltando, porém, a considerações mais queridas, será que a verei de novo, depois de ter atravessado os mares imensos, e de haver retornado pelo cabo mais meridional da África ou da América? Não ouso alcançar tanto sucesso, e no entanto não suporto contemplar o quadro sob outro prisma. Continue escrevendo-me sempre que puder; talvez eu receba suas cartas naqueles momentos em que mais precisarei delas para levantar o meu moral. Amo-a com toda a ternura. Recorde-me com afeto, se nunca mais ouvir falar de mim.

Seu afeiçoado irmão,
Robert Walton.

Carta 3

À sra. Saville, Inglaterra

17 DE JULHO DE 17...

Minha cara irmã:

Escrevo-lhe às pressas para dizer-lhe que vou bem – e bastante adiantado em minha viagem. Esta carta chegará à Inglaterra através de um mercador que já se acha em sua viagem de volta de Arcângel; mais feliz do que eu, que talvez não possa ver minha terra natal durante muitos anos. Estou, contudo, em muito boa disposição; meus homens são arrojados, aparentemente firmes de propósitos, e nem os pedaços de gelo que passam continuamente flutuando por nós, indicando os perigos das regiões para as quais avançamos, parecem desencorajá-los. Já atingimos uma latitude muito alta; estamos porém no auge do verão e, embora não tão quentes quanto na Inglaterra, os ventos do sul, que nos impelem rapidamente para as praias que eu tanto anseio por ver, renovam um certo grau de calor que eu não esperava.

Nada aconteceu até agora que merecesse ser relatado numa carta. Um ou dois furacões e o aparecimento de um rombo são acidentes que os navegadores experimentados mal se lembrariam de registrar, e eu me darei por muito satisfeito se nada pior do que isso nos acontecer durante nossa viagem.

Adieu, minha querida Margaret. Fique certa de que, tanto pela minha segurança quanto pela sua, não procurarei imprudentemente qualquer perigo. Serei calmo, perseverante e prudente.

Porém o sucesso *deverá* coroar meus esforços. E por que não? Assim, eu terei ido longe, traçando um caminho seguro pelos mares sem estradas, sendo as próprias estrelas testemunhas de meu triunfo. Por que não prosseguir sobre o elemento selvagem, em todo caso obediente? Que pode parar um coração determinado e a resoluta vontade de um homem?

Meu orgulhoso coração involuntariamente assim se pronuncia. Mas devo terminar. Que os céus abençoem minha amada irmã!

R.W.

Carta 4

À sra. Saville, Inglaterra

5 DE AGOSTO DE 17...

Aconteceu-nos um acidente tão estranho que não posso deixar de registrá-lo, embora seja muito provável que você me veja antes que esse papel chegue às suas mãos.

Segunda-feira última (31 de julho), ficamos quase que totalmente cercados de gelo, que se fechou por todos os lados do navio, mal deixando um lugar no mar para ele flutuar. Nossa situação ficou um tanto perigosa, devido particularmente ao fato de sermos envolvidos por um nevoeiro muito espesso. Então paramos, aguardando que se processasse alguma alteração na atmosfera e no tempo.

Por volta das duas horas, o nevoeiro dissipou-se e avistamos, estendendo-se em todas as direções, vastas e irregulares planícies de gelo, que pareciam não ter fim. Alguns de meus companheiros resmungaram, e meu próprio cérebro se povoou de pensamentos de ansiedade, quando uma estranha visão atraiu de repente nossa atenção e distraiu nossa preocupação. Percebemos uma carruagem baixa, fixada a um trenó e puxada por cães, que passava na direção do norte à distância de meia milha; uma criatura que tinha a forma de um homem, mas aparentemente de estatura gigantesca, estava sentada no trenó e guiava os cães. Acompanhamos o progresso do viajante com nossas lunetas até que ele se perdeu entre os distantes acidentes do gelo.

Essa aparição excitou tremendamente nossa admiração. Estávamos, segundo acreditávamos, a muitas centenas de milhas de qualquer terra; mas esta visão parecia mostrar que assim não era, que a distância não era tão grande quanto havíamos pensado. No entanto, oculta pelo gelo, não era possível seguir sua pista, que tínhamos observado com a maior atenção.

Cerca de duas horas após esta ocorrência, ouvimos o bramido do mar, e, antes que caísse a noite, o gelo partiu-se e liberou nosso navio. Nós, contudo, ali permanecemos até de manhã, temendo chocar-nos com aquelas massas soltas, enormes, que flutuam depois que o gelo se quebra. Aproveitei esse tempo para repousar algumas horas.

No entanto, de manhã, assim que a luz surgiu, subi para o convés e encontrei todos os marinheiros ocupados, num dos lados do navio, aparentemente falando a alguém que se achava no mar. Era de fato um trenó, como o que tínhamos avistado antes, e que havia derivado em nossa direção, durante a noite, sobre um grande pedaço de gelo. Apenas um cão restava vivo, mas dentro do trenó havia um ser humano que os marinheiros estavam persuadindo a subir para o navio. Não era, como o outro viajante parecia ser, um selvagem, habitante de alguma ilha desconhecida, mas um europeu. Quando apareci no convés, o mestre disse: "Aqui está o nosso capitão, e ele não permitirá que você morra no mar".

Avistando-me, o estrangeiro se dirigiu a mim em inglês, embora com sotaque estranho: "Antes de subir para o seu navio, o senhor quer ter a bondade de me informar para onde estão indo?".

Você bem pode imaginar o meu espanto ao ouvir essa pergunta partida de um homem à beira da morte e para quem eu devia supor que meu navio representasse um recurso que ele não trocaria pela maior riqueza da Terra. Repliquei, no entanto, que nos achávamos realizando uma viagem de exploração na direção do Polo Norte.

Ouvindo isso, ele pareceu satisfeito e consentiu em vir para bordo. Santo Deus! Margaret, se você tivesse visto o homem que assim capitulou pela sua salvação, sua surpresa não teria limites. Seus membros estavam quase congelados, e seu corpo, horrivelmente emaciado pela fadiga e pelas provações. Nunca vi um homem em condição tão deplorável. Tentamos levá-lo para o camarote, mas assim que ele deixou o ar fresco, desmaiou. Então trouxemo-lo de volta ao convés e o reanimamos, esfregando-lhe conhaque e fazendo com que ele bebesse um pouco. Assim que ele mostrou sinais de vida, embrulhamo-lo em cobertores e colocamo-lo perto da chaminé do fogão da cozinha. Pouco a pouco ele se foi reanimando e tomou um pouco de sopa, que o restaurou maravilhosamente.

Assim transcorreram dois dias antes que ele pudesse falar, e muitas vezes temi que seus sofrimentos o houvessem privado da razão. Assim que ele melhorou um pouco, removi-o para meu próprio camarote e prestei-lhe tanta assistência quanto permitiam os meus afazeres. Nunca vi uma criatura mais interessante. Seus olhos geralmente têm uma expressão de selvageria, e até de loucura, mas há momentos, quando alguém lhe faz algo de bom ou lhe presta o mais insignificante serviço, que todo o seu semblante se ilumina, como se fosse tocado por um raio de benevolência e doçura jamais igualado. Quase sempre, porém, ele se mostra melancólico e cheio de desespero. Às vezes rilha os dentes, como se estivesse atormentado pelo peso de grande infortúnio.

Depois que meu hóspede se restabeleceu um pouco, tive muita dificuldade em manter afastados os homens, que lhe desejavam fazer milhares de perguntas. Eu não permitiria, porém, que ele fosse incomodado por frívola curiosidade, encontrando-se como se encontrava, num estado físico e mental cuja recuperação dependia de repouso completo. Uma vez, contudo, o imediato perguntou-lhe por que tinha vindo tão longe sobre o gelo num veículo tão estranho.

Seu semblante imediatamente assumiu um tom de profunda tristeza, e ele respondeu: "Para procurar alguém que fugiu de mim".

"E o homem que você procurava viaja assim também?"

"Sim."

"Então eu acho que nós o vimos, pois no dia anterior ao em que apanhamos você avistamos alguns cães puxando um trenó, com um homem dentro, através do gelo."

Isso despertou a atenção do estrangeiro, e ele fez uma porção de perguntas sobre o caminho que o demônio, assim ele o chamava, havia tomado. Logo depois, quando se achava a sós comigo, ele disse: "Não há dúvida de que eu excitei a sua curiosidade bem como a dessa boa gente, mas todos vocês são muito corteses para fazerem perguntas".

"Claro; seria com efeito muita impertinência e desumanidade importuná-lo com qualquer interrogatório."

"E, no entanto, vocês me salvaram de uma situação estranha e perigosa; vocês foram muito bondosos em me restituírem à vida."

Logo a seguir ele me perguntou se eu achava que, ao se quebrar, o gelo havia destruído o outro trenó. Fiz-lhe sentir que não podia responder com muita certeza, pois o gelo partira-se quase à meia-noite, e o viajante poderia ter alcançado um lugar seguro antes daquela hora. Mas eu nada podia julgar.

A partir deste momento, a decadente figura do estrangeiro foi animada por uma nova chama de vida. Ele manifestou grande impaciência por subir ao convés a fim de procurar o trenó que aparecera antes. Porém eu o convenci a permanecer no camarote, pois ele estava muito fraco para suportar a rudeza das condições atmosféricas. Prometi-lhe que alguém ficaria observando por ele e lhe comunicaria imediatamente, caso qualquer novo objeto aparecesse à vista.

Assim é o meu diário com referência a essa estranha ocorrência até o dia de hoje. O estrangeiro vem melhorando gradualmente, mas permanece muito calado e se mostra constrangido quando qualquer outra pessoa que não eu entra em seu camarote. No entanto, seus modos são tão cordiais e delicados que todos os marinheiros estão interessados nele. De minha parte começo a querê-lo como a um irmão, e sua tristeza constante e profunda me enche de simpatia e compaixão. Ele deve ter sido uma nobre criatura em dias melhores, se agora nesta situação de desgraça se mostra tão atraente e amigável.

Eu disse numa de minhas cartas, querida Margaret, que eu não encontraria um amigo na vastidão do oceano; no entanto encontrei um homem que, antes de seu espírito ser abatido pela desgraça, para minha felicidade, eu poderia ter tido como um irmão cordial.

Continuarei a lançar no meu diário tudo o que se referir ao estranho, aos poucos, se houver novos incidentes dignos de registro.

Minha afeição pelo meu hóspede aumenta a cada dia que passa. Ele leva às raias do espanto, a um só tempo, minha admiração e minha piedade. Como posso ver, sem sentir uma dor pungente, uma criatura tão nobre destruída pela desgraça? Ele é tão gentil, tão sábio; sua mente é muito culta e, quando fala, embora as suas palavras sejam escolhidas com a mais refinada arte, fluem com rapidez e com uma eloquência sem par.

Ele agora se acha muito mais recuperado de sua doença e está constantemente no convés, aparentemente buscando o trenó que precedeu o seu. Embora infeliz, ele não se preocupa apenas com a sua desgraça, mas interessa-se profundamente pelos projetos dos outros. Frequentemente fala sobre a minha empresa, que eu lhe contei sem nada ocultar. Ele considerou com atenção todos os argumentos a favor de meu eventual sucesso e os mínimos detalhes das medidas que eu tomei para consegui-lo. Fui facilmente levado pela simpatia que ele demonstrou a usar a linguagem do meu coração, a manifestar o ardente entusiasmo de minha alma, e a dizer, com todo o fervor de que estava possuído, com que satisfação eu sacrificaria minha fortuna, minha existência, todas as minhas esperanças, para alcançar meu objetivo. A vida ou a morte de um homem eram um preço muito baixo a pagar pelo conhecimento que eu procurava, pelo domínio que eu adquiriria e transmitiria para subjugar os inimigos elementares de nossa raça. À medida que eu falava, uma sombra de tristeza se espalhava pelo rosto do meu ouvinte. De início, percebi que ele tentava reprimir sua emoção: ele ocultou os olhos com as mãos e minha voz tremeu até que fiquei sem fala ao ver que as lágrimas escorriam por entre seus dedos; e de seu peito escapou-se um gemido. Eu parei, e ele por fim falou com a voz entrecortada: "Homem infeliz! Você quer compartilhar a minha loucura? Será que você também bebeu do líquido que embriaga? Escute-me; deixe-me contar-lhe minha história, e você afastará o cálice de seus lábios!" Você bem pode imaginar o quanto essas palavras excitaram minha curiosidade; mas o paroxismo da dor que envolvera o estrangeiro fora superior às suas forças debilitadas, e foram necessárias muitas horas de repouso e conversação calma para que ele se recuperasse. Tendo dominado a violência de seus sentimentos, ele parecia desprezar-se por ser um escravo das paixões; e, subjugando a sombria tirania do desespero, ele me levou novamente a falar de mim mesmo. Pediu-me que lhe contasse a história de meus primeiros anos. A narrativa foi breve, mas despertou várias reflexões. Falei-lhe do meu desejo de encontrar um amigo, da minha sede de maior afinidade com um camarada cuja mente sintonizasse com a minha, e expressei a convicção de que um homem que não tivesse encontrado isso não poderia falar de felicidade, por menor que fosse.

"Concordo com o senhor", replicou o estrangeiro. "Somos criaturas imperfeitas, senão pela metade, e, se uma delas é mais sábia e melhor do que nós, como deve ser um amigo assim, não peça que ele melhore nossa natureza fraca e falha. Uma vez tive um amigo, uma das criaturas mais nobres que já encontrei, estando portanto capacitado para julgar tudo o que diz respeito a amizades. O senhor tem a esperança e o mundo pela frente, e não tem motivos para se desesperar. Porém eu... eu perdi tudo, e não posso recomeçar a vida."

Assim falando, todo o seu ser aparentava uma dor calma e assentada, que me tocava o coração. Porém ele se calou e retirou-se para seu camarote.

Embora abatido conforme ele está, ninguém é mais capaz de sentir profundamente as belezas da natureza. O céu estrelado, o mar, e todas as paisagens oferecidas por estas maravilhosas regiões ainda têm o poder de fazer com que sua alma se desprenda da Terra. Um homem assim tem uma existência dupla: pode sofrer desgraças e ser esmagado pelas decepções, mas, quando se volve para dentro de si mesmo, será como um espírito celestial com um halo à sua volta, dentro do qual nenhuma dor ou loucura serão capazes de se aventurar.

Você ri do entusiasmo com que me refiro a esse divino vagabundo? Você não riria se o visse. Você foi orientada e educada pelos livros e retirada do mundo, e por isso é um tanto exigente; porém isso apenas a torna mais capaz de apreciar os extraordinários méritos deste homem maravilhoso. Tenho tentado às vezes descobrir qual a qualidade que ele possui e que o eleva tão imensamente acima de todas as outras pessoas que já conheci. Acho que é um discernimento intuitivo, poder de julgar rápido, mas que jamais falha, uma penetração nas causas das coisas, incomparáveis em clareza e precisão. Acrescente a isso uma facilidade de expressão e uma voz cujas entonações variadas são uma verdadeira música que embala a alma.

19 DE AGOSTO DE 17...

Ontem o desconhecido me disse: "Capitão Walton, o senhor pode perceber facilmente que tenho sofrido grandes e extraordinárias desgraças. Eu tinha resolvido que a lembrança desses infortúnios morreria comigo, mas o senhor me obrigou a alterar essa decisão. O senhor busca o conhecimento e a sabedoria, conforme eu já fiz uma vez; e ardentemente espero que a satisfação dos seus desejos não venha a ser uma serpente que o pique, como sucedeu comigo. Não sei em que a narração dos meus desastres lhe será útil; no entanto, quando penso que o senhor está seguindo os mesmos caminhos, expondo-se aos mesmos perigos que me tornaram o que sou, acho que o senhor talvez tire algum proveito da minha narrativa, uma conclusão que possa orientá-lo se for bem-sucedido em sua empresa, e consolá-lo, se falhar. Prepare-se para ouvir fatos que comumente são julgados maravilhas. Se nos encontrássemos entre paisagens mais suaves da natureza, eu teria receio de despertar sua descrença e talvez até de parecer ridículo; muitas coisas, porém, que provocariam o riso nos não acostumados aos variados poderes da natureza, parecerão possíveis nestas regiões selvagens e misteriosas; nem eu duvido que minha narrativa reuna em si uma série de evidências internas da verdade dos acontecimentos de que se compõe."

Você bem pode imaginar como fiquei satisfeito com o oferecimento dessa narrativa, e no entanto eu não suportaria vê-lo novamente mergulhado na dor pelo relato de suas infelicidades. Eu estava ansioso por ouvir a prometida história, em parte devido à simples curiosidade, em parte movido por um forte desejo de melhorar sua sorte, se isso estivesse em minhas mãos. Em resposta, fiz com que ele sentisse isso.

"Eu lhe agradeço", replicou ele, "agradeço suas boas intenções, porém de nada adiantam; meu destino está quase cumprido. Não espero senão uma coisa, para depois então repousar em paz. Compreendo seus sentimentos", continuou ele, percebendo que eu ia interrompê-lo, "mas o senhor está enganado, meu amigo, se o senhor me permite chamá-lo assim; nada pode mudar minha sorte; ouça a minha história e verá que ela está irrevogavelmente determinada pelo destino."

Depois ele disse que começaria sua narrativa no dia seguinte, quando eu estivesse desocupado. Esta promessa arrancou-me os mais calorosos agradecimentos. Resolvi registrar durante a noite, quando não estou ocupado com minhas obrigações, tudo o que ele me contasse durante o dia, conservando ao máximo suas próprias palavras. Se eu tiver muito o que fazer, escreverei pelo menos algumas notas. Este manuscrito vai, sem dúvida, causar-lhe muito prazer; mas, para mim – que conheço o homem e cuja narrativa ouvi de seus próprios lábios –, que interesse e simpatia não despertarão quando eu o ler no futuro! Mesmo agora ao começar minha tarefa, sua voz cheia ecoa em meus ouvidos; seus olhos brilhantes me envolvem com melancólica suavidade; vejo sua mão fina agitar-se animada, enquanto suas feições irradiam, transparecendo a alma que ele encerra. Estranha e angustiante deve ser sua história, terrível a tempestade que envolveu o seu navio heroico e o fez soçobrar – assim!

Capítulo 1

De ascendência eu sou genebrino, e minha família é uma das mais notáveis daquela república. Durante muitos anos, meus ancestrais foram conselheiros e síndicos, e meu pai desempenhou várias funções públicas que o honraram e lhe deram uma boa reputação. Ele era respeitado por todos que conheciam a sua integridade e a infatigável atenção que dedicava à coisa pública. Ele passou os dias de sua juventude sempre ocupado com os negócios de sua terra. Uma série de circunstâncias impediu que ele se casasse cedo, só se tornando marido e pai de família quando já se aproximava do declínio de sua vida.

Já que as condições de seu casamento bem ilustram o seu caráter, não posso deixar de referi-las aqui. Um de seus amigos mais íntimos era um comerciante que, depois de desfrutar de uma situação muito boa, devido a uma porção de reveses, ficou reduzido à extrema pobreza. Este homem, que se chamava Beaufort, possuidor de um temperamento orgulhoso e inflexível, não suportou viver pobre e esquecido na mesma região em que anteriormente se notabilizara por sua posição e riqueza. Assim, tendo pagado suas dívidas da maneira mais honrosa, retirou-se com sua filha para a cidade de Lucerna, onde viveu ignorado e abatido. Meu pai dedicava uma amizade muito sólida a Beaufort, e sentiu grandemente sua retirada nessa situação tão infeliz. Amargamente deplorou o falso orgulho que levou seu amigo a se conduzir de maneira tão pouco digna da afeição que então os unia. E não perdeu tempo em procurá-lo, com a esperança de persuadi-lo a reiniciar a vida através de seu crédito e da sua assistência.

Beaufort tinha tomado todas as precauções para se ocultar, e só depois de dez meses foi que meu pai descobriu seu paradeiro. Radiante com essa descoberta, ele se apressou em dirigir-se para a casa, que estava situada numa rua sem importância perto de Reuss. Porém, quando ele entrou, foi recebido apenas pela miséria e pelo desespero. Beaufort salvara muito pouco dinheiro do naufrágio de seus bens, que só foi suficiente para mantê-lo durante alguns meses, enquanto esperava obter um emprego respeitável na casa de um comerciante. Consequentemente, o intervalo foi passado na inação; sua dor apenas se tornou mais profunda e exasperante quando ele refletia sobre sua vida e, por fim, tanto se apossou de sua mente que no fim de três meses ele tinha caído doente, de cama, incapaz de qualquer esforço.

Sua filha o assistia com a maior dedicação, enquanto via com desespero que suas pequenas economias estavam diminuindo rapidamente sem qualquer perspectiva de apoio. Mas Caroline Beaufort possuía uma vontade incomum, e sua coragem levou-a a suportar toda a adversidade. Procurou uma ocupação modesta; tecia objetos de palha e de vários modos ganhava uma insignificância que mal dava para sustentar a vida.

Assim, transcorreram vários meses. Seu pai piorava; ela passava a maior parte do tempo dando assistência a ele; seus meios de subsistência reduziram-se. No décimo mês, seu pai morreu em seus braços, deixando-a órfã e na miséria. Este último golpe a arrasou. Quando meu pai entrou no quarto, ela estava ajoelhada ao lado do caixão de Beaufort, chorando amargamente. Para a pobre moça ele surgiu como um espírito protetor, que se encarregou de cuidar dela. Depois dos funerais do pai, ele a conduziu para Genebra onde a colocou sob a proteção de um parente. Dois anos mais tarde, Caroline tornou-se sua esposa.

Havia uma considerável diferença de idade entre meus pais, mas essa situação parecia apenas reforçar ainda mais os laços da grande afeição que os unia. O cérebro superior de meu pai possuía um sentido de justiça que o obrigava a amar fortemente. Talvez em anos anteriores ele houvesse sofrido a experiência de amar alguém que não merecia e estivesse disposto a considerar sua nova tentativa mais digna. Na amizade que meu pai dedicava à minha mãe havia muito de gratidão e adoração, diferindo totalmente do amor senil próprio da sua idade, pois era inspirado pela reverência devida às virtudes dela e pelo desejo de, até certo ponto, recompensá-la das tristezas por que ela passara, mas que conferiam uma graça impossível de descrever às suas maneiras para com ela. Tudo era feito para atender aos desejos e conveniências dela. Ele se esforçava por protegê-la, como uma planta exótica e protegida pelo jardineiro, contra todas as adversidades e cercá-la de tudo o que pudesse despertar emoções agradáveis em sua mente suave e benévola. Sua saúde e até mesmo a tranquilidade de seu espírito, até então resoluto, tinham sido abaladas pelo que ela acabara de passar. Durante os dois anos que transcorreram antes do seu casamento, meu pai renunciara gradativamente a todas as suas funções públicas e, depois de sua união, pensou no agradável clima da Itália, na mudança de ambiente e no interesse despertado por uma viagem através daquela terra de maravilhas, como um elemento restaurador das forças de minha mãe.

Da Itália eles visitaram a Alemanha e a França. Eu, seu filho mais velho, nasci em Nápoles e ainda criança acompanhei-os em suas peregrinações. Durante vários anos fui o único filho. Unidos conforme eram um ao outro, eles pareciam extrair inexauríveis quantidades de afeição de uma verdadeira mina de amor para lançar sobre mim. Minhas primeiras lembranças são as ternas caricias de minha mãe e o sorriso de benevolente prazer de meu pai. Eu era o brinquedo e o ídolo deles, e às vezes mais – seu filho, a inocente e indefesa criatura dada a eles pelo céu, que lhes competia educar para o bem, cujo futuro de felicidade ou desgraça estava em suas mãos, conforme eles cumprissem seus deveres para comigo. Com a profunda consciência do que deviam ao ser a quem tinham dado a vida, acrescentada ao ativo espírito de ternura que animava a ambos, pode-se imaginar que em todas as horas de minha vida de criança eu recebi uma lição de paciência, de caridade, de autocontrole, e que fui guiado por um cordel de seda que fazia com que tudo me parecesse uma sequência de prazeres.

Por muito tempo eles se preocuparam apenas comigo. Minha mãe tinha muita vontade de ter uma filha, mas eu continuei a ser o único rebento da família. Quando eu tinha mais ou menos cinco anos, durante uma excursão além da fronteira da Itália, eles passaram uma semana nas margens do Lago de Como.* A boa formação de meus pais fazia com que eles entrassem frequentemente nas cabanas da gente pobre. Para minha mãe isso representava mais do que um dever; era uma necessidade, um impulso – lembrando-se do muito que havia sofrido e de que modo fora amparada – para que ela se fizesse, por seu turno, de anjo da guarda para os aflitos. Durante um de seus passeios, uma pobre cabana nas dobras de um vale atraiu sua atenção por seu aspecto singularmente desolador ao mesmo tempo em que várias crianças seminuas denotavam a pobreza na sua pior forma. Um dia em que meu pai tinha ido sozinho a Milão, minha mãe levou-me em sua companhia para visitar aquela habitação. Ela encontrou um camponês e a sua mulher abatidos pelo trabalho penoso e pelas preocupações distribuindo uma escassa refeição a cinco crianças famintas. Entre elas houve uma que despertou, mais que todas, a atenção de minha mãe. Parecia de uma origem diferente. As outras quatro tinham olhos escuros e pareciam pequenos vagabundos; esta era esguia e muito bela. Seu cabelo era vívido e brilhante como o ouro e, a despeito da pobreza de suas roupas, parecia ostentar uma coroa de distinção sobre a cabeça. Sua fronte era larga, seus olhos azuis sem uma névoa, os lábios e o contorno do seu rosto exprimiam tanta sensibilidade e doçura que ninguém podia contemplá-la sem ver nela uma origem distinta, um ser enviado pelo céu, com a marca celestial em todas as suas feições.

* Na época em que o livro foi escrito, o Lago de Como, hoje em território italiano, integrava a região da Áustria. (N.T.)

A camponesa, percebendo que minha mãe olhava para essa adorável menina cheia de espanto e admiração, imediatamente contou sua história. Não era sua filha, mas sim de um nobre de Milão. A mãe era alemã e morrera ao dar a luz à menina. A criança tinha sido entregue aos cuidados dessa boa gente que, então, estava numa situação bem melhor. O pai era daqueles italianos criados na memória da antiga glória da Itália – um entre os *schiavi ognor frementi* (escravos frementes de honra), que se esforçava por obter a liberdade de sua pátria. Ele se tornou vítima de sua fraqueza. Ninguém sabia se havia morrido ou se ainda estava apodrecendo nos calabouços da Áustria. Seus bens foram confiscados; sua filha ficou órfã e na miséria. Ela continuou a viver com seus pais adotivos e floresceu na sua rude habitação, mais bela do que uma rosa entre sarças negras.

Quando meu pai voltou de Milão, encontrou-me na entrada de nossa vila, brincando com uma criança mais linda do que um anjo de gravura – uma criatura que parecia falar com os olhos, e cuja forma e movimentos eram mais leves do que os da camurça dos montes. Aquela aparição foi logo explicada. Com permissão dele, minha mãe convenceu os rústicos guardiães da menina a que a entregassem aos seus cuidados. Eles gostavam muito da meiga órfã. Ela lhes parecera uma verdadeira bênção, mas não seria direito mantê-la na pobreza e na necessidade quando a Providência lhe proporcionava uma proteção tão poderosa. Eles consultaram o pároco da aldeia, e o resultado foi que Elizabeth Lavenza – mais que uma irmã, a linda e adorada companheira de todas as minhas ocupações e diversões – passou a morar na casa de meus pais.

Todo mundo amava Elizabeth. A apaixonada e quase reverente dedicação que todos lhe tributavam tornou-se para mim, enquanto eu partilhei dela, motivo de orgulho e de prazer. Uma noite, antes de ela ser trazida para minha casa, minha mãe me disse alegremente: "Tenho um belo presente para o meu Victor – amanhã ele o receberá." E quando, na manhã, ela me apresentou Elizabeth como o presente prometido, eu com toda a seriedade infantil tomei suas palavras ao pé da letra, e olhei para Elizabeth como se ela fosse minha – minha para proteger, amar e tratar com carinho. Todos os elogios dirigidos a ela eu os tomava como feitos a algo que me pertencia. Nós nos tratávamos familiarmente por primos. Nenhuma palavra, nenhuma expressão poderiam incorporar melhor o tipo de parentesco que ela representava para mim – mais do que irmã, já que até a morte ela deveria ser apenas minha.

Capítulo 2

Nós fomos criados juntos; entre nossas idades não chegava a haver um ano de diferença. Desnecessário dizer que não conhecíamos qualquer tipo de desunião ou de brigas. A harmonia era a alma de nossa amizade, e a diversidade e o contraste existentes em nossas índoles ainda mais nos aproximavam. Elizabeth era de temperamento mais calmo e mais concentrado; eu porém, com todo o meu ardor, era capaz de aplicar-me mais intensamente e era mais profundamente afligido pela sede de saber. Ela se preocupava em seguir as criações quiméricas dos poetas; e nas majestosas e maravilhosas paisagens que cercavam nosso lar suíço – as sublimes formas das montanhas, as mudanças das estações, as tempestades e a bonança, o silêncio do inverno, a vida e a turbulência de nossos verões alpinos – ela encontrava um amplo campo de admiração e prazer. Enquanto minha companheira contemplava com o espírito sério e satisfeito as magnificentes aparências das coisas, eu me deliciava com investigar as suas causas. O mundo, para mim, era um segredo que eu desejava descobrir. A curiosidade, uma ardente pesquisa para descobrir as leis ocultas da natureza, um contentamento que tocava o êxtase, à medida que elas se iam revelando a mim, acham-se entre as primeiras sensações de que tenho lembrança.

Quando nasceu o segundo filho, sete anos mais moço do que eu, meus pais abandonaram complemente sua vida errante e fixaram-se em sua terra natal. Nós possuíamos uma casa em Genebra, e uma casa de campo em Belrive, na praia oriental do lago, a pouco mais de uma légua de distância da cidade. Residíamos principalmente nesta última, e a vida de meus pais transcorria em considerável isolamento. Por meu temperamento, eu evitava as multidões, e me ligava com fervor a umas poucas pessoas. Era, portanto, em geral, indiferente aos meus colegas; unia-me, porém pelos laços da mais estreita amizade a um deles. Henry Clerval era filho de um comerciante de Genebra. Era um rapaz de singular talento e muita imaginação. Era empreendedor, gostava de tarefas difíceis e até mesmo do perigo. Era muito lido em histórias românticas e de cavalaria. Compunha canções heroicas e iniciou muitos contos de bruxaria e de aventuras de cavalaria. Procurava fazer-nos representar peças, em que os personagens eram extraídos dos heróis de Roncesvalles, da Távola Redonda do Rei Arthur, e do grupo de cavaleiros que derramaram seu sangue para salvar o santo sepulcro das mãos dos infiéis.

Nenhum ser humano poderia ter passado uma infância mais feliz do que eu. Meus pais estavam possuídos do verdadeiro espírito da bondade e da indulgência. Sentíamos que eles não eram os tiranos que dirigiam nossa vida a seu bel-capricho, mas os agentes e criadores de todos os muitos prazeres que desfrutávamos. Quando eu entrava em contato com as outras famílias, podia perceber muito bem quão singularmente feliz era a minha, e a gratidão que eu experimentava reforçava o meu amor filial.

Meu temperamento era às vezes violento, e violentas as minhas paixões, mas, por alguma lei que controlava o meu eu, elas não se orientavam no sentido de objetivos infantis, e sim no de um impaciente desejo de aprender determinadas coisas, mas não de aprender tudo indiscriminadamente. Confesso que nem as línguas, nem os códigos dos governos, nem a política dos vários Estados exerciam qualquer atração sobre mim. O que eu desejava aprender eram os segredos do céu e da terra embora eu me ocupasse da substância das coisas ou do espírito da natureza e da misteriosa alma do homem, minhas pesquisas se dirigiam também para a metafísica ou, no seu mais alto sentido, para os segredos físicos do mundo.

Enquanto isso, por assim dizer, Clerval se preocupava com as relações morais das coisas. O agitado palco da vida, as virtudes dos heróis e as ações dos homens eram o seu tema; e seus sonhos e suas esperanças – tornar-se um daqueles cujos nomes estão registrados na História como os heroicos e venturosos benfeitores de nossa espécie. Em nosso lar pacífico a santa alma de Elizabeth brilhava como uma lâmpada votiva de um relicário. Sua simpatia era nossa; seu sorriso, sua voz macia, a doçura de seus olhos celestiais estavam sempre ali, abençoando-nos e animando-nos. Ela era o espírito vivo do amor que suaviza e atrai; eu podia ter-me tornado taciturno devido aos meus estudos, rude pelo ardor da minha natureza, mas ali estava ela para transmitir-me um pouco de sua própria meiguice. E Clerval? Poderia algum mal abrigar-se em seu nobre espírito? No entanto ele poderia não ter sido tão perfeitamente humano, tão ponderado em sua generosidade, tão cheio de bondade e ternura no meio de sua paixão pelas aventuras, não lhe tivesse ela revelado o encanto de prestar benefícios e fazer o bem como objetivo final de sua ambição devoradora.

Encontro um delicado prazer em relembrar os fatos da minha infância, antes que a desgraça houvesse contaminado minha mente e transformado suas brilhantes visões de extensa utilidade em reflexões sombrias e limitadas ao seu próprio eu. Além disso, ao descrever o retrato dos meus primeiros dias, recordo também os acontecimentos que conduziram, insensivelmente, à minha posterior história de desgraça, pois, quando me dou conta daquela paixão que depois regeu o meu destino, sinto-a nascer, como um rio de montanha, de uma fonte insignificante e quase esquecida, avolumando-se, à medida que prosseguia seu curso, para se transformar na torrente que varreu toda a minha esperança e alegria.

As ciências naturais foram o gênio que regulou o meu destino; desejo, portanto, nesta narrativa, mencionar os fatos que despertaram minha predileção por aquelas ciências. Quando eu tinha 13 anos, fomos todos, numa excursão alegre, aos banhos perto de Thonon; a inclemência do tempo obrigou-nos a passar um dia confinados na hospedaria.

Nessa casa, eu encontrei por acaso um volume das obras de Cornelius Agrippa. Abri-o displicentemente; a teoria que ele tenta demonstrar e os maravilhosos fatos que ele relata logo transformaram esse sentimento em entusiasmo. Parecia que uma nova luz surgia em meu cérebro e, vibrando de alegria, comuniquei minha descoberta a meu pai. Ele olhou descuidadamente para a capa do meu livro e disse:

– Ah! Cornelius Agrippa! Meu caro Victor, não perca seu tempo com isso. É uma bobagem.

Se, em vez dessa observação, meu pai tivesse se dado ao trabalho de explicar que os princípios de Agrippa estavam completamente ultrapassados e que fora introduzido um moderno sistema científico que possuía muito mais força do que o antigo, pois esse se baseava em fantasias ao passo que os mais recentes eram verdadeiros e práticos, eu teria certamente deixado de lado Agrippa e me contentaria com minha imaginação, aquecida conforme estava, retornando com mais ardor aos meus estudos anteriores. É mesmo possível que o curso de minhas ideias jamais tivesse recebido o impulso fatal que me levou à ruína. Mas o breve olhar que meu pai lançou ao livro fez-me sentir que ele conhecia o seu conteúdo, e eu continuei a lê-lo com a maior avidez.

Quando voltei para casa, meu primeiro cuidado foi procurar toda a obra daquele autor e, depois, as de Paracelso e Albertus Magnus. Li e estudei deliciado as estranhas fantasias desses autores; elas me pareciam tesouros que somente alguns poucos ao meu lado conheciam. Já me descrevi como sempre imbuído de um fervoroso desejo de penetrar os segredos da natureza. A despeito do intenso trabalho e das descobertas maravilhosas dos sábios modernos, eu sempre saía de meus estudos descontente e insatisfeito. Diz-se que Isaac Newton se sentiu como uma criança catando conchas junto ao grande e inexplorado oceano da verdade. Seus sucessores em cada ramo da filosofia natural, com os quais travei conhecimento, pareceram às minhas concepções de garoto como principiantes devotados ao mesmo objetivo.

O camponês ignorante contemplava os elementos a sua volta e conhecia seus usos práticos. O sábio mais culto conhecia pouco mais. Ele desvendara parcialmente a face da natureza, porém suas implicações imortais lhe deram ainda uma maravilha e um mistério. Ele podia dissecar, analisar, e dar nomes; mas não podia falar de uma causa final, desconhecendo totalmente as causas secundárias e terciárias. Eu havia lançado um olhar sobre as fortificações e os obstáculos que pareciam impedir os seres humanos de entrar na cidadela da natureza, e temerária e ignorantemente eu me havia preocupado.

Mas aí estavam os livros e os homens que haviam penetrado mais fundo e sabiam mais. Eu acreditei em tudo o que me diziam e tornei-me seu discípulo. Pode parecer estranho que isso acontecesse no século XVIII, mas, embora eu acompanhasse o sistema de educação nas escolas de Genebra, era, em alto grau, um autodidata quando o assunto dizia respeito aos meus estudos favoritos. Meu pai não era um cientista, e eu fui deixado entregue à luta com a cegueira da infância, acrescida da sede de saber de um estudante. Sob a orientação de meus novos mestres, entreguei-me com a maior aplicação à busca da pedra filosofal e do elixir da vida; este último logo monopolizou totalmente minha atenção. A saúde era um assunto vulgar, mas que glória não envolveria a descoberta se eu pudesse banir para sempre a doença do ser humano e tornasse o homem imune a tudo o que não fosse a morte violenta!

Nem eram essas as minhas únicas visões. A evocação de fantasmas ou demônios era uma promessa liberalmente feita pelos meus autores favoritos, coisa que eu, com a maior impaciência, desejava realizar. E se minhas encantações jamais tinham êxito, eu atribuía o meu fracasso mais à minha inexperiência e aos meus erros do que à falta de habilidade ou fidelidade nos meus instrutores. Assim, durante algum tempo, ocupei-me com os sistemas obsoletos, misturando, como um incompetente, milhares de teorias contraditórias e errando destemperadamente num verdadeiro atoleiro de multifário conhecimento, guiado por uma ardente imaginação e um raciocínio infantil, até que, de novo, um acidente alterou o curso de minhas ideias.

Eu estava mais ou menos com 15 anos e havíamos passado para nossa casa perto de Belrive, quando assistimos à mais terrível e violenta das tempestades. Ela veio de trás das montanhas do Jura, e por todos os cantos do céu o trovão reboava com espantosa intensidade. Durante todo o tempo que durou a tempestade, eu fiquei observando o seu progresso com curiosidade e deleite. De pé na porta, vi de repente uma língua de fogo sair de um velho carvalho que ficava a cerca de vinte metros de nossa casa. Tão logo a luz ofuscante sumiu, o velho carvalho tinha desaparecido, nada mais restando dele senão um cepo crestado. Quando o visitamos na manhã seguinte, encontramos a árvore despedaçada de maneira singular. Ela não fora esfacelada pelo choque, mas reduzida a finos cordões de madeira. Jamais vira uma coisa tão completamente destruída.

Eu já travara conhecimento com as leis mais evidentes da eletricidade. Nesta ocasião, achava-se conosco um homem, grande pesquisador das ciências naturais, que, excitado por este acidente, se pôs a explicar uma teoria que elaborara sobre a eletricidade e o galvanismo, ao mesmo tempo nova e espantosa para mim. Tudo o que ele disse reduzia à expressão mais simples Cornelius Agrippa, Albertus Magnus e Paracelso, os senhores da minha imaginação. Por alguma fatalidade, a derrubada desses homens acabou com as minhas tendências para continuar meus estudos habituais. Era como se jamais pudéssemos descobrir qualquer coisa. Tudo aquilo, que durante tanto tempo havia prendido minha atenção, se tornou desprezível. Por um desses caprichos da mente, a que somos talvez mais sujeitos nos ingênuos anos da nossa juventude, abandonei minhas preocupações anteriores, desprezei a História Natural e tudo o que dela provinha, como se fosse uma criação abortada, e dediquei o maior desprezo a uma suposta ciência que jamais podia transpor o limiar do verdadeiro conhecimento. Com esta disposição de espírito, entreguei-me às matemáticas e todos os seus ramos de estudo como pertencentes a uma ciência que se apoiava em alicerces firmes, e portanto digna de minha consideração.

Assim são estranhamente construídos os nossos espíritos, e por esses laços tão frágeis somos ligados à prosperidade ou à ruína. Quando olho para trás, é como se esta quase milagrosa mudança de tendências e da vontade fosse a imediata sugestão do anjo da guarda de minha vida – o último esforço feito pelo espírito de conservação para afastar a tempestade que pendia das estrelas e estava pronta para me envolver. Sua vitória foi anunciada por uma incomum tranquilidade e alegria de espírito que se seguiram ao abandono de meus antigos e, ultimamente, atormentadores estudos. Foi assim que eu aprendi a associar o mal à sua continuação e a felicidade à sua interrupção.

Foi um grande esforço do espírito do bem, porém inútil. O destino era muito poderoso, e suas leis imutáveis haviam decretado minha destruição completa e terrível.

Capítulo 3

Quando completei 17 anos, meus pais resolveram que eu devia ingressar na universidade de Ingolstadt. Até então eu frequentara as escolas de Genebra, mas meu pai achava que, para concluir minha educação, era necessário que eu me familiarizasse com outros hábitos e costumes que não os de minha terra natal. Minha partida foi marcada para daí a pouco tempo, mas antes de aquele dia chegar, ocorreu o primeiro infortúnio de minha vida – como se fosse um presságio de minha futura desgraça. Elizabeth tinha contraído febre escarlatina; sua doença era grave, e ela ficou muito mal. Durante sua enfermidade, foram necessários muitos argumentos para impedir minha mãe de assisti-la. De início, ela cedera aos nossos rogos, mas, quando soube que a vida de sua favorita corria perigo, não pôde mais controlar sua ansiedade. Correu para a cama da enferma e prestou-lhe toda a assistência; sua dedicada atenção triunfou sobre a malignidade da doença – Elizabeth salvou-se, mas as consequências dessa imprudência foram fatais para a sua salvadora. No terceiro dia, minha mãe adoeceu; sua febre acompanhou-se dos sintomas mais alarmantes, e os olhares de seus médicos prognosticavam o pior. No seu leito de morte, a fortaleza e bondade dessa mulher excepcional não a abandonaram. Ela juntou minhas mãos às de Elizabeth:

– Meus filhos – falou ela –, minhas maiores esperanças de uma futura felicidade residiam na perspectiva de sua união. Essa esperança será agora o consolo de seu pai. Elizabeth, meu amor, você deve tomar o meu lugar junto aos meus filhos mais moços. Oh! Como eu lamento ter de deixá-los. Feliz e amada como tenho sido, é muito difícil. Mas não devo pensar nisso. Procurarei resignar-me com a morte e permitir-me a esperança de encontrá-los num outro mundo.

Ela morreu calmamente, e mesmo na morte seu semblante irradiava amor. Não preciso descrever os sentimentos daqueles cujos laços mais caros são rompidos pelo mais irreparável dos males, o vazio que isso representa para o espírito, o desespero das expressões. A mente custa tanto a se convencer de que aquela que víamos todos os dias e cuja própria existência parecia fazer parte da nossa partiu para sempre – que o brilho de um olhar amado se possa ter extinguido e que o som de uma voz tão familiar possa ser silenciado, para nunca mais ser ouvido. Essas são reflexões dos primeiros dias. Mas quando, com o correr do tempo, tudo isso se mostra real, é que começa a verdadeira amargura da dor. No entanto, quem não sofreu o afastamento de um ente querido por essa rude mão? E por que devo eu descrever uma tristeza que todos sentiram, e devem sentir? E chega um tempo em que a dor é mais uma indulgência do que uma necessidade; e em que o sorriso que paira sobre os lábios, embora possa ser considerado um sacrilégio, não é banido. Minha mãe estava morta, mas ainda tínhamos deveres a cumprir; nós precisávamos continuar a caminhada com os outros e aprender a nos considerar felizes por não termos sido abatidos pela ceifadora.

Minha partida para Ingolstadt, que havia sido suspensa por esses acontecimentos, foi novamente marcada. Consegui de me pai um adiamento de algumas semanas. Parecia-me um sacrilégio abandonar logo o repouso, próprio da morte, daquela casa de luto e correr para a agitação da vida. A tristeza era coisa nova para mim, mas nem por isso menos alarmante. Não queria afastar-me daqueles que me restavam e, sobretudo, desejava ver minha doce Elizabeth relativamente consolada.

Ela, com efeito, ocultava sua dor e lutava para nos confortar a todos. Encarava com firmeza a vida e assumiu seus deveres com coragem e zelo. Devotava-se àqueles a quem tinha aprendido chamar de tio e primos. Jamais ela foi tão encantadora quanto naquela ocasião, quando nos inundava com seus sorrisos contagiantes. Ela esquecia sua própria dor, na tentativa de nos fazer esquecer a nossa.

Finalmente, chegou o dia da minha partida. Clerval passou a última noite conosco. Ele tentara persuadir seu pai a permitir que me acompanhasse à universidade, onde seria meu colega, mas tudo fora em vão. Seu pai era um comerciante de pouca visão para quem a aspiração e a ambição de seu filho representavam apenas ociosidade e ruína. Henry sentia profundamente a infelicidade de não poder seguir uma educação liberal. Ele pouco dizia, mas quando falava eu lia em seus olhos inflamados e no seu olhar animado uma decisão reprimida, porém firme, de não se deixar prender aos detalhes insignificantes do comércio.

Nós nos reunimos tarde. Não podíamos nos afastar uns dos outros nem decidir a dizer "adeus!". Por fim nos despedimos, e nos retiramos sob o pretexto de repousar, cada qual pensando que havia enganado o outro, mas quando, na manhã seguinte, eu desci para tomar a carruagem que me levaria, todos ali estavam: meu pai para me abençoar de novo, Clerval para apertar mais uma vez minhas mãos, minha Elizabeth para renovar seus pedidos a fim de que escrevesse com frequência e para dedicar uma última atenção feminina ao seu amigo e companheiro de brinquedos.

Atirei-me no assento que me ia levar embora e permiti-me as mais melancólicas reflexões. Eu, que sempre me vira cercado de amáveis companheiros, continuamente preocupados em satisfazerem-se mutuamente, me achava agora sozinho. Na universidade, para onde eu me dirigia, devia formar minhas próprias amizades e ser meu próprio protetor. Até então minha vida fora notavelmente isolada e doméstica, e isso me conferira uma invencível repugnância por novas caras. Eu amava meus irmãos, Elizabeth e Clerval; eram as *velhas caras familiares*, mas eu me considerava totalmente inadequado para a companhia de estranhos. Eram esses meus pensamentos quando iniciei minha jornada, mas, à medida que prosseguíamos, meu espírito se animava e minhas esperanças renasciam. Eu ansiava por adquirir saber. Muitas vezes, quando eu estava em casa, tinha achado difícil permanecer preso a um só lugar e desejara entrar no mundo para tomar posição entre os outros seres humanos. Agora que meus desejos se tinham realizado, seria na verdade loucura que eu me arrependesse.

Durante minha viagem para Ingolstadt, que era longa e fatigante, eu tinha tempo de sobra para pensar nisso e noutras coisas. Por fim, o alto campanário branco da cidade surgiu aos meus olhos. Eu desci e fui conduzido ao meu apartamento solitário para passar a noite conforme eu quisesse.

Na manhã seguinte entreguei minhas cartas de apresentação e fiz algumas visitas a alguns dos principais professores. O acaso – ou melhor, a demoníaca influência do Anjo da Destruição que me dominou desde o instante em que, relutantemente, eu me afastei dos degraus da porta da casa de meu pai – guiou-me primeiro para o professor Krempe, de História Natural. Era um homem misterioso, profundamente imbuído nos segredos de sua ciência. Fez-me várias perguntas referentes ao meu progresso nos diferentes ramos de estudos que pertenciam às ciências naturais. Respondi displicentemente e, em parte, por desprezá-los, mencionei os nomes dos meus alquimistas como os principais autores que eu estudara. O professor olhou-me espantado.

– O senhor gastou realmente o seu tempo em estudar esses absurdos? – perguntou ele.

Respondi afirmativamente.

– Cada minuto – continuou sr. Krempe com veemência –, cada momento que o senhor desperdiçou com aqueles livros foram totalmente perdidos. O senhor sobrecarregou sua mente com sistemas ultrapassados e nomes inúteis. Meu Deus! Em que deserto vivia o senhor onde não havia uma alma bondosa para informá-lo de que essas fantasias com que o senhor se saturou têm mil anos e são tão bolorentas quanto antigas? Jamais esperei encontrar, nesta idade da ciência e das luzes, um discípulo de Albertus Magnus e de

Paracelso. Meu caro jovem, o senhor deve recomeçar todos os seus estudos.

Assim falando ele se afastou e escreveu uma lista de livros sobre ciências naturais que desejava que eu procurasse, e me dispensou depois de dizer que, no início da outra semana, ele pretendia começar um curso de palestras sobre História Natural e suas relações gerais, e que Waldman, outro professor, misturaria aulas de química, alternando os dias com ele.

Não voltei para casa desapontado, pois já disse que há muito que eu considerava esses autores, que o professor havia reprovado, como totalmente inúteis; mas também não voltei mais inclinado a retomar de algum modo aqueles estudos. O professor Krempe era um homenzinho encurvado com uma voz rouca e de aspecto repulsivo; o professor, portanto, não me inspirava a menor inclinação a aceitar a sua ciência. Seguindo um curso talvez demasiado filosófico, eu relatei as conclusões a que cheguei sobre ela nos meus primeiros dias. Como criança, eu não me satisfizera com os resultados prometidos pelos modernos professores de Ciências Naturais. Com uma confusão de ideias que só pode ser admitida pela minha extrema juventude e a falta de um guia nesses assuntos, eu tinha retroagido ao longo do caminho do tempo e trocado as descobertas dos recentes pesquisadores pelos sonhos dos esquecidos alquimistas. Além disso, eu tinha desprezo pelos modernos usos das ciências naturais. Era muito diferente quando os mestres da ciência procuravam a imortalidade e o poder; embora fúteis, esses aspectos eram grandiosos; mas agora o quadro tinha mudado. A ambição do pesquisador parecia resumir-se ao aniquilamento daquelas visões sobre as quais se fundava o meu interesse pela ciência. Exigiam-me que eu trocasse quimeras de ilimitada grandeza por realidades de pouco valor.

Essas foram as minhas reflexões durante os primeiros dois ou três dias de minha residência em Ingolstadt, que dediquei particularmente a conhecer os locais e os moradores de minha nova habitação. Ao começar, porém, a semana seguinte, pus-me a pensar nas informações que o professor Krempe me dera sobre as palestras. Embora eu não estivesse disposto a ir ouvir aquele camaradinha presunçoso declamar sentenças do alto de um púlpito, lembrei-me do que ele dissera do professor Waldman, que eu nunca tinha visto, pois até então ele se achava fora da cidade.

Parte por curiosidade, parte por não ter o que fazer, fui até a sala de aula onde, pouco depois, entrou o professor Waldman. Este professor era muito diferente de seus colegas. Aparentava cerca de cinquenta anos, mas tinha um aspecto que denotava grande benevolência; alguns cabelos grisalhos marcavam-lhe as têmporas, mas o resto da cabeça era quase negro. Embora de baixa estatura, era notavelmente ereto, e sua voz a mais doce que eu jamais ouvira. Começou sua aula fazendo uma recapitulação da história da química e pelos vários progressos feitos por diferentes homens de ciência, pronunciando com fervor os nomes dos mais distinguidos descobridores. Depois, passou à vista o presente estado daquela matéria e explicou muitos de seus termos elementares. Após ter realizado algumas experiências preparatórias, concluiu com um panegírico sobre a química moderna, em termos que jamais esquecerei:

– Os antigos professores desta ciência – disse ele – prometiam tudo, mas nada realizavam. Os mestres modernos prometem muito pouco; sabem que os metais não podem ser transmutados e que o elixir da vida é uma quimera. Mas esse sábios, cujas mãos parecem apenas patinhar na sujeira, ou cujos olhos parecem estar pregados aos microscópios e aos cadinhos, têm conseguido milagres. Eles penetram os recessos da natureza e mostram como ela funciona nos lugares mais ocultos. Sobem aos céus; descobriram como circula o sangue, e qual a natureza do ar que respiramos. Adquiriram novos e quase ilimitados poderes; podem comandar os trovões no céu, reproduzir o terremoto, e até zombar do mundo invisível com as suas sombras.

Tais foram as palavras do professor – melhor me seria dizer, as palavras do destino – pronunciadas para me destruir. À medida que ele continuava, eu sentia como se a minha alma estivesse lutando com um inimigo palpável. Um a um foram tocados os vários controles que formavam o mecanismo do meu ser; uma após outra, ressoaram todas as cordas, e logo minha mente se encheu com um só pensamento, uma concepção, um objetivo. Tanto tem sido feito, exclamava a alma de Frankenstein – mais, muito mais eu conseguirei; seguindo pelos passos já marcados, eu abrirei um novo caminho, explorarei forças desconhecidas, e desvelarei ao mundo os mais recônditos mistérios da criação.

Naquela noite não fechei os olhos. Todo o meu interior estava num estado de insurreição e tumulto; eu sentia que dali deveria nascer a ordem, mas não tinha forças para comandá-la. Aos poucos, depois do alvorecer, chegou o sono. Acordei, e minha noite anterior pareceu-me um sonho. A única coisa que restava era a resolução de retornar aos meus antigos estudos e devotar-me a uma ciência para a qual eu acreditava possuir um talento natural. No mesmo dia, fiz uma visita ao professor Waldman. Seus modos na intimidade eram ainda mais suaves e atraentes do que em público, pois havia uma certa dignidade em seu semblante durante a aula e que, em sua casa, era substituída pela maior afabilidade e bondade. Ele ouviu atento a minha pequena história sobre meus estudos e sorriu aos nomes de Cornelius Agrippa e Paracelso, sem porém denotar o desprezo que o sr. Krempe demonstrara. Ele disse que "havia homens a cujo zelo infatigável os sábios modernos deviam a maior parte dos fundamentos do seu saber. Eles nos haviam deixado, como tarefa mais fácil, dar novos nomes e classificar os fatos aos quais, em grande escala, eles servirão como instrumentos para trazer à luz. Os esforços dos homens de gênio, embora erroneamente orientados, não raro acabam transformando-se numa sólida vantagem da humanidade." Eu escutava sua preleção, que era feita sem qualquer presunção ou afetação, e então aduzi que sua aula tinha removido os meus preconceitos contra a química moderna; expressei-me medindo as palavras, com a modéstia e a deferência que um jovem deve ao seu instrutor, sem deixar escapar (a inexperiência da vida me teria deixado envergonhado) qualquer coisa do entusiasmo que estimulava meus pretensos trabalhos. Pedi-lhe que me aconselhasse sobre os livros que eu devia procurar.

– Fico satisfeito de ter ganhado um discípulo – disse o professor Waldman – e, se o senhor é tão aplicado quanto capaz, não tenho dúvida do seu sucesso. A química é o ramo das ciências naturais em que foram realizados e ainda se podem realizar os maiores progressos; foi por isso que resolvi estudá-la em particular; mas ao mesmo tempo não abandonei os outros ramos da ciência. Um homem faria uma triste figura na química, se apenas se interessasse por aquele departamento do conhecimento humano. Se o senhor deseja realmente tornar-se um cientista e não apenas um simples experimentador, eu o aconselho a aplicar-se a todos os ramos das ciências naturais, incluindo a matemática.

Então, ele me levou para o seu laboratório e explicou-me a utilidade de suas várias máquinas, instruindo-me quanto ao que devia procurar e prometendo-me deixar usar o seu próprio equipamento, quando eu já estivesse bastante adiantado na ciência para não estragá-lo. Deu-me também a lista dos livros que eu lhe pedi, e então eu parti.

Assim, terminou um dia memorável para mim; um dia em que ia decidir o meu desafio futuro.

Capítulo 4

A partir daquele dia, as ciências naturais, e particularmente a química, no mais compreensível sentido do termo, tornaram-se quase que minha única ocupação. Eu lia com fervor as obras, tão cheias de gênio e sentido, que os modernos pesquisadores escreveram sobre esses assuntos. Eu assistia às aulas e cultivava as relações dos cientistas da universidade, e descobri até no professor Krempe uma boa dose de bom-senso e valiosas informações, combinadas, é verdade, a uma fisionomia e maneiras repulsivas, mas nem por isso menos válidas. No professor Waldman encontrei um verdadeiro amigo. Sua gentileza jamais se mesclava com o dogmatismo, e seus ensinamentos eram dados com um ar de franqueza e naturalidade que afastavam qualquer ideia de pedantismo. De mil maneiras, ele me aplainou o caminho do conhecimento, tornando claras e fáceis ao meu entendimento as mais intrincadas questões. Minha aplicação foi de início flutuante e incerta, mas ganhou força à medida que eu continuava e logo se tornou tão ardente que não raro eu ainda me achava em meu laboratório quando as estrelas desapareciam à luz do dia.

Já que eu estudava com tanto entusiasmo, pode-se conceber que meu progresso foi rápido. Meu ardor, na verdade, causava espanto aos estudantes, e minha eficiência, aos mestres. O professor Krempe muitas vezes me perguntava, com um sorriso irônico, como ia Cornelius Agrippa, enquanto que o professor Waldman exprimia o mais cordial entusiasmo com o meu progresso. Assim, decorreram dois anos, durante os quais não fui a Genebra, dedicado que estava de corpo e alma à busca de algumas descobertas que eu esperava fazer. Ninguém, a não ser os que já a experimentaram, pode imaginar a sedução da ciência. Em outros tipos de estudos vai-se até onde os outros foram antes de nós, e nada mais há para se conhecer; mas, quando se trata da ciência, o terreno é inesgotável para as descobertas e as maravilhas. Um cérebro de moderada capacidade que se dedique com afinco a estudar um assunto deve infalivelmente alcançar uma grande competência nele; e eu que procurava, sem parar, atingir um objetivo e só me preocupava com ele, progredi tão rapidamente que, no fim de dois meses, fiz algumas descobertas para melhoria do equipamento utilizado na química, o que me granjeou grande estima e consideração na universidade. Quando atingi este ponto e fiquei bem familiarizado com a teoria e a prática das ciências naturais no que dependia das lições de alguns professores em Ingolstadt, e minha permanência ali não mais serviria para aperfeiçoar meus conhecimentos, pensei em regressar para junto de meus amigos e para minha cidade natal, mas ocorreu um incidente que fez prolongar minha estada.

Um dos fenômenos que havia atraído particularmente minha atenção era a estrutura do corpo humano e, na verdade, de qualquer ser dotado de vida. Muitas vezes eu me perguntava de onde provinha o princípio da vida. Era uma questão ousada e que sempre foi considerada um mistério; no entanto, com quantas coisas não nos poderíamos familiarizar se a covardia ou a displicência não impedissem nossas pesquisas? Eu resolvi esses pensamentos em meu cérebro e resolvi, daí por diante, aplicar-me mais particularmente aos ramos da História Natural ligados à fisiologia. A não ser que eu fosse animado por um entusiasmo quase sobrenatural, minha dedicação a esse estudo teria sido tediosa e quase intolerável. Para examinarmos as causas da vida, precisamos primeiro recorrer à morte. Familiarizei-me com a anatomia, mas isso não era o suficiente; eu deveria observar a desintegração e a corrupção naturais do corpo humano. Durante minha educação, meu pai tomara todas as precauções para que minha mente não se impregnasse de horrores sobrenaturais. Não me lembro de me haver arrepiado ante um conto de superstição ou de haver temido o aparecimento de um espírito. A escuridão jamais me perturbou, e um cemitério nada mais era para mim do que o receptáculo de corpos privados de vida que, depois de terem sido sede da beleza e da força, se haviam transformado em alimento dos vermes. Agora, eu era levado a examinar capelas mortuárias e catacumbas. Minha atenção se fixava em objetos cuja vista era a mais insuportável para a delicadeza dos sentimentos humanos. Eu via como a bela forma do homem se degradava e se decompunha; eu assistia à corrupção da morte suceder à florescência da vida; contemplava como os vermes herdavam as maravilhas do olho e do cérebro. Eu parava, examinando minuciosamente as causas como, por exemplo, a transformação da vida em morte, e da morte em vida, até que, do meio dessas trevas, se fez uma luz súbita sobre mim – uma luz tão brilhante e maravilhosa, e no entanto tão simples que, enquanto eu tonteava com a intensidade da perspectiva que ela oferecia, surpreendi-me de que, entre tantos homens de gênio que se dedicaram aos mesmos estudos, a mim apenas estivesse reservada a descoberta de um segredo tão espantoso.

Lembre-se de que eu não estou revivendo a visão de um louco. O que eu afirmo agora é tão verdadeiro quanto o fato de o Sol brilhar no céu. É possível que isso tenha acontecido por meio de algum milagre, mas as etapas da descoberta eram distintas e prováveis. Após dias e dias de incríveis trabalhos e fadigas, consegui descobrir a causa da criação e da vida; mais ainda, tornei-me capaz de conferir vida à matéria morta.

O espanto que experimentei com essa descoberta logo cedeu lugar ao êxtase e ao deleite. Depois de tanto tempo despendido num trabalho estafante, chegar de repente ao cume dos meus desejos era a realização total das minhas lides. Esta descoberta, porém, era tão grandiosa e esmagadora que todos os passos que eu dera anteriormente foram esquecidos, e eu só contemplava o resultado. O que constituíra a preocupação e o desejo dos homens mais sábios, desde a criação do mundo, estava agora ao meu alcance. Não que tudo que me aconteceu tivesse ocorrido como por um passe de mágica; os conhecimentos que eu obtivera eram mais de molde a dirigir meus trabalhos para o objetivo de minha pesquisa do que exibir aquele objetivo já realizado. Eu estava como o árabe que, tendo sido enterrado com os mortos, encontrou uma passagem para a vida, ajudado apenas por uma luzinha de brilho aparentemente fraco.

Sinto, pela sua impaciência e pela expressão de espanto e ansiedade de seu olhar, meu amigo, que você aguarda que eu lhe conte o segredo que descobri; não pode ser assim; escute minha história com calma, até o fim, e você perceberá facilmente por que sou reservado neste assunto. Não quero levá-lo, desprevenido e cheio de ardor, como eu então estava, infalivelmente para o que será sua desgraça e destruição. Aprenda comigo, se não pelos meus ensinamentos, ao menos pelo meu exemplo, como é perigoso adquirir saber, e quão mais feliz é o homem que acredita ser a sua cidade natal o mundo, do que aquele que aspira a tornar-se maior do que a sua natureza permite.

Quando me vi com aquele poder tão espantoso em minhas mãos, hesitei longo tempo quanto à maneira de empregá-lo. Embora eu possuísse a capacidade para conferir a vida, preparar uma estrutura para recebê-la, com toda a complexidade de nervos, músculos e vasos, ainda constituía uma tarefa de inconcebível dificuldade e trabalho. No início, fiquei na dúvida se devia criar um ser como eu, ou um mais simplesmente organizado: porém a minha imaginação, demasiado exaltada pelo meu primeiro sucesso, não permitia que eu duvidasse da minha capacidade de dar a vida a um animal tão complexo e maravilhoso quanto o homem. O material que eu tinha à minha disposição naquele época mal me parecia adequado para uma tarefa tão árdua. Preparei-me para uma série de reveses; era possível que minhas experiências sofressem constantes frustrações, e por fim minha obra podia sair imperfeita, mas, quando eu pensava no progresso que todos os dias se faz nas ciências e na mecânica, eu me sentia encorajado a esperar que minhas tentativas pelo menos lançassem os alicerces do sucesso futuro. Nem podia eu admitir quaisquer argumentos sobre a impraticabilidade do meu plano grandioso e complexo. Foi assim pensando que iniciei a criação de um ser humano. A extrema pequenez das partes representava um grande obstáculo à minha pressa e assim resolvi, contrariamente à minha primeira intenção, fazer o ser de uma estatura gigantesca, isto é, com cerca de 2,40 metros de altura, e proporcionalmente largo. Depois de ter tomado essa resolução e de haver despendido em escolher e reunir meus materiais, comecei.

Ninguém pode conceber a variedade de sentimentos que me lançavam para a frente, como um furacão, no primeiro entusiasmo do sucesso. A vida e a morte se me apareciam como limites ideais, que eu primeiro devia transpor, para lançar uma torrente de luz em nosso mundo de trevas. Uma nova espécie me abençoaria como seu criador e sua origem; muitas criaturas felizes e excelentes passariam a dever sua existência a mim. Nenhum pai podia reclamar a gratidão de um filho tão completamente quanto eu a daquelas criaturas. Assim refletindo, achei que, se eu fosse capaz de animar a matéria inerte, eu poderia no decorrer do tempo (embora agora o julgue impossível) restituir a vida aos corpos aos quais a morte houvesse destinado à decomposição.

Esses pensamentos apoiavam minha disposição, enquanto eu prosseguia em minha tarefa com um crescente entusiasmo. Eu empalidecera e emagrecera devido ao estudo e ao isolamento. Às vezes, bem à beira da certeza, eu falhava. No entanto, agarrava-me à esperança de que no dia ou na hora seguintes eu pudesse vencer. Um segredo, que só eu possuía, era a esperança a que eu me entregava; e a lua contemplava meus trabalhos da meia-noite enquanto que, com uma impaciência incontida e constante, eu perscrutava a natureza nos seus lugares ocultos. Quem poderá imaginar os horrores de meus trabalhos secretos, enquanto eu profanava sepulturas frescas ou torturava animais vivos para animar o barro sem vida? Ao me lembrar disso agora, meus membros tremem e meus olhos se enchem d'água; mas naquela época um impulso irresistível e quase frenético me impelia para a frente. Parecia que eu havia perdido toda a sensibilidade de espírito e não me preocupava senão com o meu trabalho. Não era, com efeito, senão um transe passageiro, que apenas renovou minha ansiedade, assim que, cessando de atuar o estímulo natural, eu retornei aos meus velhos hábitos. Eu recolhia ossos nos ossários e perturbava, com dedos profanos, os tremendos segredos da estrutura humana. Num quarto solitário – melhor dizendo, numa cela – no alto da casa, separado de todas as outras dependências por um corredor e uma escada, eu mantinha minha oficina de trabalho, onde prosseguia com a minha asquerosa criação; meus olhos quase saltavam das órbitas, atentos aos mínimos detalhes da minha tarefa. A sala de dissecação e o matadouro forneciam a maior parte do meu material. Muitas vezes minha natureza humana afastava-se repugnada do meu trabalho, enquanto, impelido por uma ansiedade sempre crescente, eu me aproximava da conclusão da minha tarefa.

Os meses do verão passaram enquanto eu me dedicava assim, corpo e alma, a uma única ocupação. A estação era das mais belas; jamais os campos apresentaram uma colheita tão exuberante ou as vinhas uma safra tão opulenta, mas meus olhos estavam insensíveis aos encantos da natureza. E os mesmos sentimentos que me faziam desprezar as paisagens, que me cercavam, também me faziam esquecer os amigos tantas milhas distantes e que eu não via há tanto tempo. Sabia que meu silêncio os inquietava e lembrava-me bem das palavras de meu pai: "Sei que, enquanto estiver satisfeito consigo mesmo, você pensará em nós com afeição, e que teremos regularmente notícias suas. Perdoe-me se eu interpretar qualquer interrupção de sua correspondência como prova de que você está igualmente negligenciando suas outras obrigações."

Eu sabia, portanto, o que meu pai estaria julgando, mas não podia desviar meus pensamentos de meu trabalho, repugnante por si mesmo, mas que se apossara irresistivelmente de minha imaginação. Eu desejava, conforme estava acontecendo, adiar tudo o que estivesse relacionado com os meus sentimentos ou afeições até que a grande obra, que engolfava todo o meu ser, estivesse terminada.

Achei, então, que meu pai cometeria uma injustiça se atribuísse minha negligência ao fato de eu me haver entregado aos vícios ou a uma vida irregular, mas agora estava convencido de que não estava completamente livre de censura. Um ser humano normal deve sempre preservar a calma e a paz de espírito e jamais permitir que um desejo ou uma paixão passageira perturbe sua tranquilidade. Não creio que a busca do saber faça exceder a essa regra. Se o trabalho a que você se entrega tende a diminuir suas afeições e a destruir seus gostos pelos prazeres simples, aos quais nada se pode misturar, então aquela ocupação é ilegítima, isso é, não é própria para a mente humana. Se esta regra fosse sempre observada, se nenhum homem se tivesse entregue à busca daquilo que interfere com a tranquilidade de suas afeições domésticas, a Grécia não teria sido escravizada, César teria poupado sua nação, a América teria sido descoberta mais gradativamente, e os impérios do México e do Peru não teriam sido destruídos.

Estou, porém, perdendo-me em reflexões de ordem moral na parte mais interessante de minha história, e seu olhar me lembra que eu devo continuar.

Meu pai não fazia qualquer censura em suas cartas, limitando-se a notar o meu silêncio, perguntando-me se eu estava mais ocupado do que antes. O inverno, a primavera e o verão passaram, enquanto eu continuava o meu trabalho; mas não percebi a expansão das folhagens ou o desabrochar das flores – espetáculos que antes sempre me enchiam de prazer –, tão absorto eu estava em minha ocupação. Naquele ano, as folhas murcharam antes que meu trabalho se aproximasse do fim, e cada dia que passava mostrava claramente o quanto eu tinha sido bem-sucedido. Mas o meu entusiasmo era posto à prova pela minha ansiedade, e eu mais parecia um indivíduo condenado ao trabalho escravo nas minas, ou a qualquer outra tarefa insalubre, do que um artista ocupado em seus afazeres favoritos. Todas as noites, eu sentia um pouco de febre, e fiquei excessivamente nervoso; a queda de uma folha me assustava, e eu evitava meus companheiros como se fosse culpado de um crime. Às vezes, assustava-me ao ver a que estado eu tinha chegado; era sustentado, ainda, apenas pela energia do meu objetivo; logo as minhas tarefas chegariam a termo, e eu acreditava que o exercício e as diversões afastariam alguma doença incipiente; e me prometi que me dedicaria a ambas as coisas, quando minha criação estivesse terminada.

Capítulo 5

Foi numa sombria noite de novembro que eu contemplei a realização de minha obra. Com uma ansiedade que quase tocava as raias da agonia, tomei os instrumentos que estavam à minha volta, a fim de que eu pudesse infundir uma centelha de vida na coisa inerte que jazia aos meus pés. Era já quase uma hora da madrugada; a chuva batia tristemente nas janelas; e minha vela estava quase consumida quando, ao lusco-fusco da luz bruxuleante prestes a extinguir-se, vi abrir-se o baço olho amarelo da criatura. Ela respirava com dificuldade, e um movimento convulsivo agitava seus membros.

Como posso descrever minhas emoções ante aquela catástrofe, como reescrever aquela ruína que eu, com esforço infinito e zelo, havia tentado formar? Seus membros eram bem-proporcionados, e eu havia escolhido e trabalhado suas feições para que fossem belas. Belas! Meu Deus! Sua pele amarela mal cobria o relevo dos músculos e das artérias que jaziam por baixo; seus cabelos eram corridos e de um negro lustroso; seus dentes, alvos como pérolas. Todas essas exuberâncias, porém, não formavam senão um contraste horrível com seus olhos desmaiados, quase da mesma cor acinzentada das órbitas onde se cravavam, e com a pele encarquilhada e os lábios negros e retos.

Os diferentes fatos da vida não são tão variáveis quanto os sentimentos humanos. Há dois anos que eu vinha trabalhando com o único objetivo de insuflar vida num corpo inanimado. Para isso eu comprometera meu repouso e minha saúde. Eu o havia desejado com um ardor que excedia à moderação, mas agora, que havia terminado, desvanecera-se a beleza do sonho, e meu coração se enchia de horror e asco. Incapaz de suportar o aspecto do ser que eu havia criado, saí correndo do aposento e continuei durante muito tempo a andar pelo quarto, sem poder dormir. Por fim, aquele tumulto cedeu lugar a uma grande lassidão, e eu me atirei na cama, vestido como estava, tentando alguns momentos de esquecimento. Tudo, porém, foi em vão. Na verdade, dormi, mas fui perturbado pelos sonhos mais violentos. Julguei ver Elizabeth estuante de saúde, caminhando pelas ruas de Ingolstadt. Deliciado e surpreso, abracei-a, porém ao beijá-la nos lábios eles se tornaram lívidos com a cor da morte; suas feições mudaram, e eu tive a impressão de que segurava em meus braços o cadáver de minha mãe; um sudário envolvia-lhe o corpo, e eu via os vermes rastejando pelas dobras do pano. Acordei cheio de horror; um frio cobria minha testa, meus dentes batiam, e todos os meus membros se convulsionaram quando, à luz pálida e amarela da Lua – que forçava a passagem pelos vidros das janelas –, vi o desgraçado, o infeliz monstro que eu criara. Ele afastara o reposteiro da cama, e seus olhos, se é que assim podiam ser chamados, estavam fixados em mim. Seus maxilares abriram-se, e ele murmurou alguns sons inarticulados, enquanto uma careta enrugava seu rosto. Talvez ele tenha falado, mas eu não ouvi; uma mão se estendeu como se quisesse segurar-me, porém eu fugi correndo pelas escadas. Refugiei-me no pátio da casa onde eu morava, e ali passei o resto da noite, andando de um lado para o outro na maior agitação, escutando atentamente qualquer som, como se ele fosse anunciar a aproximação do cadáver demoníaco ao qual tão desgraçadamente eu havia dado a vida.

Oh! Nenhum mortal seria capaz de suportar o horror daquele rosto. Uma múmia revivida não seria tão horrorosa quanto aquele destroço. Eu o contemplara antes de terminar meu trabalho; ele era feio, porém, quando aqueles músculos e articulações passaram a se mover, ele se tornou uma coisa que nem Dante poderia ter concebido.

Passei a noite arrasado. Ora minha pulsação era tão rápida e forte que eu sentia a palpitação de todas as artérias, ora, quase caía no chão, enlanguescido por uma fraqueza extrema. Misturado a esse horror, eu experimentava a amargura do desapontamento; sonhos que durante tanto tempo foram um alimento e um descanso se haviam transformado num verdadeiro inferno para mim; e a mudança fora tão rápida, a subversão tão completa!

Por fim, o dia nasceu triste e úmido descobrindo para meus olhos insones a igreja de Ingolstadt, cujo relógio do campanário branco indicava seis horas. O porteiro abriu os portões do pátio que fora o meu asilo noturno, e eu me esgueirei para as ruas, andando com passo rápido como se procurasse evitar a monstruosidade que eu temia ver surgir a cada esquina. Não ousava retornar ao apartamento que eu habitava, mas me senti impelido a correr, embora encharcado pela chuva que caía de um céu negro e desolado.

Durante algum tempo, continuei a caminhar assim, procurando com aquele exercício físico aliviar a carga que pesava em minha mente. Eu atravessava as ruas sem noção alguma de onde estava ou do que estava fazendo. Meu coração batia atormentado pelo medo, e eu corria com passos irregulares, não ousando olhar à minha volta:

> "Como alguém que numa estrada solitária,
> Caminha temeroso e aterrorizado,
> E, tendo olhado em derredor, avança,
> Sem virar mais a cabeça;
> Por saber que um terrível inimigo
> Aproxima-se por trás dele."*

Assim continuando, cheguei ao outro lado da estalagem onde as várias carruagens e diligências costumavam parar. Ali estaquei, sem saber por quê; mas permaneci alguns minutos com o olhar pousado num coche que vinha em minha direção, da outra extremidade da rua. Quando ele chegou mais perto, vi que era a diligência da Suíça. Parou bem onde eu estava e, quando a porta se abriu, enxerguei Henry Clerval que, ao me ver, saltou imediatamente.

---

* Versos de "A balada do velho marinheiro", de Samuel Taylor Coleridge (1772-1834). (N.T.)

– Meu caro Frankenstein – exclamou ele –, que satisfação em revê-lo! Que sorte encontrar você aqui no justo momento em que eu ia apear!

Nada poderia igualar o prazer de ver Clerval; sua presença trouxe-me a lembrança de meu pai, Elizabeth, e de todas as cenas domésticas, tão queridas à minha memória. Apertei sua mão e, por um momento, esqueci o meu horror e a minha infelicidade; senti-me de repente, e pela primeira vez durante muitos meses, invadido por uma alegria calma e serena. Foi, portanto, da maneira mais cordial que eu dei as boas-vindas ao meu amigo, e caminhamos para o meu colégio. Clerval continuou falando sobre nossos amigos comuns e da sua boa sorte em ter conseguido permissão para vir para Ingolstadt.

– Você bem pode imaginar como foi difícil – disse ele – persuadir meu pai de que todo o conhecimento necessário não se restringia à nobre arte da contabilidade; e, com efeito, acredito que o deixei meio abalado, pois suas respostas aos meus constantes rogos eram as mesmas que as do mestre-escola holandês no *Vigário de Wakefield*: "Eu ganho 10 mil florins por ano sem saber grego, e como muito bem sem grego". Sua afeição por mim, porém, acabou vencendo sua relutância contra o aprender, e assim ele permitiu que eu fizesse uma viagem à terra do conhecimento.

– É com a maior satisfação que o vejo; mas fale-me de meu pai, de meus irmãos e de Elizabeth.

– Todos muito bem e muito felizes, apenas um pouco preocupados por terem notícias suas tão raramente. A propósito, eu mesmo quero falar-lhe sobre o que eles pensam. Mas, meu caro Frankenstein – continuou ele, parando e olhando-me em cheio –, não tinha reparado como você parece doente, tão magro e tão pálido. Você tem o aspecto de quem passou muitas noites acordado.

– Você acertou. Ultimamente, tenho estado tão ocupado num trabalho, que não tenho repousado suficientemente conforme você vê. Espero porém, espero com toda a sinceridade, que tudo agora tenha terminado e que eu esteja finalmente livre.

Eu tremia muito. Não podia sequer pensar, e muito menos aludir aos acontecimentos da noite anterior. Eu caminhava depressa, e logo chegamos ao colégio. Então refleti, e esse pensamento me trouxe calafrios, que a criatura que eu deixara em meu apartamento ainda podia estar ali, viva e andando. Eu me apavorava ante a perspectiva de enfrentar aquele monstro, mas temia ainda mais que Henry o visse. Pedindo-lhe, portanto, que esperasse um pouco no patamar da escada, corri para meu quarto. Antes que desse por mim, já estava com a mão no trinco da porta. Parei, então, trespassado por um calafrio. Abri a porta com violência, como fazem as crianças, quando esperam que um fantasma as esteja esperando do outro lado, porém nada apareceu. Entrei receoso; o apartamento estava vazio, e meu quarto de dormir também se achava livre daquele hóspede horrível. Mal podia crer em tanta sorte, depois que me assegurei de que o meu inimigo havia, realmente, desaparecido. Bati palmas de alegria, e desci ao encontro de Clerval.

Subimos para o meu quarto, e o criado trouxe o café, mas eu não podia conter. Não era apenas a alegria o que me invadia; eu sentia minha carne vibrar com um excesso de sensibilidade, e o pulso bater mais rapidamente. Não podia ficar parado um instante num mesmo lugar; eu pulava por sobre as cadeiras, batia palmas e ria alto. Primeiro, Clerval atribuiu aquela excepcional disposição à sua chegada, mas, quando me observou mais atentamente, notou um selvagem brilho no meu olhar que ele não podia explicar, ficando assustado e espantado com meu riso frouxo, alto e contínuo.

– Meu caro Victor – gritou ele –, pelo amor de Deus, que é que há? Não ria assim. Você está muito doente! Qual é a causa de tudo isso?

– Não me pergunte – clamei eu, cobrindo os olhos com as mãos, pois eu julguei estar vendo o horroroso espectro esgueirar-se para dentro do quarto. – *Ele* pode lhe dizer. Oh! Salve-me! Salve-me! – Eu imaginava que o monstro estava me agarrando; lutei desesperadamente e caí desmaiado.

Pobre Clerval! Que não estaria imaginando? Um encontro, que ele antecipara com tanta alegria, transformava-se numa verdadeira amargura. Eu, no entanto, não testemunhei sua dor, pois me achava sem sentidos, só voltando a mim muito tempo depois.

Este foi o início de uma febre nervosa que me reteve no leito vários meses. Durante todo esse tempo, Henry foi meu único enfermeiro. Soube depois que, considerando a idade avançada de meu pai que o impedia de fazer uma viagem tão longa, e sentindo o quanto Elizabeth ficaria abalada com a minha doença, ele lhes poupou esta dor, escondendo-lhes a extensão do meu mal. Clerval sabia que eu não podia contar com um enfermeiro mais bondoso e atento do que ele e, firme na esperança de me recuperar, não teve dúvidas de que, em vez de causar mal, praticava uma boa ação, assim agindo para com eles.

Mas, na realidade, eu estava muito doente, não restando dúvida de que só os ilimitados e constantes cuidados de meu amigo foram capazes de me restituir a vida. A forma do monstro a que eu tinha dado vida estava sempre diante de meus olhos, e eu vociferava sem cessar contra ele. Sem dúvida, minhas palavras devem ter surpreendido Henry. Primeiro ele achou que se tratava de um delírio da minha imaginação perturbada, mas a constância com que eu me referia ao mesmo assunto persuadiu-o de que, com efeito, a minha doença se devia a um acontecimento terrível e anormal.

Muito vagarosamente, e com frequentes recaídas que alarmavam e entristeciam meu amigo, eu me recuperei. Recordo que a primeira vez que fui capaz de observar os objetos exteriores, com um certo prazer, percebi que as folhas do outono tinham desaparecido e dado lugar a jovens botões que brotavam das árvores que ensombreciam minha janela. Era uma primavera divina, e a estação contribuiu para minha recuperação. Experimentei, também, renascerem em meu peito sentimentos de alegria e de afeição. A tristeza desaparecera e, em pouco tempo, tornei-me tão animado quanto antes de ser atacado pela paixão fatal.

– Querido Clerval – exclamei –, como você é bom para mim. Todo este inverno, em vez de estudar, conforme prometeu a si mesmo, você passou no meu quarto de doente. Como poderei pagar-lhe tudo isso? Sinto um grande remorso por ter sido causa dessa desilusão, mas você há de me perdoar.

– Eu me sentirei inteiramente recompensado se você não fizer extravagâncias e procurar se restabelecer o mais depressa possível; e, desde que você parece estar com uma tão boa disposição, posso falar-lhe sobre um assunto, posso?

Eu tremi. Um assunto! Que seria? Iria ele aludir a um assunto sobre o qual eu nem ousava pensar?

– Acalme-se – disse Clerval que reparou na alteração da minha cor. – Eu não tocarei nele, se isso o faz ficar agitado, mas seu pai e sua prima sentir-se-iam muito felizes se recebessem uma carta escrita por sua própria mão. Eles ignoram o quanto você esteve mal, e estão muito preocupados com o seu longo silêncio.

– Ah, é isso, Henry? Como pode você imaginar que os meus primeiros pensamentos não iriam para aqueles amigos queridos, que eu amo e que tanto são dignos do meu amor?

– Se é esta a sua disposição, meu amigo, talvez você gostasse de ver uma carta para você e que está aqui há alguns dias; creio que seja de sua prima.

Capítulo 6

Clerval então entregou-me a seguinte carta. Era da minha própria Elizabeth:

Meu querido Primo:

Você tem estado doente, muito doente, e nem as constantes cartas do caro e bondoso Henry têm sido suficientes para me confortar a seu respeito. Você está proibido de escrever, até de segurar uma caneta; no entanto, querido Victor, é necessário uma palavra sua para acalmar nossas apreensões. Por muito tempo pensei que cada próximo correio traria a carta que esperávamos, e convenci titio a não fazer uma viagem a Ingolstadt. Impedi-o, assim, de se entregar aos inconvenientes e até talvez perigos de uma viagem tão longa. No entanto, quanto lamentei não poder eu mesma fazê-la! A mim se afigurava que a tarefa de atender você tinha sido delegada a alguma velha enfermeira mercenária, que jamais poderia satisfazer seus desejos nem dar-lhe os cuidados e afeição que sua prima lhe daria. Contudo, agora tudo passou: Clerval escreve dizendo que, com efeito, você está melhorando. Espero que você confirme isso o mais breve possível por sua própria mão.

Fique bom e volte para nós. Você encontrará um lar alegre e feliz, e amigos que o amam extremosamente. Seu pai vai bem de saúde e não fala senão em vê-lo, para assegurar-se de que você está bem. E nenhuma outra preocupação poderia anuviar o seu bondoso semblante. Como você gostaria de assistir ao progresso de nosso Ernest! Está agora com 16 anos, e muito ativo e animado. Deseja ser um verdadeiro suíço e entrar para o serviço militar no estrangeiro, porém só o poderá fazer depois que seu irmão mais velho voltar para nós. Titio não está muito satisfeito com a ideia do serviço militar num país distante, mas Ernest jamais foi aplicado como você. Ele encara o estudo como um odioso cativeiro; passa o tempo a céu aberto, subindo as montanhas ou remando no lago. Receio que se torne um ocioso, se não considerarmos a questão e não permitirmos que siga a profissão que escolheu.

Pouca coisa ocorreu aqui depois que você partiu, exceto o crescimento das crianças. O lago continua azul e as montanhas vestidas de neve: eles jamais mudam, e acho que nosso lar calmo e nossos corações satisfeitos se regulam pelas mesmas leis imutáveis. Minhas ocupações rotineiras tomam-me o tempo e me distraem, e eu sou recompensada não vendo senão rostos felizes e bondosos a meu redor. Desde que você foi embora, apenas uma alteração ocorreu no pessoal de nossa casa. Você se recorda de quando foi que Justine Moritz entrou para nossa família? Talvez não; vou portanto, lembrar-lhe a história em poucas palavras. A senhora Moritz, mãe dela, era viúva com quatro filhos, dos quais Justine era a terceira. Essa menina sempre fora favorita de seu pai, mas por uma estranha perversidade a mãe não a suportava e, depois que o sr. Moritz morreu, passou a tratá-la muito mal. Titia observava isso e, quando Justine fez 12 anos, convenceu a mãe dela que lhe permitisse vir morar em nossa casa. As instituições republicanas de nossa pátria produziram hábitos mais simples e melhores do que os das grandes monarquias que nos cercam. Daí haver menos diferenças entre as várias classes de seus habitantes, e as classes mais humildes, nem tão pobres nem tão desprezadas, possuírem maneiras educadas e uma boa moral. Em Genebra, uma criada não significa a mesma coisa que uma criada na França e na Inglaterra. Justine, assim recebida em nossa família, aprendeu os deveres de uma criada, condição que em nossa feliz pátria não inclui a ideia de ignorância e de sacrifício da dignidade do ser humano.

Justine, você deve se lembrar, era a sua grande favorita; e recordo-me de que uma vez você observou que, se estivesse de mau humor, bastava um olhar de Justine para dissipá-lo, tal como Ariosto em relação à beleza de Angélica, pois ela parecia tão feliz e alegre. Este benefício foi totalmente recompensado; Justine era a criatura mais grata do mundo; não que ela o dissesse, mas podia-se ver nos seus olhos que ela adorava sua protetora. Embora fosse sempre alegre em muitos sentidos, às vezes até mesmo irrefletida, ela dedicava a maior atenção ao menor gesto de titia. Achava que ela era o modelo de tudo o que existe de melhor e procurava imitar seus gestos e até sua maneira de falar, de modo que até hoje me lembra muito titia.

Quando minha tia morreu, todos estávamos muito ocupados com nossa própria dor para reparar na pobre Justine, que a assistira durante a doença com a maior afeição. A pobre Justine ficou muito abalada, porém outras provações ainda lhe estavam reservadas.

Um a um, seus irmãos e sua irmã morreram; e a mãe dela, à exceção da filha abandonada, ficou sem filhos. A mulher ficou mentalmente perturbada; começou a pensar que a morte de seus filhos favoritos era uma espécie de castigo pela sua parcialidade. Ela era católica romana, e acho que seu confessor confirmou a ideia que ela havia concebido. Assim, poucos meses depois de você partir para Ingolstadt, aquela mãe arrependida chamou Justine para casa. Pobre menina! Chorou quando nos deixou, desde a morte de titia que ela ficou muito alterada. Ela, que antes era tão viva, ficou abatida pela dor, e a convivência com a mãe era o que menos se podia esperar para restaurar sua alegria. O arrependimento da pobre mulher era muito inconstante. Às vezes, ela pedia a Justine que a perdoasse pela sua maldade, mais frequentemente, porém, a acusava de ter causado a morte dos irmãos e da irmã. Uma irritação constante acabou por destruir a sra. Moritz, que agora descansa em paz, para sempre. Justine voltou para nossa casa e asseguro-lhe que a amo ternamente. Ela é muito inteligente, delicada e extremamente bela; conforme já mencionei antes, suas feições e seus modos fazem-me lembrar continuamente de minha tia querida.

Caro primo, devo dizer-lhe também algumas palavras sobre o pequeno e querido William. Gostaria de que você o visse. É muito alto para sua idade, seus olhos azuis, de pestanas negras, são muito risonhos, e seus cabelos, cacheados. Quando ri, formam-se duas covinhas de cada lado das faces, que são rosadas e sadias. Já teve uma ou duas pequenas *esposas*, mas Louisa Biron é a sua favorita, linda menina de cinco anos de idade.

Agora, caro Victor, eu ousaria dizer que você gostaria de ouvir alguns comentários sobre a boa gente de Genebra. A linda srta. Mansfield já está recebendo os parabéns pelo seu próximo casamento com um jovem inglês, John Melbourne, cavalheiro. Sua irmã muito feia, Manon, casou-se com o sr. Duvillard, o rico banqueiro, no outono passado. Seu colega favorito, Louis Manoir, sofreu vários reveses, desde que Clerval saiu de Genebra. Ele porém já se recuperou e fala-se que vai casar com uma bela francesa muito viva, a sra. Tevernier. É viuva, e muito mais velha do que Manoir, mas é muito admirada e procurada por todo mundo.

Escrevi-lhe na melhor disposição de espírito, caro primo. Ao terminar, porém, retorna a minha ansiedade. Escreva, querido Victor; uma linha, uma palavra será um verdadeiro bálsamo para nós. Mil agradecimentos a Henry pela sua bondade, sua afeição e suas várias cartas. Somos-lhe sinceramente gratos. *Adieu!* Meu primo, cuide-se e, eu lhe rogo, escreva!

GENEBRA, 18 DE MARÇO DE 17...
Elizabeth Lavenza.

– Querida Elizabeth! – exclamei quando acabei de ler a carta. – Vou escrever-lhe agora mesmo e livrá-la da ansiedade que a oprime.

Escrevi e fiquei muito cansado com o esforço feito; mas a convalescença tinha começado e continuou regularmente. Dentro de mais 15 dias, eu já podia deixar o meu quarto.

Recuperado, uma das primeiras coisas que fiz foi apresentar Clerval aos diversos professores da universidade. Assim procedendo, eu me submeti a uma espécie de flagelação, pouco adequada para as feridas que minha mente tinha sofrido. Desde aquela noite fatal, quando o meu trabalho terminou e tiveram início os meus infortúnios, que eu votara uma violenta antipatia ao simples nome de História Natural. Da mesma forma, depois de restaurada minha saúde, a simples vista de um instrumento de laboratório de química fazia renascer toda a agonia dos meus sintomas nervosos. Henry percebeu isso e removeu todos os aparelhos da minha vista. Trocara também o meu apartamento, pois viu que eu me sentia mal no quarto que fora anteriormente o meu laboratório. Porém esses cuidados de Clerval de nada adiantavam, quando eu visitava os professores. O sr. Waldman torturava-me quando louvava, com bondade e calor, o espantoso progresso que tinha feito nas ciências. Ele logo percebeu que o assunto não me agradava, mas, ignorando a causa real, atribuiu meus sentimentos à modéstia e desviou o tema do meu progresso para a própria ciência, evidentemente desejando afastar-me de suas considerações. Que podia eu fazer? Ele queria agradar-me e atormentava-me. Era como se ele me estivesse expondo, um por um, aqueles instrumentos que depois iriam matar-me lenta e cruelmente. Eu me contorcia ante suas palavras, mas me esforçava por esconder meu sofrimento. Clerval, cujos olhos eram sempre ágeis em descobrir os sentimentos dos outros, declinava do assunto, alegando sua total ignorância, e assim a conversa tomava outro rumo. Eu não falava, porém agradecia ao meu amigo do fundo do coração. Eu percebia claramente que ele estava surpreso, embora jamais tentasse arrancar o meu segredo; e mesmo eu o querendo muito, com uma mistura de afeição e reverência que não conhecia limites, não podia convencer-me a lhe confiar aquele fato, presente sempre em minhas recordações, mas que eu temia fixar ainda mais profundamente, se revelasse a outras pessoas.

O sr. Krempe não era assim tão dócil. Nas condições em que me encontrava naquela época, de uma sensibilidade quase insuportável, seus elogios explosivos causavam-me ainda mais sofrimento do que a benevolente aprovação do professor Waldman.

– Diabo de rapaz! – exclamava ele. – Olhe, sr. Clerval, asseguro-lhe que ele passou a perna em todos nós. Arregale os olhos se isso lhe faz bem; mas é a pura verdade. Um rapazola que, há apenas alguns anos, acreditava tão firmemente em Cornelius Agrippa quanto nos Evangelhos, lançou-se agora à frente da universidade. E se não o refreássemos logo, todos nós íamos perder a compostura. Sim, sim – continuava ele, observando minha expressão contrafeita. – O sr. Frankenstein é modesto, excelente qualidade num jovem. Os jovens deviam ser modestos, sabe, sr. Clerval? Eu próprio fui quando jovem, mas isso passa depressa.

O professor Krempe começara agora a elogiar-se, o que felizmente desviou a conversa de um assunto que tanto me incomodava.

Clerval jamais comungara com meu gosto pelas ciências naturais, e suas ocupações literárias diferiam por completo daquelas que me haviam absorvido. Ele viera para a universidade disposto a tornar-se um mestre completo nas línguas orientais, já que isso lhe abriria as portas para o plano de vida que ele traçara. Decidido a prosseguir uma carreira gloriosa, ele voltou seus olhos para o Leste como objetivo de seu empreendimento espiritual. Os idiomas persa, árabe e sânscrito atraíram sua atenção, e eu fui facilmente induzido a fazer os mesmos estudos. A ociosidade sempre me fora insuportável, e agora, que eu desejava fugir das minhas reflexões e odiava meus estudos anteriores, senti um grande alívio em poder ser colega de meu amigo, encontrando não apenas saber mas consolo nas obras dos orientalistas. Ao contrário dele, eu não me preocupava em fazer um estudo crítico dos seus dialetos, pois para mim aquilo não servia senão como uma distração passageira. Eu os lia somente para compreender o seu significado, e eles recompensavam o meu labor. Encontrei neles uma melancolia tão tranquilizante e uma alegria tão animadora como jamais experimentara ao estudar os autores de qualquer outro país. Quando se leem seus escritos, a vida parece consistir num sol cálido e num jardim de rosas, nos sorrisos e carrancas de um inimigo leal e no fogo que consome o próprio coração. Quão diferente da enérgica poesia heroica da Grécia e de Roma.

Passei o verão entretido com esses estudos, e meu regresso a Genebra foi marcado para o fim do outono. No entanto, como vários incidentes me impediram de partir, chegaram o inverno e a neve, as estradas ficaram totalmente intransitáveis, e minha viagem foi adiada até a chegada da primavera. Sofri muito com essa demora, pois ansiava por rever minha cidade natal e meus amigos queridos. A viagem tinha sido assim retardada pelo fato de eu não querer deixar Clerval num lugar estranho antes que tivesse travado relações com alguns de seus habitantes. Passamos, contudo, o inverno muito animados e, embora a primavera houvesse chegado excepcionalmente tarde, quando surgiu, sua beleza compensou o atraso.

Já havia começado o mês de maio e eu aguardava diariamente a carta que fixaria a data de minha partida, quando Henry propôs um passeio a pé pelas cercanias de Ingolstadt, a fim de que eu pudesse despedir-me da região em que morara durante tanto tempo. Acedi com prazer à sua proposição. Eu gostava de exercício, e Clerval sempre fora meu companheiro favorito nas caminhadas que eu realizara em minha terra natal.

Passamos 15 dias nessas perambulações; há bastante tempo que havia recuperado minha saúde de corpo e alma, e ela se fortalecia com o ar saudável que respirávamos, com os incidentes naturais de nosso passeio, e com a conversa de meu amigo. Os estudos me tinham afastado do contato com meus semelhantes, tornando-me insociável, mas Clerval reavivou os melhores sentimentos do meu coração. Ele me ensinou novamente a amar a natureza e os animados rostinhos das crianças. Excelente amigo! Como me amava sinceramente e procurava elevar minha mente ao nível da sua! Eu me dedicara a uma ocupação egoísta que me restringira até que sua delicadeza e afeição aqueceram e abriram meus sentidos. Tornei-me, assim, a mesma criatura feliz que eu era há alguns anos, querido por todos, sem tristezas nem preocupações. Quando feliz, a natureza morta tinha o poder de me comunicar as mais deliciosas sensações. O céu sereno e os campos verdejantes enchiam-me de êxtase. A estação estava realmente divina; as flores da primavera desabrochavam, nas moitas, enquanto que as do verão já se mostravam em botões. Eu não era mais assaltado pelos pensamentos que, no ano anterior, me haviam perturbado, não obstante meus esforços para me livrar deles, como de uma carga insuportável.

Henry rejubilava-se com a minha alegria e comungava sinceramente com meus sentimentos. Ele procurava distrair-me, enquanto exprimia o que lhe ia na alma. Nessa ocasião, os recursos de sua mente eram de espantar; sua conversa era cheia de imaginação e não raro, imitando os escritores persas e árabes, inventava contos maravilhosos de fantasia e paixão. Outras vezes, ele repetia meus poemas favoritos e propunha-me discussões, que sustentava com grande habilidade.

Voltamos para o colégio num domingo à tarde; os camponeses dançavam, e todo mundo parecia alegre e feliz. Eu mesmo estava com uma ótima disposição de espírito, cheio de alegria e felicidade.

Capítulo 7

No meu regresso, encontrei a seguinte carta de meu pai:

Meu caro Victor:
Com certeza você tem esperado com impaciência uma carta marcando a data de sua volta para nós, e, no início, eu fiquei muito tentado a escrever apenas algumas linhas, mencionando o dia em que lhe esperamos. Isso seria, porém, uma crueldade e não ousei fazê-lo. Qual não seria a sua surpresa, meu filho, se, em vez de ser recebido com alegria e felicidade, você o fosse com lágrimas e abatimento? E como poderei, Victor, contar-lhe nossa desgraça? A ausência não pode ter tornado você insensível às nossas alegrias e às nossas dores, e como poderei fazer sofrer o meu filho que há tanto se acha ausente? Quero prepará-lo para as piores notícias, mas sei que é impossível; agora mesmo, parece-me ver seus olhos percorrendo essas páginas à procura das palavras que lhe comunicarão a horrível nova.
William está morto! Aquela criança tão meiga, cujos sorrisos deliciavam e aqueciam meu coração, tão delicada e tão alegre! Victor, ele foi assassinado!
Não pretendo consolá-lo, mas apenas relatar as circunstâncias do fato.
Na última quinta-feira (7 de maio), eu, minha sobrinha e seus dois irmãos fomos passear em Plainpalais. A tarde estava cálida e serena, e prolongamos nossa caminhada mais que o habitual. Já estava escuro quando pensamos em voltar, e então reparamos que William e Ernest, que tinham ido na frente, não estavam conosco. Resolvemos então sentar um pouco até que eles voltassem. Ernest regressou e perguntou se tínhamos

visto seu irmão. Disse que tinham estado brincando e que William correra para se esconder. Depois de procurar em vão por ele, esperara-o por muito tempo, mas ele não apareceu.

Esse relato nos alarmou, e pusemo-nos a sua procura até que a noite caiu, quando então Elizabeth achou que ele devia ter ido diretamente para casa. Mas ele não estava lá. Nós retornamos ao campo com tochas, pois eu não podia ter descanso quando pensava que meu filhinho se havia perdido e estava exposto à umidade e ao orvalho da noite. Elizabeth também estava extremamente angustiada. Cerca das cinco horas da manhã descobri meu amado filho, que na noite anterior era todo atividade e saúde, deitado na grama, lívido e imóvel; a marca dos dedos do assassino estavam em seu pescoço.

Ele foi levado para casa, e a angústia que se estampava em meu rosto traiu o segredo para Elizabeth. Ela fez questão de ver o cadáver. Primeiro, eu tentei impedi-la, mas ela persistiu e, entrando no quarto onde ele se achava, examinou-lhe rapidamente o pescoço, após o que, juntando as mãos, exclamou: 'Meu Deus! Eu matei minha querida criança!'

Ela desmaiou, e custamos muito a reanimá-la. Quando voltou a si, foi apenas para chorar e suspirar. Disse-me que naquela mesma tarde William tinha insistido para que ela o deixasse usar uma miniatura muito valiosa que ela possuía da mãe. Esse retrato desapareceu, e sem dúvida foi a tentação que levou o assassino a perpetrar o crime. Até o presente não temos pista alguma dele, embora continuemos infatigáveis em nossos esforços para descobri-lo. Mas ele não vai restituir a vida do meu amado William!

Venha, querido Victor; somente você poderá consolar Elizabeth. Ela vive a chorar e a se acusar injustamente da morte de William. Todos nós nos sentimos muito infelizes, mas não será isso mais um motivo para que você regresse, a fim de nos confortar? Sua querida mãe! Ah, Victor! Agradeço agora a Deus que ela não esteja viva para testemunhar a morte desgraçada e cruel de seu querido caçula!

Venha, Victor, sem alimentar pensamentos de vingança contra o assassino, mas com sentimentos de paz e bondade que hão de curar, em vez de revolver as nossas feridas espirituais. Penetre nessa casa que se enlutou, meu amigo, cheio de bondade e afeição pelos que o amam, e sem ódio pelos seus inimigos.

Seu pai afeiçoado e aflito,

Alphonse Frankenstein.

Genebra, 12 de maio de 17...

Clerval, que havia observado minha expressão à medida que eu lia a carta, ficou surpreso ao verificar o desespero que sucedeu à alegria que inicialmente demonstrei por ter recebido notícias de meus amigos. Joguei a carta sobre a mesa e mergulhei o rosto em minhas mãos.

– Meu caro Frankenstein – exclamou Henry ao ver que eu chorava amargurado. – Por que você tem de ser sempre infeliz? Meu caro amigo, que aconteceu?

Fiz-lhe um sinal para que lesse a carta, enquanto andava pelo quarto, preso de intensa agitação. As lágrimas também brotaram dos olhos de Clerval à proporção que ele lia o relatório de minha desgraça.

– Não lhe posso dar qualquer consolo, meu amigo – disse ele. – Seu desastre é irreparável. Que você pretende fazer?

– Ir imediatamente para Genebra; venha comigo, Henry, arranjar os cavalos.

Enquanto caminhávamos, Clerval tentou dizer algumas palavras de consolo; porém nada mais conseguiu senão compartilhar sinceramente da minha dor.

– Pobre William! – exclamou ele. – Querida criança agora dorme junto ao anjo que foi sua mãe! Quem o viu na sua alegria esfuziante e cheio de beleza não pode senão chorar a sua perda prematura! Morrer tão desgraçadamente, sentindo as garras do assassino. Muito mais do que um assassino, para poder destruir uma inocência tão radiante! Pobre garoto! Só nos resta um consolo; seus amigos lamentam-no e choram, mas ele está em repouso. A agonia terminou, seus sofrimentos findaram para sempre. A relva cobre o seu corpo, ele não sente mais dores. Não será mais um objeto de piedade; devemos reservá-la para os infelizes sobreviventes.

Assim falava Clerval, enquanto caminhávamos apressados pelas ruas; as palavras se fixaram em minha mente, e depois, quando sozinho, eu me lembrei delas. Mas então, assim que os cavalos chegaram, meti-me num cabriolé e dei adeus ao meu amigo.

Minha viagem foi muito triste. No início, eu queria correr, pois ansiava por consolar e compartilhar da tristeza de meus amigos; porém, à medida que me aproximava de minha cidade, segui mais devagar. Mal podia suportar o turbilhão de pensamentos que se comprimiam em meu cérebro. Atravessei regiões que conhecera quando jovem, mas que não via há quase seis anos. Quanta coisa podia ter mudado durante aquele tempo! Havia ocorrido uma súbita e desoladora modificação; porém mil outras pequenas alterações podiam ter acontecido e que, embora não se evidenciassem bruscamente, nem por isso eram menos decisivas. Fui assaltado pelo medo e não ousei prosseguir, temendo milhares de demônios anônimos que me faziam tremer, sem que eu pudesse defini-los.

Permaneci dois dias em Lausane neste doloroso estado de espírito. Eu contemplava o lago. As águas estavam plácidas, e tudo em volta era sereno. As montanhas cobertas de neve, "os palácios da natureza", não tinham mudado. Pouco a pouco, a calma e a beleza celestial da paisagem restauraram a minha tranquilidade, e continuei minha viagem para Genebra.

A estrada corria ao lado do lago, que se estreitava à medida que me aproximava da cidade. Percebi mais distintamente as encostas negras do Jura e o cume brilhante do Mont Blanc. Eu chorava como uma criança. "Queridas montanhas! Meu lindo lago! Como recebem vocês este viajante? Seus cumes estão limpos; o céu e o lago estão azuis e serenos. Será isso um prenúncio de paz ou uma zombaria da minha infelicidade?"

Receio, meu amigo, tornar-me aborrecido repisando essas circunstâncias preliminares, mas elas constituíram dias de relativa felicidade, e recordo-as com prazer. "Minha terra, minha amada terra! Quem senão um filho teu poderia dizer a sensação de deleite que me envolveu ao contemplar de novo teus regatos, tuas montanhas e, mais do que tudo, teu adorável lago?!"

Contudo, ao me aproximar de casa, fui assaltado outra vez pelo medo e pela dor. A noite caiu e, quando eu mal podia ver as montanhas escuras, experimentei uma tristeza ainda maior. Aquele quadro parecia um vasto e sombrio cenário do mal, e eu previa de longe que estava destinado a me tornar o mais desgraçado dos seres humanos. Ai de mim! Eu estava prevendo a verdade, e só falhei num ponto: toda a infelicidade que eu imaginava e temia não representava senão uma centésima parte da angústia que eu estava destinado a suportar.

Já estava completamente escuro quando cheguei às cercanias de Genebra. As portas da cidade já estavam fechadas, e fui obrigado a passar a noite em Secheron, aldeia a cerca de meia légua distante da cidade. O céu estava sereno e, como me sentia incapaz de repousar, resolvi visitar o local onde o pobre William fora assassinado. Como não podia passar pela cidade, tive de atravessar o lago num bote para alcançar Plainpalais. Durante essa curta viagem, vi os relâmpagos formando os mais lindos desenhos no cume do Mont Blanc. A tempestade parecia aproximar-se rapidamente. Ao saltar em terra, subi a uma pequena elevação a fim de melhor apreciar o seu avanço. Ela chegava; o céu estava nublado, e logo senti grandes e esparsos pingos da chuva, cuja violência aumentava rápido.

Deixei o lugar onde estava e continuei a caminhar, embora a escuridão e a tempestade aumentassem a cada minuto e os trovões estalassem com um ruído aterrador por sobre minha cabeça. O seu eco vinha desde Saleve, do Jura e dos Alpes da Savoia; os vívidos clarões dos relâmpagos me ofuscavam, iluminando o lago, fazendo-o parecer um extenso lençol de fogo; depois tudo mergulhava em trevas, até que os olhos se acomodavam de novo. Como habitualmente sucede na Suíça, a tempestade aparecia ao mesmo tempo em várias partes do céu. A mais violenta achava-se justamente ao Norte da cidade, sobre aquela parte do lago que fica entre Belrive e a aldeia de Copêt. Outra tormenta iluminava o Jura com relâmpagos fracos, e outra, ainda, escurecia e às vezes deixava entrever o Môle, um pico montanhoso a Leste do lago.

Ao mesmo tempo que eu apreciava a tempestade, tão bela e terrível, caminhava a passos largos. Essa nobre guerra celestial elevava o meu espírito; apertando as mãos, eu exclamava em voz alta:

– William, anjo querido! Este é o teu funeral, o teu réquiem!

Assim falando, percebi, na sombra, um vulto que se esgueirava detrás de um grupo de árvores perto de mim. Parei e fiquei olhando atentamente; não podia haver engano. O clarão de um relâmpago iluminou a figura e revelou perfeitamente sua forma. Sua gigantesca estatura e a deformidade de sua aparência, mais horrível do que humana, fizeram com que eu percebesse imediatamente que se tratava do desgraçado e nojento demônio ao qual eu conferira a vida. Que fazia ele ali? Teria sido ele (e eu tremi a esse pensamento) o assassino de meu irmão? Nem bem essa ideia havia atravessado minha mente e eu já estava convencido de sua veracidade. Meus dentes se entrechocaram, e eu fui obrigado a encostar-me a uma árvore para não cair. A coisa passou rapidamente por mim, e perdi-a de vista nas sombras. Nenhum ser humano poderia ter destruído aquela linda criança. Era ele o assassino! Não havia dúvida. A simples presença daquela ideia constituía uma prova irrefutável do fato. Pensei em perseguir o demônio, mas teria sido em vão, pois à luz de outro relâmpago vi que ele subia pelas rochas de uma encosta quase perpendicular do monte Saleve, elevação que limita Plainpalais ao Sul. Logo, ele atingiu o cume e desapareceu.

Eu fiquei imóvel. A trovoada cessou, mas a chuva ainda continuava, e toda a paisagem ficou envolta nas trevas. Eu revolvia em minha mente todos os acontecimentos que até agora tinha procurado esquecer: todo o progresso do meu trabalho visando à criação, o aparecimento da obra viva saída de minhas mãos ao lado da minha cama, sua partida. Fazia agora quase dois anos desde aquela noite em que ele recebera a vida. Seria este o seu primeiro crime? Ah, meu Deus! Eu soltara no mundo um monstro depravado cujo prazer residia na morte e na desgraça; não havia ele assassinado meu irmão?

Ninguém pode imaginar minha angústia durante o resto da noite que passei, frio e molhado, ao relento. No entanto, não sentia a inclemência do tempo; minha imaginação estava ocupada com cenas de maldade e desespero. Eu considerava o ser que eu havia liberado entre a humanidade e dotado de vontade e força para praticar horrores, como o que acabava fazer, quase como meu espectro, meu próprio espírito fugido da sepultura e obrigado a destruir tudo o que me era caro.

O dia vinha nascendo, e eu me encaminhei para a cidade. Os portões estavam abertos. Dirigi-me às pressas para a casa de meu pai. Meu primeiro pensamento foi revelar que eu sabia quem era o criminoso e organizar imediatamente sua perseguição. Refreei, porém, meu ímpeto quando refleti sobre a história que eu deveria contar. Um ser que eu próprio criara e dotara de vida se encontrara comigo à meia-noite entre os precipícios de uma montanha inacessível. Lembrava-me também da febre nervosa que me acometeu na época em que completei minha criação, e que daria um ar de delírio a um conto além do mais improvável. Também sabia que, se alguém me houvesse contado algo semelhante, eu o olharia como se ele estivesse à beira da loucura. Além disso, a estranha natureza do animal frustraria qualquer perseguição, mesmo que me dessem crédito e conseguisse convencer meus parentes a iniciá-la. E de que adiantaria persegui-lo? Quem poderia capturar uma criatura capaz de escalar as encostas abruptas do Monte Saleve? Esses pensamentos fizeram com que eu me decidisse a calar.

Eram cerca de cinco horas da manhã, quando entrei na casa de meu pai. Disse aos criados que a ninguém perturbassem e fui para a biblioteca esperar a hora em que habitualmente todos se levantavam.

Seis anos haviam transcorrido como um sonho, a não ser um traço indelével, e eu me achava no mesmo lugar em que abraçara meu pai pela última vez, antes de partir para Ingolstadt. Amado e venerado pai! Ele ainda me restara. Olhei para o retrato de minha mãe que estava sobre a lareira. Representava uma cena histórica, pintada por vontade de meu pai – Caroline Beaufort no desespero da agonia, ajoelhada aos pés do caixão de seu pai morto. Sua aparência era rústica e suas faces estavam pálidas, mas ela apresentava um ar de dignidade e de beleza que mal permitia um sentimento de piedade. Abaixo havia uma miniatura de William e as lágrimas me assomaram aos olhos quando a contemplei. Enquanto eu estava assim entretido entrou Ernest; ele me tinha ouvido ao chegar e apressou-se a dar-me as boas-vindas. Ao ver-me, denotava um prazer cheio de tristeza.

– Seja bem-vindo, meu querido Victor – disse ele. Quem me dera que você tivesse chegado há três meses, quando então nos teria encontrado alegres e felizes. Você chega agora para compartilhar uma desgraça que nada pode aliviar; contudo, espero que a sua presença reanime nosso pai que parece cada vez mais abater-se ante a sua infelicidade; e você poderá convencer a pobre Elizabeth a deixar de se torturar com suas autoacusações. Pobre William, ele era o nosso ente querido, e o nosso orgulho!

Lágrimas incontidas brotavam dos olhos de meu irmão; todo o meu corpo foi percorrido por uma sensação de agonia mortal. Antes, eu havia pensado apenas na ruína de meu desolado lar, mas agora a realidade se fazia sentir como um novo e não menos terrível desastre. Procurei acalmar Ernest; pedi-lhe que me falasse com mais detalhes de meu pai e daquela a quem eu chamava de prima.

– Ela, mais do que todos nós – disse Ernest –, precisa de consolo; ela se acusou de haver sido a causa da morte de meu irmão, o que a abateu muito. Mas desde que o assassino já foi descoberto...

– O assassino foi descoberto! Meu Deus! Como foi isso? Quem poderia tê-lo perseguido? É impossível! Seria mais fácil dominar os ventos ou fazer parar um regato da montanha com uma palha. Eu também o vi; ele estava solto a noite passada!

– Não sei o que você está dizendo – replicou o irmão espantado –, mas a descoberta que fizemos aumenta ainda mais a nossa desgraça. Em princípio ninguém acreditaria e, até agora, Elizabeth não está convencida, apesar de todas as provas. Com efeito, quem poderia crer que Justine Moritz, tão amiga e querida da família, pudesse de repente ser capaz de um crime tão horroroso e espantoso?

– Justine Moritz! Pobre menina, é ela a acusada? Mas isso é uma iniquidade; todo mundo sabe. Certamente ninguém acredita nisso, não é Ernest?

– No início, ninguém acreditou, mas surgiram provas circunstanciais que quase nos convenceram. Além disso, receio que o comportamento dela tenha sido bastante confuso para não deixar dúvidas quanto à evidência dos fatos. Mas ela será julgada hoje, e você então terá ocasião de saber de tudo.

Ele contou que, na manhã em que havia sido descoberta a morte do pobre William, Justine tinha caído doente, ficando de cama vários dias. Aconteceu que, durante esse tempo, uma das criadas, examinando as roupas que ela tinha usado na noite do crime, descobrira num dos bolsos o retratinho de minha mãe, que se julgava ter sido o motivo do assassinato. Imediatamente a criada mostrou-o a outro dos empregados que, sem nada dizer a nós da família, procurou a polícia; e, ante o seu depoimento, Justine foi presa. Acusada do fato, a pobre menina confirmou as suspeitas com seus modos muito estranhos.

Era uma história singular, mas não abalou minhas convicções. Respondi incisivamente:

– Todos vocês estão enganados; eu sei quem é o assassino. Justine, a pobre e boa Justine, é inocente.

Naquele instante entrou meu pai. Trazia estampada no rosto uma profunda infelicidade, mas procurou cumprimentar-me com toda a animação que lhe era possível. Depois da recepção dolorosa, teríamos enveredado por outro tópico se Ernest não tivesse falado:

– Santo Deus, papai! Victor disse que sabe quem matou o pobre William.

– Infelizmente nós também sabemos – replicou meu pai. – Na verdade, eu preferia ter ignorado para sempre do que descobrir tanta maldade e ingratidão em alguém que eu prezava tanto.

– Caro pai, você está enganado; Justine é inocente.

– Se assim for, Deus não permitirá que ela seja condenada. Vai ser julgada hoje, e espero, espero com toda a sinceridade, que seja absolvida.

Essas palavras me acalmaram. Eu estava firmemente convencido de que Justine, e com efeito qualquer outro ser humano, estivesse inocente daquele crime. Portanto, não temia que se pudesse apresentar qualquer prova suficientemente forte para condená-la. Minha história não era de molde a poder ser contada publicamente; o espantoso horror de que estava cercada faria com que toda a gente a considerasse uma loucura. Com efeito, haveria alguém além de mim, o criador, capaz de acreditar, a menos que fosse convencido pelos seus sentidos, na existência do monumento vivo de presunção e completa ignorância que eu havia soltado no mundo?

Pouco depois, Elizabeth juntou-se a nós. Estava mudada, desde a última vez que a vira. O tempo dotara-a de um encanto que ultrapassava a beleza dos seus dias de criança. Persistiam a mesma candura e vivacidade, aliadas, porém, a uma expressão de maior sensibilidade e inteligência. Ela me recebeu com a maior afeição.

– Sua chegada, querido primo – disse ela – enche-me de esperança. Talvez você encontre algum meio de justificar a inocência de minha pobre Justine. Ai de mim! Quem estará seguro, se ela for condenada por um crime? Eu confio na inocência dela como confio na minha. Somos duplamente infelizes; além de perdermos aquele adorável menino, estamos ameaçados de ver esta pobre menina, a quem tanto amo, ser destruída por um destino ainda pior. Se ela for condenada, jamais terei alegria em minha vida. Mas ela não o será, estou certa de que não será. Assim eu poderei ser feliz de novo, mesmo depois da morte do meu pobre William.

– Ela é inocente, minha Elizabeth – disse eu. – Isso será provado; nada tema e deixe que seu espírito se reanime com a certeza de sua absolvição.

– Como você é bom e generoso! Todos acreditam que ela seja culpada, e isso ainda me faz mais desgraçada pois eu sei que isso é impossível. Mas ao ver tanta gente convencida de sua culpa, eu fico ainda mais desesperada e sem esperança. – E pôs-se a chorar.

– Querida sobrinha – disse meu pai –, enxugue suas lágrimas. Se, como você crê, ela for inocente, confie na justiça de nossas leis, e eu providenciarei para que não haja a menor parcialidade.

Capítulo 8

Passamos alguns momentos tristes até as 11 horas, quando teve início o julgamento. Tendo meu pai e o resto da família de atuar como testemunhas, eu os acompanhei ao tribunal. Durante toda aquela infeliz farsa da justiça, eu sofria uma verdadeira tortura. Ia ficar decidido se o resultado de minha curiosidade doentia e meu trabalho iníquo seria a morte de dois de meus entes queridos: um, uma criancinha cheia de inocência e alegria assassinada da maneira mais terrível, com a agravante da infâmia que faria aquele crime ser lembrado para sempre com horror. Justine também era uma menina de valor e possuía as qualidades capazes de lhe tornar a vida feliz; agora tudo isso ia ser esquecido por uma cova, e por minha causa! Antes eu tivesse mil vezes me confessado culpado do crime que era atribuído a Justine, mas eu me achava ausente quando ele foi cometido, e uma declaração dessas teria sido tomada como o delírio de um louco, além de não livrá-la de sofrer por mim.

Justine estava calma. Vestia-se de luto, e seu rosto, sempre preocupado, se tornara, pela solenidade de seus pensamentos, singularmente belo. Contudo, ela parecia confiante em sua inocência, embora olhada e execrada por milhares de pessoas, pois toda a bondade que sua beleza poderia ter despertado fora apagada da mente dos espectadores pela imagem da enormidade do crime que lhe era atribuído. Ela estava tranquila, mas com uma tranquilidade evidentemente constrangida. Como seu estado de confusão fora considerado antes como prova de sua culpabilidade, ela procurava aparentar coragem. Quando entrou no tribunal, olhou em volta e rapidamente viu onde estávamos sentados. Uma lágrima pareceu embaciar seus olhos, mas ela se recompôs de imediato, deixando transparecer um olhar de triste afeição que parecia atestar sua completa inocência.

Começou o julgamento. Depois que o promotor fez a acusação contra ela, foram chamadas várias testemunhas. Vários fatos estranhos combinavam-se para comprometê-la, fatos que poderiam confundir qualquer um que não tivesse as provas de sua inocência como eu tinha. Ela passara fora toda a noite do crime e, na manhã seguinte, fora vista por uma mercadora não longe do local onde, posteriormente, fora encontrado o corpo da criança assassinada. A mulher perguntara-lhe o que fazia ali, mas ela se mostrara muito estranha e apenas respondera de modo confuso e ininteligível. Ela voltou para casa cerca das oito horas e, quando lhe inquiriram onde havia passado a noite, replicou que estivera à procura do menino e pediu com impaciência que lhe dissessem se haviam sabido dele. Quando lhe mostraram o corpo, foi presa de violento ataque de histeria e caiu de cama por vários dias. Foi então apresentado o retrato que a criada encontrara no bolso do seu vestido. Quando Elisabeth com voz titubeante, afirmou que era o mesmo que havia colocado no pescoço da criança, uma hora antes de ela desaparecer, um murmúrio de horror e indignação percorreu o tribunal.

Justine foi chamada para se defender. Durante o prosseguimento da audiência, sua aparência se tinha alterado. Seu rosto exprimia horror, surpresa e infelicidade. Às vezes, ela lutava com as lágrimas mas, quando resolveu apresentar sua defesa, reuniu forças e falou com voz audível, embora variável:

– Deus sabe – disse ela – que sou inteiramente inocente. Não tenho, porém, a pretensão de que minhas declarações me absolvam. Apoio a minha inocência numa exposição simples e franca dos fatos que foram levantados contra mim e espero que meus antecedentes inclinem os meus julgadores a uma interpretação favorável mesmo que algum deles pareça duvidoso ou suspeito.

Relatou então que, com a permissão de Elizabeth, havia passado a noite em que o crime fora cometido na casa de uma tia em Chêne, aldeia situada a cerca de uma légua de

Genebra. Ao regressar, por volta das nove horas, encontrou um homem que lhe perguntou se tinha visto o menino que estava perdido. Ela ficou alarmada com esta informação e passou várias horas procurando por ele, quando as portas de Genebra se fecharam, obrigando-a a pernoitar num celeiro pertencente a uma casa de fazenda, pois não quis acordar os moradores de quem, aliás, era bem conhecida. Ali ficou ela a maior parte da noite, de vigia. Quando amanheceu, achou que tinha dormido alguns minutos. Foi acordada pelo ruído de passos. Deixou o abrigo, tentando achar novamente meu irmão. Se passou perto do local onde seu corpo jazia, fê-lo sem o saber. Que ela se tivesse mostrado espantada quando foi interrogada pela mercadora não era de admirar, pois havia passado uma noite sem dormir, o destino do pobre William ainda era incerto. Quanto ao medalhão do retrato, nada podia informar.

– Sei muito bem – continuou a infeliz vítima – o quanto esta circunstância pesa contra mim, mas não posso, não sei como explicá-la. E quando confesso a minha ignorância, nada mais me resta senão pôr-me a imaginar como teria ele vindo parar no meu bolso. Mas também aí sinto-me impotente. Acho que não tenho nenhum inimigo na Terra, e com certeza ninguém seria tão malvado a ponto de querer me destruir gratuitamente. Terá sido o assassino que o colocou ali? Não creio que lhe tenha dado uma oportunidade de fazê-lo; e, se assim foi, por que teria ele roubado a joia, para partir logo depois? Entrego a minha causa à justiça dos meus juízes, muito embora não veja lugar para esperanças. Peço permissão para que algumas testemunhas deponham sobre o meu caráter e, se o testemunho delas não superar a minha suposta culpa, devo ser condenada embora eu confie minha salvação à minha inocência.

Foram chamadas várias pessoas que a conheciam há muitos anos e todas falaram bem dela; mas o medo e o ódio despertados pelo crime de que a supunham culpada tornaram-nas temerosas e sem vontade de adiantar mais nada. Elizabeth viu que até mesmo este último recurso, apesar da excelente disposição e irrepreensível conduta de Justine, não serviria à acusada. Então, embora muito agitada, pediu permissão para se dirigir ao tribunal.

– Eu sou – disse ela – prima da infeliz criança que foi assinada, ou melhor, sua irmã, já que fui educada por seus pais e vivi com eles desde então, e muito antes de ela nascer. Pode, pois, parecer indecoroso que eu me apresente numa ocasião como esta, mas quando vejo uma criatura amiga a ponto de perecer devido à covardia de seus pretensos amigos, quero que me permitam falar para dizer o que sei sobre seu caráter. Conheço muito bem a acusada. Vivi com ela na mesma casa, uma vez durante cinco anos, e outra por quase dois. Durante todo esse tempo, ela me pareceu a mais amável e bondosa das criaturas humanas. Assistiu a sra. Frankenstein, minha tia, durante sua última doença, com a maior afeição e carinho. Depois, atendeu sua própria mãe, de um modo que provocou a admiração de todos os que a conheciam, após o que voltou a morar na casa de meu tio, onde era querida por toda a família. Estava intimamente ligada à criança que agora se acha morta e dispensava a ela o carinho da mais afeiçoada das mães. De minha parte, não hesitarei em dizer que, a despeito de todas as provas apresentadas contra ela, acredito e confio em sua total inocência. Jamais seria tentada por uma mesquinharia sobre a qual repousa a prova principal. Se ela tivesse desejado o medalhão, eu de muito boa vontade o teria dado, tanto a estimo e considero.

Um murmúrio de aprovação seguiu-se ao simples, mas poderoso apelo de Elizabeth, provocado porém pela sua generosa interferência, e não em favor de Justine, sobre quem a indignação pública recaíra com renovado vigor, carregando-a da mais negra ingratidão. Ela própria chorou enquanto Elizabeth falava, mas não respondeu. Eu fiquei tremendamente agitado e angustiado durante todo o julgamento. Acreditava na sua inocência; sabia que ela estava inocente. Poderia o demônio que assassinara (eu não tinha a menor dúvida) meu irmão arrastar, em seu esporte infernal, uma criatura inocente para a morte e a ignomínia? Não podia suportar o horror de minha situação e, quando percebi que o clamor popular e o semblante dos juízes já haviam condenado minha infeliz vítima, saí correndo do tribunal, cheio de agonia. O sofrimento da acusada não se igualava ao meu; ela possuía o apoio de sua inocência, mas as garras do remorso dilaceravam sem cessar o meu peito.

Passei uma noite completamente arruinado. Pela manhã fui ao tribunal. Tinha os lábios e a garganta secos. Não ousava fazer a pergunta fatal, mas eu era conhecido, e o funcionário percebeu o motivo de minha visita. A votação já havia sido feita; todos os votos foram negros, Justine fora condenada.

Não pretendo descrever o que senti então. Já havia experimentado, antes, sensações de horror, e tenho tentado classificá-la adequadamente, mas as palavras não podem dar uma ideia do desespero que então me atormentava o coração. A pessoa a quem me dirigi acrescentou que Justine já tinha confessado sua culpa.

– Num caso tão claro como este, não precisávamos disso, mas estou satisfeito de que assim tenha sido – observou. – Na verdade, nenhum dos nossos juízes gosta de condenar um criminoso pelas provas circunstanciais, por mais evidentes que sejam.

Era uma notícia inesperada e singular. Que significaria? Teriam meus olhos me enganado? E seria eu realmente tão louco quanto o mundo acreditaria que eu fosse se revelasse o objeto de minhas suspeitas? Apressei-me a voltar para casa, onde Elizabeth, impaciente, perguntou pelo resultado.

– Prima – respondi –, está decidido conforme era de esperar; todos os juízes prefeririam liberar um culpado a condenar dez inocentes. Mas ela confessou.

Foi um duro golpe para a pobre Elizabeth, que confiava firmemente na inocência de Justine.

– Ai de mim! – lamentou ela. – Como poderei acreditar na bondade humana? Justine que eu amava e estimava como irmã, como pôde ela demonstrar aqueles sorrisos de inocência, apenas para trair? Com aqueles olhos meigos, quem a diria capaz de qualquer maldade? E, no entanto, ela cometeu um crime.

Logo depois, soubemos que a pobre vítima havia expressado o desejo de ver minha prima. Meu pai não queria que ela fosse, mas disse que ela agisse de acordo com seu próprio critério e seus sentimentos.

– Sim – falou Elizabeth. – Eu irei, embora ela seja culpada. Você, Victor, me acompanhará. Não quero ir sozinha.

Para mim, a perspectiva dessa visita constituía uma tortura, mas não pude recusar.

Entramos na sombria cela da prisão e vimos Justine, que estava sentada sobre um pouco de palha a um dos cantos. Suas mãos estavam algemadas, e a cabeça repousava entre seus joelhos. Ao nos ver entrar, ela se levantou e, quando ficamos sós, ela se atirou aos pés de Elizabeth, chorando amargamente. Minha prima também chorava.

– Justine! – disse ela. – Por que você me privou de meu último consolo? Eu confiava em sua inocência e, embora me sentisse desgraçada, não o era tanto quanto agora.

– E você acredita também que eu seja tão, tão má? Irá você juntar-se também aos meus inimigos para destruir-me, para condenar-me como assassina? – Sua voz era sufocada pelos soluços.

– Levante-se, minha pobre menina – disse Elizabeth. – Por que você se ajoelha, se é inocente? Não sou sua inimiga. Acreditava em sua inocência, não obstante todas as provas, até que ouvi dizer que você se confessara culpada. Diga que isso é falso, e eu lhe asseguro, Justine, que nada poderá abalar minha confiança em você, senão sua própria confissão.

– Confessei, sim, mas confessei uma mentira. Confessei para que pudesse conseguir uma absolvição total; mas agora esta mentira pesa mais no meu coração do que todos os outros pecados. Oh, Deus do céu, perdoai-me! Desde que eu fui condenada que meu confessor não me deixava em paz;

ele me ameaçava e tornava a ameaçar, até que eu quase me convenci de que era o monstro que ele dizia. Ameaçou-me com a excomunhão e com o fogo do inferno para sempre se eu continuasse na minha obstinação. Querida senhora, eu não tinha ninguém que me amparasse; todos me olhavam como uma desgraça destinada à ignomínia e à perdição. Que podia eu fazer? Num momento de desespero, agarrei-me a uma mentira; e agora sinto-me mais desgraçada do que nunca.

Ela parou, chorando, e depois continuou:

– Pensei com horror, minha boa senhora, que ia acreditar que a sua Justine, a quem tanto honrara sua abençoada tia e que a senhora amava, fosse capaz de um crime que ninguém, a não ser o próprio demônio, poderia ter cometido. Querido William! Adorada criança! Logo o verei no céu, onde todos seremos felizes; e isso me consola, indo como vou sofrer a morte e o desprezo.

– Oh, Justine! Perdoe-me por haver duvidado um momento de você. Por que você confessou? Mas não chore, querida menina. Não tema. Eu proclamarei, eu provarei a sua inocência. Eu derreterei os corações de pedra de seus inimigos com as minhas lágrimas e as minhas gerações. Você não morrerá! Você, minha companheira de todas as horas, minha irmã, morrer no cadafalso?! Não! Não! Eu jamais poderia sobreviver a uma desgraça tão horrível.

Justine abanou a cabeça tristemente.

– Não tenho medo de morrer – disse ela. – Essa dor já passou. Deus me anima e me dá coragem para suportar o pior. Eu deixo um mundo triste e amargo. E se a senhora se lembrar de mim como alguém que foi injustamente condenada, resigno-me ao destino que me espera. Aprenda comigo, querida senhora, a submeter-se com paciência aos desígnios do céu!

Durante essa entrevista eu me havia retirado para um canto da cela, onde pudesse esconder a angústia que me dominava. Desespero! Quem se atreveria a falar disso? A pobre vítima, que na manhã seguinte iria transpor o horroroso limite que separa a vida da morte, não sentia uma agonia tão grande e desesperada como eu. Eu rilhava e apertava os dentes, emitindo um gemido que veio das profundezas de minha alma. Justine olhou espantada. Quando viu o que era, aproximou-se de mim e falou:

– Caro senhor, foi muito bondoso em vir me visitar; espero que o senhor também não acredite que eu seja culpada.

Eu não pude responder.

– Não, Justine – disse Elizabeth. – Ele está mais convencido de sua inocência do que eu estava, pois, mesmo quando soube que você tinha confessado, não acreditou.

– Agradeço muitíssimo. Nestes últimos momentos, devo gratidão aos que pensam em mim com bondade. Como é doce a afeição dos outros para com uma desgraçada que nem eu! Isso faz desaparecer metade de minha infelicidade. Sinto que posso morrer em paz, agora que vocês, minha cara senhora e seu primo, reconhecem a minha inocência.

Assim, a pobre sofredora procurava consolar os outros e a si própria. Com efeito, conseguiu a resignação que desejava. Porém eu, o verdadeiro criminoso, sentia, sempre vivo, dentro do peito, o verme que não me deixava qualquer esperança ou consolo. Elizabeth também chorava e estava muito infeliz, mas a sua era uma infelicidade inocente que, como uma nuvem que passa pela Lua pode esconder, mas não extinguir-lhe o brilho. Meu coração fora tomado de angústia e desespero. Dentro de mim, sentia um inferno, que nada podia aplacar. Ficamos várias horas com Justine, e foi com grande dificuldade que Elizabeth resolveu-se a sair.

– Quem me dera – chorava ela – que eu pudesse morrer com você; não posso viver neste mundo de misérias.

Justine assumiu um ar animado enquanto disfarçava as lágrimas com dificuldade. Abraçou Elizabeth e disse numa voz meio embargada pela emoção:

– Adeus, senhora, querida Elizabeth, minha única e verdadeira amiga; que Deus em sua bondade não a abandone; que esta seja a última infelicidade que você sofra! Viva, seja feliz e faça os outros felizes!

Na manhã seguinte Justine morreu. A eloquência de Elizabeth não conseguiu abalar a convicção dos juízes na culpabilidade da infeliz. Meus apelos veementes e indignados se perderam. E, quando ouvi as respostas frias e o raciocínio insensível daqueles homens, minha pretendida confissão morreu em meus lábios. Assim eu podia proclamar-me louco, mas não revogar a sentença contra a minha pobre vítima. Ela morreu no cadafalso como se fosse uma assassina!

Das torturas de meu próprio eu, passei a contemplar a dor profunda e muda de Elizabeth. Isso também se devia a mim! E a mágoa de meu pai, e a desolação daquele lar antes tão sorridente – tudo era obra de minhas três vezes malditas mãos! Chorais, ó infelizes, mas essas não serão vossas últimas lágrimas! Mais uma vez entregar-vos-eis ao pranto fúnebre, e o som de vossas lamentações será ouvido mais e mais! Frankenstein, seu filho, seu parente, seu primogênito, amigo querido; ele que deveria dar cada gota de seu sangue em seu benefício, que não pensa ou experimenta qualquer sensação de alegria, exceto quando ela se reflete em seus próprios rostos queridos, que deveria passar a vida servindo a vocês – ele faz com que chorem inúmeras lágrimas.

Assim falava minha alma profética como se, dilacerada pelo remorso, pelo horror e pelo desespero, eu contemplasse aqueles que eu amava se entristecerem em vão ante as sepulturas de William e Justine, as primeiras vítimas de minha obra maldita.

Capítulo 9

Nada é mais doloroso para a mente humana, após serem os sentimentos agitados por uma sucessão rápida de eventos, que a calma mortal da inação e a certeza que se segue e priva a alma tanto da esperança quanto do medo. Justine morrera, repousava, mas eu estava vivo. O sangue fluía livremente em minhas veias, mas eu sentia o coração oprimido pelo peso de um desespero que nada podia remover. O sono abandonou meus olhos; eu errava como um espírito do mal, pois tinha realizado feitos mais que monstruosos, e mais, muito mais (eu estava persuadido) ainda estava por vir. Todavia, meu coração se inundava de bondade e de amor pela virtude. Eu iniciara a vida com boas intenções e ansiava pelo momento em que pudesse pô-las em prática e tornar-me útil para meus semelhantes. Agora, tudo estava destruído. Em vez daquela serenidade de consciência, que me permitiria olhar para trás, para o passado, com íntima satisfação, e dali reunir novas esperanças, eu me achava dominado pelo remorso e pelo sentimento de culpa, que me lançava para um inferno de intensas torturas, que nenhuma palavra seria capaz de descrever.

Esse estado de espírito abalou minha saúde, que talvez jamais se houvesse recuperado inteiramente do primeiro choque que sofrera. Evitava encarar os homens. Tudo o que representava alegria ou complacência era para mim uma tortura. Meu único consolo – a solidão profunda, escura, uma solidão mortal.

Meu pai observava angustiado as alterações que se processavam em mim e tentava, por meio de argumentos tirados de sua consciência serena e de sua vida pura, inspirar-me força e despertar em mim a coragem para afastar a nuvem negra que me envolvia.

– Você acha, Victor – dizia ele –, que eu também não estou sofrendo? Ninguém jamais amou uma criança como eu amei seu irmão. – E as lágrimas inundavam seus olhos enquanto ele falava. – Mas não é dever de todos nós, sobreviventes, refrearmos a nossa infelicidade sem demonstrar uma aparência de dor excessiva? É também o seu dever, pois tristeza em demasia impede o progresso e a alegria, até mesmo a descarga das inutilidades diárias, sem o que nenhum homem está apto para enfrentar a sociedade.

Esse conselho, embora bom, era totalmente inaplicável ao meu caso. Eu teria sido o primeiro a ocultar a minha dor e a consolar meus amigos, se o remorso não tivesse mesclado sua amargura, e o terror, seu alarma juntamente com outras sensações. Agora, nada mais podia fazer senão responder a meu pai com um olhar de desespero e tentar esconder-me de sua vista.

Nesta ocasião haviamo-nos retirado para nossa casa de Belrive. Essa mudança fora particularmente agradável para mim. O fechamento regular das portas da cidade às 10 horas da noite e a impossibilidade de permanecer no lago depois daquela hora haviam tornado nossa moradia dentro dos muros de Genebra muito aborrecida para mim. Agora, eu estava livre. Frequentemente, depois que a família se recolhia à noite, eu tomava o bote e passava muitas horas sobre a água. Às vezes com as velas armadas, eu era carregado pelo vento, outras vezes, depois de remar no meio do lago, deixava o barco por si mesmo e dava livre curso às minhas miseráveis reflexões. Não raro eu era tentado, quando tudo estava em paz à minha volta, e eu era a única coisa que se agitava inquieta num cenário tão belo e celestial – excetuando o voo de algum morcego ou o rude e ininterrupto coaxar dos sapos, que eu ouvia quando me aproximava das margens –, muitas vezes, repito, eu era tentado a mergulhar no lago silencioso para que as águas pudessem se fechar para sempre sobre mim e minha infelicidade. Mas eu era impedido de fazê-lo quando me lembrava da heroica e sofredora Elizabeth, que eu amava ternamente, e cuja existência se achava ligada à minha. Pensava também em meu pai e em meu outro irmão. Poderia eu, desertando, abandoná-los expostos e desprotegidos à crueldade do demônio que havia solto entre eles?

Nesses momentos, eu chorava amargamente e só desejava que a paz retornasse à minha mente para que eu pudesse dar-lhes consolo e felicidade. Mas isso não podia ser. O remorso extinguira toda a esperança. Eu tinha sido autor de males irreparáveis. Vivia no medo constante de que o monstro que eu criara perpetrasse alguma nova maldade. Tinha um longínquo pressentimento de que aquilo não fora tudo, ele ainda cometeria um crime extraordinário que, pela sua enormidade, apagaria a lembrança do anterior. Havia sempre a perspectiva tão temível de que fosse envolvido alguém que eu amava. É impossível descrever o ódio que eu nutria contra aquele demônio. Quando pensava nele, meus dentes se apertavam, meus olhos se inflamavam, e eu ansiava por extinguir aquela vida que tão impensadamente eu havia criado. Quando refletia nos seus crimes e na sua maldade, meu ódio e sentimento de vingança não conheciam limites. Teria feito uma peregrinação ao mais alto pico dos Andes, para que pudesse precipitá-lo do alto até a base. Desejava vê-lo de novo para poder descarregar sobre sua cabeça todo o ódio de que me achava possuído e vingar as mortes de William e Justine.

Nossa casa era a casa da dor. A saúde de meu pai ficara seriamente abalada pelos recentes acontecimentos. Elizabeth vivia triste e acabrunhada, sem experimentar mais prazer algum em suas ocupações diárias, pois isso lhe parecia um sacrilégio perante os mortos. Achava que só com mágoa e dor eternas poderia pagar um justo tributo à destruição daqueles inocentes. Não era mais a criatura feliz que, na adolescência, passeava comigo pelas margens do lago falando com êxtase de nosso futuro. A primeira daquelas tristezas que nos são enviadas para nos afastar da terra e sua depressiva influência tinham extinguido seus sorrisos mais caros.

– Quando penso, primo – dizia ela –, na morte miserável de Justine Moritz, o mundo não me parece mais o mesmo.

Antes, eu considerava as histórias de vício e injustiça, que lia nos livros ou sabia pelos outros, como coisas do passado ou males imaginários; afinal, eles eram remotos e mais familiares à razão do que à imaginação. Agora, porém, que a desgraça penetrou em nossa casa, os homens me parecem monstros sedentos do sangue de seus semelhantes. Certamente eu sou injusta. Todos acreditavam que a pobre moça era culpada e, se ela pudesse ter cometido o crime pelo qual pagou, com certeza teria sido o mais depravado dos seres humanos. Assassinar, por causa de algumas joias, o filho do seu benfeitor e amigo, uma criança de quem ela cuidara desde o nascimento, e a quem parecia amar como se fosse seu próprio filho! Eu não admitia que se matasse ninguém, mas sem dúvida alguma eu teria achado que uma criatura assim era indigna de continuar no convívio dos homens. Mas eu sei que ela era inocente, eu sinto isso; você também é da mesma opinião, e isso confirma o que penso. Victor! Quando a mentira pode se parecer tanto com a verdade, como podemos pensar em sermos felizes? Parece que estou caminhando à beira de um precipício, para o qual milhares de pessoas tentam me atirar. William e Justine foram assassinados, e o criminoso escapa, anda pelo mundo, livre e talvez até respeitado. Mas mesmo que fosse eu quem tivesse de pagar no cadafalso por esses crimes que não cometi, não desejaria trocar de lugar com um tal miserável.

Eu ouvia essas palavras cheio de agonia. Eu não cometera esses crimes, mas, na verdade, eu era o verdadeiro criminoso. Elizabeth leu a angústia em meu semblante e, tomando bondosamente a minha mão, disse:

– Agora, amigo, você deve acalmar-se. Só Deus sabe o quanto me afetaram esses acontecimentos, mas não estou tão arrasada quanto você. Seu rosto demonstra às vezes uma tal expressão de desespero e de vingança que me faz tremer. Victor querido, afaste de você esses pensamentos sombrios. Lembre-se dos amigos que o cercam e que depositam todas as suas esperanças em você. Será que perdemos o poder de fazê-lo feliz? Ah! Enquanto nos amarmos, enquanto formos mutuamente leais, aqui nesta terra de paz e de beleza, sua terra natal, poderemos colher todas as bênçãos da tranquilidade. Que será capaz de perturbar nossa paz?

E não seriam essas palavras, proferidas por aquela a quem eu amava acima de tudo, capazes de afastar o demônio que se ocultava em meu coração? Enquanto Elizabeth falava, aproximei-me dela como se, cheio de terror, temesse que naquele momento o destruidor a roubasse de mim.

Assim, nem a ternura e a amizade, nem a beleza da terra e do céu eram capazes de redimir minha alma da mágoa que a acabrunhava; até mesmo as manifestações de amor eram ineficazes. Eu me encontrava envolto por uma nuvem que nenhuma influência benéfica podia penetrar. Verdadeiro animal ferido, arrastando seus membros claudicantes para algum silvado escondido, a fim de contemplar a flecha que o penetrou e morrer, assim estava eu.

Às vezes, podia suportar o desespero que me esmagava, mas em outras ocasiões era impelido a procurar, através de exercício físico e mudança de lugar, algum alívio para minhas intoleráveis sensações. Foi durante um acesso desses que deixei de repente minha casa, dirigindo meus passos para os vales alpinos das cercanias, onde, na magnificência e na eternidade de seus cenários, procurei esquecer-me de mim mesmo e de minhas tristezas humanas. Aquele passeio me levou diretamente para o vale de Chamounix. Na minha juventude, eu o visitava frequentemente. Desde então, haviam se passado seis anos. Eu me transformara numa ruína, mas nada mudara naquelas paisagens agrestes e eternas.

Cumpri a primeira parte de minha viagem a cavalo. Depois, aluguei uma mula, transporte mais apropriado para aqueles caminhos ínvios e agrestes. O tempo mostrava-se ótimo. Estávamos em meados de agosto, quase dois meses após a morte de Justine, aquela época infeliz, marco de toda a minha dor. O peso sobre minha alma se aliviava sensivelmente à medida que eu mergulhava cada vez mais na ravina de Arve. As imensas montanhas e os precipícios que surgiam de todos os lados, o som dos rios abrindo caminho entre as rochas e o ímpeto das cachoeiras falavam de uma força tremenda e onipotente – e eu deixava de sentir medo e de me curvar ante qualquer ser menos poderoso do que o que criara e comandava os elementos, ali dispostos em seu aspecto mais terrível. À medida que eu subia, o vale se apresentava ainda mais magnífico e espantoso. Castelos arruinados pendentes sobre os precipícios de montanhas cheias de pinheiros, o impetuoso Arve, e as casinhas espalhadas por toda a parte, entre as árvores, formavam um cenário de beleza singular. Tudo isso, porém, aumentava e tocava a sublimação ante os Alpes imponentes, cujas pirâmides alvas e brilhantes dominavam tudo como uma grande cúpula que pertencesse a um outro mundo, morada de uma outra raça de seres.

Passei a ponte de Pélissier, onde a ravina que o rio formava se abria diante de mim, e comecei a subir a montanha que se eleva sobre ela. Logo depois, penetrei no vale de Chamounix. Esse vale é maravilhoso, mas não tão lindo e pitoresco quanto o de Servox, que eu acabava de atravessar. Também era demarcado por montanhas cobertas de neve, porém não se viam mais castelos arruinados e os campos férteis. Imensos glaciares se aproximavam da estrada. Eu ouvia o estrondo da queda das avalanchas, que marcavam com uma nuvem a sua passagem. O Mont Blanc, o supremo e magnífico Mont Blanc, elevava-se por sobre as *agulhas* que o cercavam, dominando o vale com sua cúpula imponente.

Muitas vezes, durante esta caminhada, meu corpo foi atravessado por uma sensação de prazer há muito perdida. Uma curva na estrada, algum objeto subitamente percebido e reconhecido lembravam os dias do passado e se associavam com a despreocupada alegria da juventude. Os próprios ventos murmuravam notas suaves e a natureza, como uma mãe, convidava-me a não chorar mais. Então, novamente, aquela bondosa influência cessava – e eu me sentia novamente agitado e entregue à infelicidade de meus pensamentos. Esporeava o animal, lutando por esquecer o mundo, meus temores e, mais que tudo, de mim mesmo – ou então, de maneira mais dramática, eu apeava e lançava-me sobre a grama, esmagado pelo peso do horror e do desespero.

Finalmente, cheguei à aldeia de Chamounix. A fadiga acumulada, do corpo e da alma, que eu suportara, cedeu lugar à exaustão. Por um curto espaço de tempo, fiquei na janela contemplando os pálidos relâmpagos que brincavam sobre o Mont Blanc e ouvindo a corrente do Arve, que prosseguia seu ruidoso caminho lá embaixo. Esses sons calmantes atuavam como uma canção de ninar sobre minhas sensações à flor da pele. Quando coloquei a cabeça sobre o travesseiro, o sono me envolveu. Eu o senti chegar e abençoei-o pelo esquecimento que me proporcionava.

Capítulo 10

Passei o dia seguinte vagando pelo vale. Parei junto às nascentes do Arveiron, que surge de uma geleira, e vagarosamente desce do alto da montanha para guarnecer o vale. Diante de mim elevavam-se as encostas abruptas de vastas montanhas; por sobre mim pendia a parede de gelo. Alguns pinheiros destruídos se espalhavam em volta; e o silêncio solene dessa gloriosa sala de recepção da imperial natureza era apenas quebrado pelo burburinho das ondas ou a queda de algum grande fragmento, o som atroador de uma avalanche ou o estalar do gelo, que ecoava pelas montanhas, através do silencioso trabalho das leis imutáveis, como se fosse uma brincadeira em suas mãos. Esses cenários sublimes e magníficos proporcionavam-me o maior consolo que eu era capaz de receber. Elevavam-me dos pensamentos mesquinhos e, embora não removessem minha dor, de algum modo tranquilizavam-na. Até certo ponto, distraíam também minha mente dos pensamentos em que se ocupara no mês findo. Retirei-me para repousar à noite. Aguardava-me um sono leve, como se fosse dirigido pelo conjunto das grandes formas que eu contemplara durante o dia. Elas se congregavam em torno de mim; o imaculado cume nevado, o pico brilhante, os bosques de pinheiros, a ravina áspera e nua, a águia, pairando entre as nuvens – tudo isso se juntava à minha volta, convidando-me à paz.

Mas para onde foram elas quando me acordei na manhã seguinte? Todas as inspirações do espírito fugiram com o sono, e todos os pensamentos se toldaram por uma negra melancolia. A chuva caía impetuosa. Um espesso nevoeiro escondia os cumes das montanhas, de modo que eu não podia contemplar os rostos daqueles poderosos amigos. Mesmo assim, tentava penetrar o véu do nevoeiro para contemplá-los em seus abrigos entre as nuvens. Que representavam a chuva e a tempestade para mim? Trouxe a mula para a porta e resolvi escalar o cume do Montanvert. Lembro-me do efeito que a vista da imponente geleira, sempre em movimento, produziu em minha mente quando a vi pela primeira vez. Então, eu fora tomado de um êxtase sublime que dava asas ao espírito e permitia que ele se elevasse desse mundo sombrio para a luz e a alegria. A contemplação do terrível e do majestoso na natureza sempre tivera o efeito de tornar minha mente elevada, fazendo com que eu esquecesse as preocupações da vida. Eu tinha decidido prosseguir sem guia, pois conhecia muito bem o caminho, e a presença de outra pessoa destruiria a grandiosidade solitária do cenário.

A ascensão é um verdadeiro precipício, porém o caminho é cortado em contínuos e curtos taludes que lhe permitem vencer a perpendicularidade da montanha. É uma paisagem terrivelmente desoladora. Em mil lugares podem-se perceber os traços da avalancha do inverno, árvores jazem quebradas no chão, algumas, inteiramente destruídas, outras, amparadas pelas saliências das rochas da montanha, e outras ainda, atravessadas sobre as demais árvores. O caminho, à medida que se sobe, é cortado por ravinas de neve, por onde rolam continuamente pedras caídas de cima; uma delas é particularmente perigosa, já que o menor som, inclusive o de se falar em voz alta, provoca uma concussão de ar suficiente para atrair a destruição sobre a cabeça de quem fala. Os pinheiros não são altos ou luxuriantes, antes sombrios, acrescentando um toque de severidade à paisagem. Eu olhava para o vale lá embaixo; extensos nevoeiros se elevavam dos rios, que corriam por ele, subindo em espirais em torno das montanhas opostas, cujos picos se achavam ocultos nas nuvens uniformes, enquanto a chuva, que tombava do céu negro, emprestava um quê de melancolia à impressão que eu recebia dos objetos que me rodeavam. Ah! Por que o homem é dado a essa sensibilidade, ausente nos animais? Isso serve apenas para torná-los mais possessivos. Se nossos impulsos se restringissem a fome, sede e desejo, seríamos quase livres;

somos porém movidos por qualquer vento que sopre ou por uma palavra casual e pelas imagens que ela nos comunica.

> "Repousamos – um sonho tem o poder de envenenar o sono.
> Acordamos – um pensamento fugidio conspurca o dia.
> Sentindo, imaginando, ou raciocinando, rindo ou chorando,
> Aceitamos a mágoa, ou repelimos nossas preocupações.
> Mas tudo permanece no mesmo: pois alegre ou triste,
> O caminho da partida ainda fica livre.
> O ontem do homem talvez jamais seja como o seu amanhã:
> Nada perdura, a não ser a instabilidade."

Era quase meio-dia quando atingi o alto da minha escalada. Sentei-me durante algum tempo na rocha que domina o mar de gelo. Uma névoa envolvia aquela e as outras montanhas circunvizinhas. Então uma brisa dissipou a névoa, e eu desci pela geleira. A superfície é muito irregular, elevando-se e baixando como as ondas de um mar agitado, entremeado de fendas muito profundas. O campo de gelo tem quase uma légua de largura, mas gastei cerca de duas horas para atravessá-lo. A montanha, do outro lado, forma uma escarpa perpendicular e nua. Eu estava agora exatamente do lado oposto a Montanvert, à distância de uma légua. Por cima, erguia-se terrivelmente majestoso o Mont Blanc. Eu permanecia num desvão da rocha, contemplando a grandiosidade deste cenário. O mar, ou melhor, o extenso rio de gelo serpeava por entre as montanhas, cujos cumes pendiam sobre suas reentrâncias. Seus picos gelados e brilhantes luziam ao sol, por sobre as nuvens. Meu coração, antes tristonho, enchia-se agora de algo parecido com a alegria; eu exclamei:

– Oh, espíritos errantes, se vós realmente caminhais sem repousardes em vossos estreitos leitos, permiti-me esta pequena felicidade ou levai-me, como vosso companheiro, para longe das alegrias da vida.

Ao dizer isso, avistei, de repente, à distância, a figura de um homem que se encaminhava para mim com velocidade sobre-humana. Ele saltava por sobre as fendas do gelo, entre as quais eu passara com todo o cuidado e, ao se aproximar, sua estrutura parecia também exceder a de um homem. Fiquei perturbado, um véu desceu sobre meus olhos, no entanto, recuperei-me rapidamente com o vento glacial das montanhas. Percebi, à medida que a forma se aproximava (visão tremenda e odiosa!), que era o desgraçado que eu havia criado. Tremi de raiva e horror, resolvido a esperá-lo para então lançar-me sobre ele numa luta de morte. Ele se aproximou; seu semblante denotava uma grande angústia, mesclada ao desdém e à maldade, enquanto sua figura quase sobrenatural o tornava por demais horrível aos olhos humanos. Mas quase não liguei para isso; a raiva e o ódio me haviam privado da fala. Quando me recuperei daquele estupor, foi apenas para esmagá-lo com palavras de desprezo e de intensa abominação.

– Demônio – exclamei –, como ousas aproximar-te de mim? Será que não tens medo da vingança de meu braço sobre tua miserável cabeça? Vai-te! Ou melhor, fica para que eu te reduza a pó. Que ao menos eu possa, acabando com tua existência miserável, reabilitar as vítimas que tão diabolicamente destruíste!

– Eu já esperava por esta recepção – falou o demônio. – Todos os homens odeiam os desgraçados. Como devo então ser odiado, eu que sou mais miserável que todos os seres humanos! Contudo tu, meu criador, me detestas e me abominas, a mim que sou criatura tua, a quem te achas ligado por laços só dissolúveis pelo aniquilamento de um de nós. Pretendes matar-me. Como ousas brincar assim com a vida? Cumpre o teu dever para comigo, e eu cumprirei o meu para contigo e o resto da humanidade. Se aceitares minhas condições, eu os deixarei, e a ti, em paz. Mas, se recusares, eu matarei até ficar satisfeito, até me saciar com o sangue dos amigos que te restam.

– Monstro odioso! Demônio! As torturas do inferno serão um castigo muito suave para os teus crimes. Desgraçado demônio! Reprovas-me por eu te haver criado; vem, então, para que eu possa aniquilar a centelha que tão negligentemente te conferi.

Minha raiva não conhecia limites; saltei sobre ele, impelido por todos os sentimentos capazes de lançar uma criatura contra a existência de outra.

Ele me evitou facilmente e falou:

– Acalma-te! Peço-te que me ouças antes de descarregares teu ódio contra minha cabeça maldita. Já não sofri o bastante, para que procures aumentar ainda mais a minha desgraça? A vida, embora nada mais seja do que um repositório de misérias, me é muito cara, e eu a defenderei. Lembra-te de que me fizeste mais poderoso do que tu; minha estatura é superior à tua, e minhas juntas, mais elásticas. Mas não lutarei contigo. Fui criado por ti, e serei até meigo e dócil para com o meu natural senhor e rei, se tu também desempenhares a tua parte, aquela que tu me deves. Oh! Frankenstein, não sejas justo com todos os outros para só espezinhares a mim, a mim que mais do que ninguém devo merecer a tua justiça e até mesmo a tua clemência e afeição. Lembra-te de que fui criado por ti; eu devia ser o teu Adão, porém sou mais o anjo caído, a quem tiraste a alegria, por algum crime cometido. Por toda parte vejo reinar a alegria da qual estou excluído. Eu era benévolo, bom; a desgraça tornou-me um demônio. Faze-me feliz, e tornarei a ser virtuoso.

– Vai-te! Não quero ouvir-te. Não há qualquer ligação entre nós. Somos inimigos. Afasta-te, ou vamos medir nossas forças numa luta em que um de nós dois deve morrer.

– Como poderei sensibilizar-te? Será que nenhuma súplica faz com que olhes com benevolência para a tua criatura, que implora tua bondade e compreensão? Acredita-me, Frankenstein, eu era bom; minha alma estava cheia de amor pela humanidade; mas não estou só, miseravelmente só? Tu, meu criador, me detestas; que posso, pois, esperar de teus semelhantes, que nada me devem? Eles me desprezam e me odeiam. As montanhas desérticas e as geleiras lúgubres são o meu refúgio. Vagueio por aqui há muito dias; as cavernas geladas, que eu não temo, me servem de abrigo, o único que o homem não me disputa. Eu saúdo esses céus desolados, pois eles são melhores para mim do que os teus semelhantes. Se toda a humanidade soubesse da minha existência, faria como tu, armar-me-ia para a minha destruição. Não devo, pois, odiar aqueles que me detestam? Não terei compaixão para com os meus inimigos. Eu sou um miserável, e eles devem compartilhar da minha desgraça. No entanto, está em tuas mãos recompensar-me e livrá-los de um demônio que poderás fazer tão grande que não somente tu e tua família, mas milhares de muitos outros serão envolvidos no furacão de sua raiva. Sê compassivo e não me desprezes. Escuta a minha história; depois, então, abandona-me, ou tem pena de mim, conforme achares que eu mereço. Escuta-me, porém. Os culpados, por mais sanguinários que sejam, têm, pelas leis humanas, o direito de se defender, antes de serem condenados. Escuta-me, Frankenstein. Tu me acusas de ser um assassino e, no entanto, tu, com a consciência satisfeita, me destruirias, a mim que sou tua criatura. Oh, viva a eterna justiça dos homens! No entanto, eu não te peço para me poupares; escuta-me e, depois, se puderes, ou se quiseres, destrói a obra de tuas mãos.

– Por que insistes em recordar esses fatos – respondi eu – dos quais sou origem e autor, e que só de pensar me dão calafrios? Maldito seja o dia em que viste a luz pela primeira vez! Malditas (embora eu amaldiçoe a mim mesmo) as mãos que te criaram. Tu me desgraçaste além do que se possa imaginar. Não me deixaste o poder de pensar se sou ou não justo. Vai-te! Livra-me da visão de tua forma odiosa.

– Assim eu te livro, meu criador – disse ele colocando as mãos abomináveis sobre meus olhos, o que eu repeli com violência. – Assim eu te impeço de ver algo que abominas. E, no entanto, não podes ouvir-me e conceder-me tua compaixão. Pelas virtudes que uma vez possuí, exijo isso de ti. Escuta minha história; é longa e estranha, e a temperatura deste lugar não é própria para teus delicados sentidos. Vamos para a minha cabana no alto da montanha. O Sol ainda vai alto, e antes que ele se oculte por trás de seus abismos nevados e ilumine um outro mundo, terás ouvido a minha história e poderás decidir. Está em tuas mãos eu deixar para sempre a vizinhança do homem e levar uma vida inofensiva, ou me tornar o flagelo dos teus semelhantes e autor de tua própria e rápida ruína.

Assim falando, ele avançou pelo gelo. Eu o segui. Meu coração batia, e eu não respondi, mas, enquanto o acompanhava, pesei os vários argumentos que ele havia exposto e resolvi-me, por fim, a escutar sua história. Em parte eu era levado pela curiosidade, e a compaixão confirmou minha resolução. Até então, eu achava que ele fora o assassino de meu irmão, e desejava impaciente uma negativa ou afirmação de minha suposição. Também pela primeira vez eu sentia quais os deveres de um criador para com sua criatura, e que devia fazê-la feliz antes de condená-la pela sua maldade. Tudo isso fez com que eu atendesse ao seu pedido. Assim, atravessamos o gelo e subimos para a rocha oposta. O ar estava frio, e a chuva recomeçou a cair. Entramos na cabana, o demônio com um ar de triunfo, eu com o coração e a alma deprimidos. Consenti, porém, em escutá-lo. Sentando-me junto ao fogo que o meu odioso companheiro tinha acendido, ele começou a contar sua história.

Capítulo 11

"Só com muita dificuldade consigo lembrar-me dos primeiros tempos da minha existência. Todos os acontecimentos daquela época me parecem confusos e indistintos. Uma abundante variedade de sensações apoderou-se de mim, e eu via, sentia, ouvia e cheirava ao mesmo tempo. Com efeito, decorreu muito tempo antes que eu aprendesse a distinguir entre o funcionamento dos meus vários sentidos. Pouco a pouco, lembro-me, uma luz mais forte pressionou meus nervos a tal ponto que fui obrigado a fechar os olhos. Então a escuridão me envolveu e senti-me perturbado. Mal havia, porém, experimentado essa sensação quando, abrindo os olhos, segundo agora suponho, a luz me inundou de novo. Andei, e creio que desci, mas senti uma grande mudança em minhas sensações. Antes, eu ficara rodeado de corpos escuros e opacos, impermeáveis à minha visão e que eu não podia tocar; agora, porém, vi que podia vagar em liberdade, sem obstáculos que eu não pudesse transpor ou evitar. A luz tornou-se cada vez mais opressiva e, como eu me sentia fatigado com o calor, à medida que andava, procurei um lugar onde pudesse descansar à sombra. Era a floresta próxima de Ingolstadt. Ali, deitei-me, ao lado de um regato, repousando de minha fadiga, até que fui atormentado pela fome e pela sede. Essas sensações arrancaram-me do meu estado de quase torpor. Comi alguns frutos que pendiam das árvores ou estavam caídos ao chão. Matei minha sede no regato e depois, deitando-me, fui dominado pelo sono.

"Já estava escuro quando acordei; também sentia frio, e me achava meio assustado, por me ver tão só. Antes de deixar seu apartamento, sentindo frio, cobrira-me com algumas roupas, mas elas eram insuficientes para me proteger contra o orvalho da noite. Eu era um miserável desgraçado, infeliz e impotente; eu sabia, mas nada podia distinguir; a dor me invadia por todos os lados. Então, sentei-me e chorei.

"Logo a seguir, uma luz suave filtrou-se do céu e me comunicou uma sensação de prazer. Pus-me de pé e contemplei uma forma radiante que se elevava por entre as árvores. Mirei-a meio maravilhado. Ela se movia lentamente, iluminava o meu caminho, saí de novo à cata de frutos. Eu ainda sentia frio quando encontrei, debaixo de uma das árvores, um grande capote, com o qual me cobri, sentando-me no chão. Não pensava em nada de especial, minhas ideias estavam confusas. Percebia a luz e a escuridão e estava com fome e com sede. Vários sons chegavam aos meus ouvidos, e de todos os lados me vinham diversos odores. O único objeto que eu podia distinguir era a Lua brilhante, e nela fixava, com prazer, o meu olhar.

"Sucederam-se vários dias e noites, quando comecei a distinguir os meus sentidos e sensações, uns dos outros. Pouco a pouco, vi claramente o límpido regato que me fornecia do que beber, e as árvores que me abrigavam com a sua folhagem. Fiquei deliciado quando descobri que um som agradável, que muitas vezes feria os meus ouvidos, provinha das gargantas de pequenos animais alados que frequentemente interceptavam a luz dos meus olhos. Comecei também a observar com maior cuidado as formas que me cercavam, e a perceber os limites da cúpula radiante de luz que me cobria. Às vezes, tentava, sem o conseguir, imitar os sons dos pássaros. Outras, queria exprimir minhas sensações a meu modo, porém os grosseiros sons eu que articulava me assustavam e obrigavam-me a ficar de novo em silêncio.

"A lua desaparecera da noite, e se apresentava cada vez menor, enquanto eu ainda me conservava na floresta. Já então meus sentidos se tinham tornado distintos, e meu cérebro recebia diariamente novas ideias. Meus olhos acostumaram-se à luz e a perceber os objetos em suas formas certas; eu distinguia o inseto da grama e, pouco a pouco, um tipo de grama do outro. Descobri que o pardal não emitia senão notas grosseiras enquanto que as do melro e do tordo eram doces e atraentes.

"Um dia, perseguido pelo frio, achei uma fogueira que havia sido abandonada por alguns vagabundos e fiquei dominado pelo prazer que seu calor me comunicava. Na minha alegria, enfiei as mãos nas brasas acesas, mas retirei-as rapidamente com um grito de dor. Que estranho, pensei eu, que a mesma causa possa produzir efeitos tão opostos! Examinei a fogueira e, para minha alegria, vi que era feita de madeira. Depressa, reuni alguns galhos, mas eles estavam molhados e não arderam. Isso me aborreceu, e fiquei então sentado a contemplar o fogo. Os paus molhados, que eu havia colocado perto da fogueira, secaram e começaram a queimar por sua vez. Refleti sobre o fato e, tocando os vários galhos, descobri a causa. Ocupei-me em juntar uma grande quantidade de madeira, que eu pudesse secar para ter uma boa provisão de fogo. Quando a noite chegou, e com ela o sono, fiquei com muito medo de que o meu fogo se extinguisse. Cobri cuidadosamente a fogueira com madeira seca e folhas, e coloquei vários paus molhados sobre ela; depois, estendendo meu capote, deitei-me sobre ele, no chão, e entreguei-me ao sono.

"Já era manhã, quando acordei, e meu primeiro cuidado foi ver como estava a fogueira. Descobri-a e a brisa, que soprava, rapidamente fez nascerem as chamas. Observei também isso e fiz um abanador com alguns galhos, que avivava as chamas quando as brasas estavam quase extintas. Quando chegou a noite novamente, vi com prazer que o fogo tanto fornecia calor quanto luz, e a descoberta desse elemento foi muito útil para minha comida, pois eu encontrara alguns restos assados que os viajantes tinham deixado, e eles eram muito mais saborosos do que os frutos que eu colhia das árvores. Procurei, pois, preparar o meu alimento do mesmo modo colocando-o sobre as brasas vivas. Vi que os frutos se estragavam com essa operação, e que as nozes e raízes melhoravam muito.

"A comida, no entanto, tornou-se escassa, e muitas vezes eu passava o dia todo buscando em vão bolotas com que mitigar a minha fome. Verificando isso, resolvi abandonar o lugar onde morara até então, e procurar outro onde as simples necessidades que eu experimentava pudessem ser mais facilmente satisfeitas. Durante esta migração, lamentei profundamente a perda do fogo que eu conseguira por acaso e que não sabia com fazer. Dediquei várias horas a pensar nesta dificuldade, mas fui obrigado a abandonar qualquer tentativa para produzi-lo. Então, envolvendo-me em meu capote, avancei pelo bosque em direção ao sol poente. Passei três dias nessa caminhada, até que descobri um descampado. Na noite anterior, ocorrera uma nevada que cobrira todos os campos de branco. A paisagem era desoladora. Eu sentia os pés congelados devido à camada úmida e fria que cobria o solo.

"Eram cerca de sete horas da manhã, eu ansiava por conseguir comida e abrigo. Finalmente, descobri uma pequena cabana sobre uma elevação, sem dúvida construída para o conforto de algum pastor. Constituía uma nova visão para mim, tendo eu examinado a estrutura com grande curiosidade. Achando a porta aberta, entrei. Um velho estava sentado perto da lareira, onde preparava o seu café. Ouvindo o barulho ele se voltou e, ao ver-me, soltou um grito agudo, abandonou a cabana e pôs-se a correr pelo campo com uma velocidade de que não se julgaria capaz o seu corpo debilitado. Seu aspecto diferente de tudo o que eu havia visto até então e sua fuga surpreenderam-me um pouco. Mas fiquei encantado com o aspecto da cabana; aqui não penetravam a chuva ou a neve; o chão estava seco; e ela me pareceu um retiro tão divino e delicioso quanto o Pandemônio para os demônios do inferno depois de sofrerem no lago de fogo. Alegremente devorei os restos da refeição do pastor, que consistia de pão, queijo, leite e vinho. Não gostei deste último. Depois, vencido pela fadiga, deitei-me sobre umas palhas e adormeci.

"Era meio-dia quando acordei e, atraído pelo calor do sol, que brilhava intensamente sobre o chão todo branco, resolvi reiniciar a minha caminhada. Colocando os restos da refeição do pastor numa maleta que encontrei, prossegui através dos campos por várias horas, até que, ao pôr do sol, cheguei a uma aldeia. Como me pareceu maravilhosa! Um verdadeiro milagre! Cabanas, as casinhas muito limpas, e as construções majestosas iam prendendo cada vez mais minha admiração. Os vegetais nos jardins, o leite e o queijo que eu via dispostos nas janelas de algumas dessas casas despertaram o meu apetite. Penetrei numa das melhores, porém mal havia transposto a porta quando as crianças gritaram, e uma mulher desmaiou. Toda a aldeia se levantou; algumas pessoas fugiam, outras me atacavam, até que, seriamente ferido por algumas pedras e outros objetos, fugi para o descampado. Cheio de medo, abriguei-me numa choupana baixa, quase nua, e que comparada aos palácios que eu vira na aldeia me parecia uma ruína. Esta choupana, no entanto, ligava-se a uma casa de campo de aparência muito limpa e agradável. Todavia, depois de minha última experiência, não ousei entrar. Meu refúgio era construído de madeira, mas tão baixo que eu mal conseguia ficar de pé. O chão não era assoalhado mas estava seco e, embora o vento penetrasse por inúmeras frestas, achei que era um refúgio muito agradável contra a chuva e a neve.

"Ali, então, deitei-me, feliz por haver encontrado um abrigo, ainda que miserável, contra a inclemência do tempo e ainda mais contra o barbarismo do homem.

"Assim que amanheceu, esgueirei-me do meu canil, a fim de observar a casa de campo e ver se eu podia permanecer na habitação que tinha achado. Eu estava atrás da casa de campo, ladeado por um cercado de porcos e uma límpida poça d'água. Um dos lados era aberto, por ali eu havia entrado. Agora, porém, eu tinha vedado com paus e pedras todas as fendas, através das quais podia ser percebido, de tal modo que os pudesse retirar quando quisesse sair; toda a luz de que eu desfrutava vinha do chiqueiro, e isso me era suficiente.

"Depois de assim arrumar a minha morada e atapetá-la com palha limpa, escondi-me, pois vi, à distância, o vulto de um homem, e ainda me recordava muito bem do tratamento da noite anterior. Todavia, eu primeiro providenciara a minha alimentação para aquele dia com um pedaço de pão ordinário que eu roubara, e uma xícara para que eu pudesse beber, mais confortavelmente do que usando a concha das mãos, a água que corria através do meu refúgio. O chão era um pouco mais elevado, de modo que eu ficava a seco e, devido a sua localização junto à chaminé da casa de campo, a choupana era toleravelmente quente.

"Assim provido, resolvi morar ali até que algo ocorresse capaz de alterar minha decisão. A choupana era, com efeito, um paraíso, se comparada com a desolada floresta onde antes eu residira, com os galhos pingando água da chuva e a terra molhada. Tomei a primeira refeição com prazer e estava prestes a remover uma tábua para apanhar um pouco d'água, quando ouvi passos. Olhando através de uma estreita abertura, vi passar diante do meu refúgio uma criatura com um balde na cabeça. Era uma moça de aspecto gentil, diferente dos fazendeiros e empregados que eu encontrara até então. Estava pobremente vestida: uma saia azul de tecido grosseiro e um casaquinho de linho. Seu lindo cabelo estava arranjado em tranças, mas sem enfeite algum. Aparentava um ar paciente e, ao mesmo tempo, triste. Perdi-a de vista e, cerca de 15 minutos depois ela retornou carregando o balde que, agora, estava quase cheio de leite. Enquanto caminhava, parecendo sentir o peso de seu fardo, foi ao seu encontro um homem cujo semblante denotava grande abatimento. Articulando alguns sons com acento melancólico, ele apanhou o balde da cabeça da jovem e levou-o para casa. Ela o seguiu, e ambos desapareceram. Vi, então, de novo, o jovem atravessar o campo atrás da casa, com algumas ferramentas na mão. A moça também estava ocupada, ora dentro de casa, ora no quintal.

"Examinando minha habitação verifiquei que uma das janelas da casa de campo ocupara, anteriormente, parte dela, mas as vidraças tinham sido cobertas por tábuas. Numa destas havia uma pequena fresta, quase imperceptível, a que mal se ajustava um olho. Através dessa fenda, podia-se ver uma pequena sala, muito limpa, mas quase vazia de móveis. Em um dos cantos, junto a uma pequena lareira, estava sentado um velho com a cabeça apoiada nas mãos, numa atitude de desolação. A moça arrumara a casa, tirou de uma gaveta algo com que suas mãos passaram a se ocupar e sentou-se ao lado do ancião que, apanhando um instrumento, começou a tocar produzindo sons mais suaves do que a voz do tordo ou do rouxinol. Era uma casa encantadora, até para mim, pobre desgraçado que jamais vira algo tão lindo. Os cabelos prateados e o semblante bondoso do velho conquistaram o meu respeito, enquanto as maneiras delicadas da moça despertaram o meu amor. Ele tocava uma ária suavemente triste que, percebi, arrancava lágrimas dos olhos de sua amável companheira, a qual o velho não prestou atenção até que ela se pôs a soluçar alto; então, ele pronunciou alguns sons, e a linda criatura, abandonando o trabalho que fazia, ajoelhou-se a seus pés. Ele a ergueu e sorriu com tanta bondade e afeição que experimentei sensações singulares e esmagadoras; eram uma mistura de dor e prazer, que jamais me proporcionaram antes a fome ou o frio, o calor ou a comida. Afastei-me da janela, incapaz de suportar tais emoções.

"Logo depois disso, o rapaz regressou, trazendo nos ombros nus uma carga de lenha. A moça recebeu-o à porta, ajudou-o a livrar-se do seu fardo e, apanhando alguns pedaços de pau, entrou na casa, colocado-os no fogo. Depois, ela e o rapaz retiraram-se para um canto da casa, e ele lhe mostrou um grande pão e um pedaço de queijo. Ela pareceu satisfeita e dirigiu-se para a horta, onde apanhou algumas raízes e plantas que colocou dentro d'água e, depois, sobre o fogo. Então, retomou seu trabalho enquanto o jovem se encaminhava para a horta, parecendo ocupado em cavar e arrancar raízes. Após assim trabalhar cerca de uma hora, a jovem veio fazer-lhe companhia, e juntos entraram na casa.

"Entrementes, o velho, que ficara pensativo, animou-se com a presença de seus companheiros. Sentaram-se todos para comer. A refeição foi rápida. A jovem voltou a ocupar-se com a arrumação da casa e o velho saiu a tomar um pouco de sol, amparado pelo braço do rapaz. Nada podia exceder em beleza o contraste entre esses dois seres. Um era velho, de cabelos prateados, com o semblante cheio de bondade e de amor; o mais jovem era esbelto, gracioso e, embora seu rosto fosse simétrica e belamente modelado, seus olhos e suas atitudes denotavam uma grande tristeza e abatimento. O ancião voltou para casa. O rapaz, carregando ferramentas diferentes das que usara pela manhã, seguiu através dos campos.

"A noite caiu rapidamente, mas, para grande espanto meu, vi que os moradores da casa tinham meios de manter a claridade com lampiões, tendo verificado, com prazer, que o fato de o sol ter-se posto não interrompia a satisfação que eu experimentava em contemplar os meus vizinhos humanos. À noitinha, o rapaz e a moça se entretiveram com vários trabalhos que eu não entendia. O ancião pegou de novo no instrumento que produzia aqueles sons divinos que tanto me haviam encantado pela manhã. Assim que ele terminou, o rapaz começou não a tocar, porém a emitir sons monótonos que nada tinham de parecido com a harmonia do instrumento do velho ou com o canto dos pássaros. Acabei descobrindo que ele lia em voz alta, porém naquela ocasião eu nada sabia da ciência das palavras ou das letras.

"Depois de se ter ocupado assim durante algum tempo, a família apagou a luz e retirou-se, creio, para repousar."

Capítulo 12

"Eu permanecia deitado no meu leito de palha, mas não conseguia dormir. Pensava nos acontecimentos do dia. O que mais me impressionava eram os modos delicados daquela gente, à qual eu queria, mas não ousava juntar-me. Lembrava-me perfeitamente do tratamento que me havia sido dispensado, na noite anterior, pelos bárbaros aldeãos e resolvi que, qualquer que fosse a conduta que eu decidisse adotar mais tarde, por enquanto permaneceria sossegado na minha choupana, observando e tentando descobrir os motivos que presidiam suas ações.

"Os moradores da casa levantaram-se, na manhã seguinte, antes do sol. A moça arrumou a casa e preparou a comida. O rapaz saiu, terminada a primeira refeição.

"Esse dia transcorreu como o anterior. O rapaz estava sempre ocupado fora de casa, e a moça dentro dela. O ancião, que eu logo percebi ser cego, passava suas horas de lazer com seu instrumento, ou entregue à contemplação. Nada podia exceder o amor e o respeito que os jovens camponeses dedicavam ao seu venerável companheiro. Em tudo o que faziam para ele, demonstravam afeição e gentileza, sendo recompensados por seus bondosos sorrisos.

"Eles não eram inteiramente felizes. O jovem e sua companheira, às vezes, se separavam e pareciam chorar. Eu não via razão para sua infelicidade, mas isso muito me afligia. Se criaturas tão encantadoras eram infelizes, não era tanto de estranhar que eu, ser imperfeito e solitário, fosse desgraçado. No entanto, por que seriam infelizes aquelas criaturas? Possuíam uma casa deliciosa (pelo menos assim o era ante meus olhos) e todo o luxo; tinham uma lareira para aquecê-las quando sentiam frio, e ótimos alimentos para quando estavam com fome; usavam roupas excelentes e, mais ainda, desfrutavam da companhia uma da outra, trocando diariamente olhares de afeição e de bondade. Que significariam suas lágrimas? Exprimiriam realmente dor? Primeiro, eu não consegui responder essas perguntas, mas uma contínua observação e o correr do tempo forneceram-me a explicação desses aspectos inicialmente enigmáticos.

"Muito tempo transcorreu antes que eu descobrisse que uma das causas das apreensões desta simpática família era a pobreza, que eles sofriam em alto grau. Seu alimento consistia inteiramente de vegetais do seu quintal e do leite de uma vaca, que dava muito pouco durante o inverno, quando seus donos mal podiam arranjar comida para mantê-la. Acho que, muitas vezes, passavam fome, principalmente os dois jovens, pois não raro colocavam a comida diante do ancião sem nada terem reservado para si mesmos.

"Essa demonstração de bondade me sensibilizou. Eu costumava roubar, durante a noite, parte de suas provisões para o meu sustento, mas, quando descobri que isso os afligia muito, deixei de fazê-lo, passando a satisfazer-me com frutos, nozes, e raízes que colhia num bosque próximo.

"Descobri também outro meio de ajudá-los em seus trabalhos. Vi que o rapaz passava grande parte do dia ocupado em apanhar lenha para a lareira e assim, durante a noite, muitas vezes, eu pegava suas ferramentas, cujo uso eu aprendera rapidamente, e trazia para casa combustível suficiente para vários dias.

"Lembro-me de que, da primeira vez que fiz isso, a moça quando abriu de manhã a porta da casa, pareceu muito espantada ao ver uma grande pilha de lenha do lado de fora. Disse alguma coisa em voz alta, e o rapaz juntou-se a ela, também muito admirado. Verifiquei com prazer que, naquele dia, ele não foi para a floresta, ficando em casa para fazer alguns reparos e tratar da horta.

"Aos poucos, fiz uma descoberta ainda mais importante. Notei que aquela gente possuía um processo de comunicar suas experiências e sentimentos por meio de sons articulados. Percebi que as palavras que falavam causavam prazer ou dor, sorrisos ou tristeza na mente e na expressão dos que as escutavam. Tratava-se, na verdade, de algo divino, e eu desejava ardentemente familiarizar-me com aquilo. No entanto, foram inúteis todas as minhas tentativas para consegui-lo. Eles falavam muito rápido e, como as palavras que pronunciavam não pareciam ter qualquer relação com objetos visíveis, eu não podia descobrir pista alguma que revelasse o mistério de sua significação. Todavia, depois de muito esforço e de permanecer em minha cabana pelo espaço de muitas luas, descobri os nomes que eram dados aos objetos mais familiares da conversação; aprendi e identifiquei palavras como *fogo*, *leite*, *pão* e *lenha*. Aprendi também os nomes dos moradores. O jovem e sua companheira tinham vários nomes, mas o ancião apenas um, que era *pai*. A moça era chamada de *irmã* ou *Ágata*, e o rapaz de *Félix*, *irmão*, ou *filho*. Impossível descrever o prazer que senti quando aprendi as ideias próprias a esses sons e fui capaz de pronunciá-los. Eu distinguia várias outras palavras sem no entanto poder entendê-las ou aplicá-las, tais como *bom*, *querido*, *infeliz*.

"Assim passei o inverno. As maneiras gentis e a beleza dos camponeses daquela casa granjearam a minha afeição. Eu me sentia deprimido quando eles estavam infelizes e partilhava de sua alegria quando eram felizes. Eu via outras criaturas humanas além deles e, se acontecia de alguma delas entrar na casa, suas maneiras rudes e grosseiras só serviam para elevar aos olhos os modos superiores de meus amigos. Percebi que frequentemente o velho procurava encorajar seus filhos, como às vezes eram chamados, a afastarem sua melancolia. Ele falava animadamente, com uma expressão de bondade que infundia confiança até em mim. Ágata ouvia respeitosamente, às vezes com os olhos cheios de lágrimas, que ela procurava disfarçar; mas, em geral, eu via que depois de escutar as exortações do pai, seu tom e disposição ficavam mais animados. O mesmo não se dava com Félix. Era sempre o mais triste do grupo e, até mesmo para os meus sentidos inexperientes, parecia ter sofrido mais profundamente do que seus companheiros. Mas se seu semblante era mais tristonho, sua voz era mais animada do que a da irmã, especialmente quando ele se dirigia ao velho.

"Eu podia mencionar diversos casos que, embora de maneira sutil, marcavam as disposições desses bondosos camponeses. Em meio a toda a pobreza e necessidade, Félix trazia com prazer para sua irmã a primeira florzinha branca que surgia por entre a neve que cobria o chão. Bem cedo de manhã, antes de ela se levantar, ele raspava a neve do caminho que conduzia ao estábulo, tirava água do poço, trazia lenha do depósito onde, para seu eterno espanto, encontrava sempre estoque reabastecido por uma mão invisível. Durante o dia, creio, ele trabalhava às vezes para algum fazendeiro vizinho, pois regressava na hora do jantar e não trazia lenha. Outras vezes trabalhava no quintal, mas como havia pouco o que fazer na estação gelada, lia para o ancião e para Ágata.

"No início, essa leitura muito me intrigou, mas aos poucos descobri que, quando ele lia, articulava muitos dos mesmos sons que quando falava. Concluía, portanto, que ele encontrava no papel sinais correspondentes às palavras, e que ele entendia. Desejei ardentemente compreendê-los também. Como era possível, porém, se eu não entendia nem os sons que eles representavam? Contudo, progredi sensivelmente nesses conhecimentos, não o suficiente, porém, para seguir qualquer tipo de conversação, embora aplicasse toda a minha inteligência nesta tentativa. Com efeito, eu percebia facilmente que, não obstante ansiasse por me revelar aos moradores da casa, não o deveria fazer antes de poder dominar sua linguagem, pois assim eu poderia fazer com que eles esquecessem a deformidade de minha figura cujo contraste com a aparência deles se apresentava claramente aos meus olhos, tornando-me consciente dela.

"Eu admirara as formas perfeitas de meus camponeses – sua graça, sua beleza e seus corpos delicados; mas como eu ficava apavorado quando me via refletido num lago transparente! Primeiro, eu recuara, incapaz de acreditar que era realmente eu quem se refletia no espelho. Quando acabei convencendo-me de que era realmente aquele monstro, experimentei as mais amargas sensações de abatimento e mortificação. Ai de mim! Eu não imaginava totalmente os efeitos fatais dessa miserável deformidade.

"À medida que o sol foi ficando mais quente e os dias mais longos, a neve desapareceu, e eu vi as árvores nuas e a terra negra. A partir de então, Félix teve mais o que fazer; e os sinais de uma fome iminente desapareceram. Seu alimento, conforme verifiquei mais tarde, era rústico, mas saudável. Eles o buscavam em quantidade suficiente. Surgiram, na horta, várias novas espécies de plantas, que eles cultivavam. Os sinais de conforto aumentavam à medida que a estação avançava.

"O velho, amparado pelo filho, passeava diariamente ao meio-dia, quando não chovia, como eu aprendi que se dizia quando o céu liberava suas águas. Isso acontecia com frequência, mas um vento forte secava rapidamente a terra, e o tempo se tornava muito mais agradável do que antes.

"Minha maneira de viver em minha choupana era sempre a mesma. De manhã, eu observava os movimentos dos donos da casa e, quando se dispersavam, entregues às suas diversas ocupações, eu dormia. O resto do dia eu passava vendo meus amigos. Quando eles se retiravam para descansar, se havia luar ou a noite estava estrelada, eu ia para a floresta e colhia meu alimento e lenha para a casa de campo. Quando regressava, quantas vezes fosse necessário, afastava a neve do caminho, conforme via Félix fazer. Verifiquei, depois, que esses trabalhos realizados por uma mão invisível os tinham espantado grandemente. Uma ou duas vezes, nessas ocasiões, ouvi-os referirem-se a "bom espírito" e "maravilhoso", mas então eu não compreendia o significado desses termos.

"Meus pensamentos eram agora mais ativos, e eu desejava ardentemente descobrir os motivos e sentimentos dessas encantadoras criaturas. Queria saber por que Félix parecia tão infeliz e Ágata, tão triste. Cheguei a pensar (desgraçada loucura!) que estava em meu poder restaurar a felicidade para esses seres que tanto mereciam. Quando eu dormia ou estava ausente, as formas do venerável pai cego, da delicada Ágata e do excelente Félix bailavam ante meus olhos. Eu os considerava como seres superiores que seriam os árbitros do meu destino futuro. Formei em minha imaginação milhares de quadros sobre qual seria a maneira com que me receberiam no dia em que eu me apresentasse a eles. Imaginei que me repeliriam até que eu conseguisse conquistar, primeiro, os seus favores e, depois, o seu amor com seus modos delicados e palavras de conciliação.

"Esses pensamentos me animavam e levavam-me a aplicar-me com maior ardor a adquirir a arte da linguagem. Meus órgãos vocais eram na verdade grosseiros porém macios e, embora minha voz fosse muito diferente da suave musicalidade dos tons emitidos por eles, eu pronunciava certas palavras, tais como as ouvia, com relativa facilidade.

"Era como o jumento e o cão lambedor. Certamente, o jumento, cujas intenções eram as mais cheias de afeição, embora suas maneiras fossem rudes, merecia melhor tratamento do que pancadas e maldição.

"As agradáveis chuvas e o genial calor da primavera alteraram grandemente o aspecto da terra. Homens, que antes pareciam estar escondidos em cavernas, espalhavam-se agora por toda a parte, ocupados com as culturas. Os pássaros com notas mais vibrantes, e as folhas começaram a nascer nas árvores. Feliz, feliz terra! Morada própria dos deuses, que tão pouco tempo antes era desolada, úmida e insalubre. Meu espírito se elevava com o maravilhoso aspecto da natureza. O passado apagara-se de minha lembrança, o presente era tranquilo, e o futuro iluminado por brilhantes raios de esperança e de antecipada alegria."

Capítulo 13

"Chego agora à parte mais emocionante da minha história. Relatarei acontecimentos que me impressionaram com sentimentos que, do que eu era, me transformaram no que sou.

"A primavera avançava rapidamente. O tempo tornou-se belo, os céus sem nuvens. Fiquei surpreso ao ver que o deserto de antes transbordava agora de lindas flores e vegetação. Meus sentidos foram gratificados e revigorados por milhares de odores deliciosos e milhares de visões de intensa beleza.

"Foi num desses dias, quando os meus camponeses repousavam periodicamente de suas fainas – o velho tocava o seu violão, e os filhos o escutavam –, que observei que Félix denotava uma intensa melancolia. Suspirava com frequência e, numa das vezes em que o pai parou de tocar, percebi, pelos seus modos, que interrogava o filho sobre a causa de sua tristeza. Félix replicou animadamente e o velho continuou a tocar, quando bateram na porta.

"Era uma dama a cavalo, acompanhada de um camponês que lhe servia de guia. A dama estava vestida de preto coberta por um espesso véu também negro. Ágata fez uma pergunta, a qual a estrangeira respondeu, apenas pronunciando de maneira suave o nome de Félix. Sua voz era musical, porém diferente da voz dos meus amigos. Ouvindo o seu nome, Félix aproximou-se rapidamente da dama que, ao vê-lo, levantou o véu, deixando aparecer um semblante de rara beleza. Seu cabelo era negro, brilhante e curiosamente trançado; suas feições regulares, a pele muito linda, as faces encantadoramente cor-de-rosa.

"Félix pareceu encantado e deliciado quando a viu, e todos os sinais de tristeza desapareceram de seu rosto. Imediatamente evidenciou uma alegria e um êxtase intensos, do que eu jamais o julgara capaz. Seus olhos brilhavam, e suas faces enrubesciam de prazer. Naquele momento, eu o achei tão belo quanto a estrangeira. Ela parecia agitada por diferentes sentimentos. Deixando correr algumas lágrimas de seus encantadores olhos, estendeu a mão para Félix, que a beijou extasiado chamando-a de, segundo pude distinguir, minha doce árabe. Ela pareceu não entendê-lo, mas sorriu. Ele a ajudou a desmontar e, despedindo o guia, conduziu-a para dentro de casa. O rapaz e o pai conversaram, e a estrangeira, ajoelhando-se aos pés do velho, quis beijar-lhe as mãos. Ele porém fê-la levantar-se e a abraçou afetuosamente.

"Logo percebi que, embora a estrangeira articulasse sons e parecesse ter sua própria linguagem, não entendia o que os outros falavam, nem se fazia entender. Eles usavam muitos sinais que eu não compreendia, mas vi que a presença dela espalhava alegria por toda a casa, dissipando a tristeza como o sol dissipa a névoa matinal. Félix parecia particularmente feliz e, com muitos sorrisos, deu as boas-vindas à sua árabe. Ágata, a sempre gentil Ágata, beijou as mãos da encantadora estrangeira e, apontando para o irmão, fez uma série de sinais que a mim me pareceram significar que ele estivera triste até ela chegar. Assim se passaram algumas horas, enquanto eles, pelos seus semblantes, exprimiam uma alegria cuja causa eu não compreendia. Em breve percebi, pela frequente repetição de alguns sons, que a estrangeira estava tentando aprender a linguagem de meus amigos e, imediatamente, me ocorreu a ideia de que eu podia usar os mesmos ensinamentos com o mesmo fim. Na primeira lição, a estrangeira aprendeu cerca de 20 palavras; a maioria delas, na verdade, eram as que eu já conhecia, porém aproveitei-me das outras.

"Ao chegar a noite, Ágata e a árabe retiraram-se cedo. Ao se separarem, Félix beijou a mão da estrangeira e disse: 'Boa noite, querida Safie'. Depois, ficou muito mais tempo conversando com o pai e, da frequente repetição do nome dela, concluí que a encantadora hóspede era o objeto de sua conversa. Desejei ardentemente entendê-los, tendo para isso empregado todas as minhas faculdades, mas foi totalmente impossível.

"Na manhã seguinte, Félix saiu para trabalhar e, depois que Ágata terminou seu serviço, a árabe sentou-se aos pés do ancião. Pegando seu violão, executou músicas tão arrebatadoramente belas que imediatamente me arrancaram lágrimas de tristeza e de prazer. Ela cantava e sua voz fluía numa rica modulação, subindo e descendo como a do rouxinol dos bosques.

"Quando terminou, entregou o violão a Ágata que, de início, declinou do convite. Ela tocou depois uma música simples, acompanhando-a com uma voz suave, mas muito diferente da maravilhosa melodia da estrangeira. O velho parecia extasiado e disse algumas palavras que Ágata se esforçou por explicar a Safie, tentando dizer-lhe que o ancião ficara deliciado com sua música.

"Os dias agora transcorriam tão pacificamente quanto antes, com a única diferença de que a alegria havia substituído a tristeza no semblante de meus amigos. Safie estava alegre e feliz; ela e eu progredimos tão rapidamente no aprendizado da linguagem que, em dois meses, eu comecei a compreender a maior parte das palavras faladas por meus protetores.

"Enquanto isso, também a terra negra se cobria de grama, os relvados se pontilhavam de diversas flores, doces ao olfato e aos olhos, pálidas estrelas entre bosques de luar; o sol ficou mais quente, as noites, claras e confortadoras. Minhas caminhadas noturnas davam-me um intenso prazer, conquanto tivessem sido muito encurtadas pelo tardio pôr e prematuro nascer do sol, pois eu jamais me aventurava à luz do dia, receoso de receber o mesmo tratamento que sofrera na primeira aldeia em que entrei.

"Passava os dias atento, a fim de que pudesse dominar o mais depressa possível a linguagem. Posso envaidecer-me, pois aprendia mais depressa do que a árabe, que compreendia muito pouco e falava com uma acentuação entrecortada, enquanto eu era capaz de entender e imitar quase todos os sons que eram emitidos.

"Ao mesmo tempo em que progredia na fala, aprendi também a ciência das letras, que era ensinada à estrangeira. Isso me abriu um vasto campo de maravilhas e de prazer.

"O livro com que Félix instruía Safie era *Impérios arruinados*, de Volney. Eu não teria compreendido o significado deste livro se, ao lê-lo, Félix não se tivesse demorado em minuciosas explicações. Escolhera essa obra, disse ele, porque seu estilo declamatório imitava os autores orientais. Através deste livro, obtive um breve conhecimento da História e uma visão dos impérios atualmente existentes no mundo. Consegui compreender os costumes, os governos e as religiões das diferentes nações da Terra. Ouvi falar dos indolentes asiáticos, do gênio estupendo e da atividade mental dos gregos, das guerras e maravilhosas virtudes dos primitivos romanos, de sua subsequente decadência, do declínio daquele poderoso império, da cavalaria, da cristandade e dos reis. Tomei conhecimento do descobrimento do hemisfério americano e chorei, juntamente com Safie, ao saber do desgraçado destino de seus primitivos habitantes.

"Essas maravilhosas narrativas inspiravam-me estranhos sentimentos. Era o homem na verdade, ao mesmo tempo tão poderoso, virtuoso e magnífico, tão vicioso e torpe? Ora parecia ser um simples rebento do princípio do mal, ora tudo o que podia conceber de nobre e divino. Ser um grande homem, um homem virtuoso parecia a mais alta honra capaz de se atribuir a um ser sensitivo; ser vil e mesquinho como tantos têm sido, a mais baixa das degradações, uma condição mais abjeta do que a da toupeira cega ou do verme inofensivo. Durante muito tempo, eu não pude conceber como o homem era capaz de matar o seu semelhante, ou mesmo por que havia leis e governos; mas quando eu tomei conhecimento do vício e dos derramamentos de sangue, meu espanto cessou e afastei-me enjoado e com asco.

"Agora, cada conversa dos moradores da casa abria um mundo de maravilhas para mim. Enquanto eu ouvia as lições que Félix dava à moça árabe, compreendi o estranho sistema da sociedade humana. Tomei conhecimento da divisão da propriedade, das imensas riquezas e da miserável pobreza das classes, da descendência e do sangue nobre.

"As palavras levaram-me a olhar para mim mesmo. Aprendi que os bens mais estimados pelos seus semelhantes eram uma alta e imaculada linhagem, unida à riqueza. Uma só dessas condições era capaz de fazer um homem respeitado, mas sem nenhuma ele era considerado, com raríssimas exceções, um vagabundo e um escravo destinado a gastar suas energias em proveito de uns poucos privilegiados! E que era eu? Tudo ignorava de minha criação e de meu criador, mas sabia que não tinha dinheiro, amigos, ou qualquer espécie de propriedade. Era, além do mais, dotado de um aspecto hediondo, deformado e repelente; eu nem era da mesma natureza que o homem. Era mais ágil do que ele e podia viver sob uma dieta inferior; suportava quase sem danos os extremos de frio e de calor; minha estatura era muito superior à sua. Quando olhava em volta, eu não via ninguém igual a mim. Era eu, então, um monstro, uma nódoa sobre a Terra, de quem todos fugiam e a quem todos renegavam?

"Não posso descrever-lhe a agonia que essas reflexões causavam; eu procurava afastá-la, mas a tristeza apenas crescia com o meu conhecimento. Oh, por que não fiquei para sempre na minha floresta nativa, onde nada conhecia ou sentia além da fome, da sede e do calor!

"Oh, que coisa estranha é o conhecimento! Uma vez que alcançou o cérebro, agarra-se a ele como o líquen numa rocha. Às vezes, queria esquecer tudo e nada mais sentir, mas aprendi que só havia um meio de vencer a sensação da dor – a morte –, um estado que eu temia embora não o compreendesse. Admirava a virtude e os bons sentimentos e amava os modos gentis e as qualidades delicadas dos meus companheiros daquela casa, mas estava impedido de manter quaisquer relações com eles, exceto furtivamente, quando não era visto nem conhecido, o que, em vez de me satisfazer, aumentava o meu desejo de me tornar um dos seus. As amáveis palavras de Ágata e os animados sorrisos da encantadora árabe não eram para mim. As sensatas exortações do ancião e a conversa cheia de vida de Félix não eram para mim. Miserável, infeliz, desgraçado!

"Outras lições que aprendi impressionaram-me ainda mais profundamente – a diferença dos sexos, o nascimento das crianças, como o pai vibrava com os sorrisos do bebê e as travessuras dos filhos mais velhos, como toda a vida e as preocupações da mãe giravam em torno de seu precioso fardo, como se desenvolvia e adquiria conhecimentos o cérebro da criança, o que era um irmão, uma irmã, e todas as relações que unem entre si os seres humanos.

"Mas, onde estavam os meus amigos e meus parentes? Nenhum pai vigiara meus dias de criança, nenhuma mãe me dedicara seus sorrisos e suas carícias; ou, se assim fora, toda a vida era agora um borrão, um vazio em que eu nada distinguia. Até onde eu podia me lembrar, eu sempre fora do tamanho que tinha agora. Jamais vira um ser semelhante a mim, que quisesse relacionar-se comigo. Que era eu? Essa pergunta surgia constantemente, apenas para ser respondida com gemidos.

"Logo explicarei para onde tendiam esses sentimentos, mas vamos voltar aos moradores da casa, cuja vida despertava em mim os mais variados sentimentos de indignação, prazer e espanto, mas que acabavam fazendo com que eu amasse e reverenciasse ainda mais os meus protetores (pois eu os amava, por assim dizer, de um modo meio doloroso e decepcionado)."

Capítulo 14

"Decorreu algum tempo antes que eu aprendesse a história de meus amigos. Eram fatos que não podiam deixar de me impressionar profundamente, revelando uma série de circunstâncias, cada uma mais interessante e maravilhosa para uma criatura totalmente inexperiente como eu.

"O nome do velho era De Lacey. Ele descendia de uma família na França, onde vivera muitos anos na opulência, respeitado por seus superiores e amado por seus iguais. Seu filho foi educado para servir seu país, e Ágata tinha ombreado com damas da mais alta distinção. Poucos meses antes de minha chegada, eles haviam morado numa grande e luxuosa cidade chamada Paris, cercados de amigos e desfrutando de todos os prazeres que a virtude, a inteligência e o gosto refinado acompanhados de moderada fortuna, podem proporcionar.

"O pai de Safie tinha sido a causa de sua ruína. Era um mercador turco e morava em Paris há vários anos, quando, por alguma razão que eu não consegui apreender, tornou-se indesejável para o governo. Foi preso e metido na prisão no mesmo dia em que Safie chegava de Constantinopla para se juntar a ele. Foi julgado e condenado à morte. A injustiça de sua sentença foi por demais flagrante. Toda Paris se indignou. Achava-se que fora a sua religião, mais do que o crime de que era acusado, a causa de sua condenação.

"Félix assistira por acaso ao julgamento. Sua indignação e seu horror não conheceram limites, quando ele soube da decisão do tribunal. Naquele momento, ele jurou solenemente que haveria de libertá-lo e pôs-se à procura de um meio de fazê-lo. Depois de muitas tentativas infrutíferas para entrar na prisão, ele achou uma janela fortemente gradeada numa parte do edifício que não era guardada, e que deixava passar a luz para a cela do infortunado maometano que, acorrentado, esperava desesperado a execução da bárbara sentença. Félix, à noite, foi até as grades e deu ciência ao prisioneiro de suas intenções a seu favor. O turco, ao mesmo tempo espantado e confiante, procurou estimular o seu libertador prometendo recompensá-lo com grandes riquezas. Félix rejeitou suas ofertas com altivez, mas, quando viu a encantadora Safie, que recebera permissão para visitar o pai e que, por seus gestos, exprimia sua gratidão, não pôde deixar de pensar que o prisioneiro possuía com efeito um tesouro capaz de recompensá-lo de sua empresa e dos riscos que corria.

"O turco logo percebeu a impressão que sua filha causara no coração de Félix. Assim procurou prendê-lo mais aos seus interesses, prometendo dá-la em casamento, assim que estivesse em lugar seguro. Félix era nobre demais para aceitar o oferecimento, mas não deixou de entrever o fato como a consumação de sua felicidade.

"Nos dias que se seguiram, enquanto se faziam os preparativos para a fuga do mercador, o zelo de Félix foi estimulado por várias cartas recebidas da encantadora jovem, que encontrou meios de expressar seus sentimentos na língua de seu adorador com o auxílio de um velho criado do pai que sabia francês. Ela agradecia ardentemente o que ele fazia pelo pai e, ao mesmo tempo, lamentava o próprio destino.

"Tenho cópias dessas cartas, pois encontrei meios, durante minha estada na choupana, de arranjar instrumentos para escrever, e as cartas repetidamente estavam nas mãos de Félix ou de Ágata. Antes de partir eu as darei a você. Provarão a veracidade de minha narrativa. Agora, porém, já que o sol há muito declinou, só tenho tempo para repetir-lhe o seu conteúdo.

"Safie contava que sua mãe era uma cristã árabe presa e escravizada pelos turcos. Sua beleza havia conquistado o coração do pai de Safie, que a desposara. A moça falava com entusiasmo de sua mãe que, nascida livre, desdenhava a servidão a que agora estava reduzida. Educou a filha nos princípios de sua religião, ensinando-a a aspirar à maior cultura e à independência de espírito, coisas proibidas às mulheres seguidoras de Maomé. Esta senhora morreu, mas seus ensinamentos ficaram indelevelmente impressos na mente de Safie, que se sentia mal ante a perspectiva de retornar à Ásia para ser confinada entre as paredes de um harém, dedicando-se a ocupações infantis, em nada compatíveis com a têmpera de seu espírito, agora acostumado às grandes ideias e à nobre prática da virtude. A perspectiva de se casar com um cristão e ficar num país onde as mulheres tinham um lugar na sociedade era-lhe encantadora.

"Foi marcado o dia da execução do turco. Na noite anterior, porém, ele deixou a prisão e, antes que amanhecesse, já se achava a muitas léguas de Paris. Félix arranjara passaportes no nome de seu pai, de sua irmã e no seu próprio. Antes, ele havia comunicado o seu plano ao pai que contribuiu para o estratagema, deixando sua casa sob o pretexto de uma viagem e escondendo-se, com a filha, nos arredores de Paris.

"Felix conduziu os fugitivos através da França para Lião. Daí, pelo Monte Cenis, para Leghorn, onde o mercador decidira aguardar uma oportunidade favorável para dirigir-se a alguma região sob domínio turco.

"Safie resolveu permanecer com o pai até o momento de sua partida, quando o turco renovou sua promessa de que ela deveria unir-se ao seu libertador. Félix ficou com eles, na expectativa daquele acontecimento. Enquanto isso, desfrutou do convívio da jovem árabe, que lhe demonstrava a mais simples e terna afeição. Conversavam entre si por meio de um intérprete, e às vezes se entendiam com os olhos. Safie cantava para ele lindas canções de sua terra natal.

"O turco permitia essas intimidades e encorajava as esperanças dos jovens enamorados, embora no fundo de seu coração arquitetasse outros planos. Repugnava-lhe a ideia de que sua filha se unisse a um cristão, mas receava o ressentimento de Félix, se se mostrasse indiferente, pois sabia que ainda estava sob o poder de seu libertador, que poderia entregá-lo ao governo do Estado italiano em que se achavam. Ele imaginava mil planos que lhe permitissem prolongar a farsa até que não fosse mais necessário. Secretamente resolvera levar a filha em sua companhia, quando partisse. Seus planos foram facilitados pelas notícias que chegavam de Paris.

"O governo francês estava muito irritado pela fuga de sua vítima e não poupava esforços para prender e punir o libertador. A conspiração de Félix foi rapidamente descoberta. De Lacey e Ágata foram atirados na prisão. As notícias chegaram até Félix e o arrancaram do seu sonho de prazer. Seu velho pai cego e sua frágil irmã jaziam num infecto calabouço, enquanto ele desfrutava do ar livre e da companhia daquela a quem amava. Esse pensamento torturava-o. Rapidamente, combinou com o turco que, se este último encontrasse uma oportunidade favorável para fugir antes de Félix voltar à Itália, Safie ficaria como pensionista num convento de Leghorn. Depois, deixando a maravilhosa árabe, correu para Paris e entregou-se à vingança da lei, esperando assim libertar Ágata e De Lacey.

"Não obteve êxito. Todos ficaram presos durante cinco meses antes que tivesse lugar o julgamento, cujo resultado privou-os de sua fortuna e condenou-os ao exílio perpétuo.

"Encontraram um abrigo miserável na casa de campo na Alemanha, onde os descobri. Félix logo soube que o turco traiçoeiro, por quem ele e sua família tinham sofrido todo aquele castigo, descobrindo que o seu libertador fora reduzido à pobreza e à ruína, traíra seus sentimentos de honra e deixara a Itália com a filha. Além disso, insultantemente enviara um punhado de dinheiro para Félix, dizendo que era para ajudá-lo em algum plano futuro.

"Esses eram os acontecimentos que oprimiam o coração de Félix e o faziam, quando o vi pela primeira vez, o mais infeliz da família. Ele podia ter suportado a pobreza e, embora constituísse o prêmio de sua virtude, ele a glorificava; porém, a ingratidão do turco e a perda de sua amada

Safie eram infelicidades muito mais amargas e irreparáveis. A chegada da jovem árabe infundia, agora, nova vida em sua alma.

"Quando chegaram a Leghorn as notícias de que Félix tivera confiscadas riquezas e posição, o mercador ordenou à filha que não pensasse mais no namorado, e que se preparasse para voltar à sua terra natal. A generosa natureza de Safie ofendeu-se com esta ordem. Tentou argumentar com o pai, mas ele a abandonou irado, reiterando sua decisão tirânica.

"Poucos dias depois, o turco entrou nos aposentos da filha e disse impetuosamente que tinha toda a razão para crer que sua estada em Leghorn fora descoberta e que logo seria entregue ao governo francês. Por isso tinha alugado um navio que o levaria para Constantinopla, para onde partiria dentro de poucas horas. Pretendia deixar a filha sob os cuidados de uma criada de confiança, que a acompanharia, com a maior parte de seus bens, que ainda não haviam chegado em Leghorn.

"Ao ficar sozinha, decidiu o que devia fazer numa emergência dessas. Viver na Turquia era uma coisa que a horrorizava; sua religião e seus sentimentos não o permitiam. Por alguns papéis de seu pai, que lhe caíram nas mãos, soube do exílio do seu amado e do nome do lugar onde ele então vivia. Hesitou durante algum tempo, mas acabou por tomar uma decisão. Reunindo algumas joias que lhe pertenciam e uma certa quantia em dinheiro, deixou a Itália com uma criada natural de Leghorn, mas que sabia turco, e partiu para a Alemanha.

"Ela chegara sã e salva a uma cidade distante cerca de 20 léguas da casa de De Lacey, quando sua criada caiu gravemente enferma. Safie tratou-a com a mais devotada afeição, mas a pobre moça morreu. A jovem árabe ficou então sozinha, sem conhecer a língua do país, e totalmente ignorante dos costumes do mundo. Caiu, porém, em boas mãos. A italiana mencionara o lugar para onde elas se dirigiam, e, depois de sua morte, a dona da casa onde elas moravam cuidou para que Safie chegasse a salvo à casa de seu amor."

Capítulo 15

"Essa é a história de meus queridos camponeses. Impressionou-me profundamente. Pela vida social que eles levavam, eu aprendi a admirar suas virtudes e a desprezar os vícios da humanidade.

"Como eu ainda encarava o crime como um mal distante, tinha sempre diante de mim a benevolência e a generosidade, sentindo um impulso interior que me impelia a me tornar um ator que desempenhasse um papel no palco agitado onde se apresentavam tantas qualidades admiráveis. Mas, ao apreciar o progresso de minha inteligência, não devo omitir um fato que ocorreu no princípio do mês de agosto daquele mesmo ano.

"Uma noite, durante minhas costumeiras visitas ao bosque vizinho, donde eu colhia meu próprio alimento e lenha para meus protetores, achei no chão uma valise de couro com várias peças de vestuário e alguns livros. Impaciente, recolhi o achado e voltei com ele para minha choupana. Felizmente os livros eram escritos na língua cujos elementos eu havia aprendido na casa de campo; consistiam em *O paraíso perdido*, um volume das *Vidas ilustres*, de Plutarco e *As tristezas de Werter*. A posse desses tesouros me deixou extasiado. Passei a estudar e a exercitar minha mente com aquelas histórias enquanto meus amigos se empregavam em suas ocupações rotineiras.

"Mal posso descrever-lhe os efeitos que esses livros causaram em mim. Ofereceram-me uma infinidade de novas imagens e sentimentos, que algumas vezes me levavam até o êxtase, embora mais frequentemente me lançassem no mais completo abatimento. Em *As tristezas de Werter*, além do interesse da narrativa simples e comovente, são examinadas tantas opiniões e tanta luz foi lançada sobre o que até então foram os meus temas obscuros, que nele eu encontrei uma infindável fonte de especulação e espanto. As maneiras delicadas e domésticas que ele descrevia, combinadas com elevados sentimentos que tinham por objetivo algo fora de si próprio, concordavam plenamente com a minha experiência entre meus protetores e com os desejos que viviam sempre no fundo do meu peito. Mas eu achava que Werter era, em si mesmo, um ser mais divino de quantos eu já vira ou imaginara; seu caráter, sem o pretender, penetrava no fundo de minha alma. Suas dissertações eram calculadas para me maravilhar. Eu não pretendia penetrar no mérito da questão e, no entanto, inclinava-me para as opiniões do herói, cuja morte chorei, embora não compreendesse exatamente.

"À medida que eu ia lendo, considerava minha própria situação e meus sentimentos. Achava-me semelhante e, ao mesmo tempo, estranhamente diferente dos seres sobre quem eu lia e de cuja conversa eu era ouvinte. Compartilhava seus sentimentos e os entendia em parte, mas meu cérebro era imaturo; eu não dependia de ninguém nem estava relacionado com ninguém. *Meu caminho para partir estava livre*, e ninguém havia para lamentar a minha morte. Eu era horroroso e gigantesco. Que significava aquilo? Quem era eu? O que era eu? Donde vinha eu? Qual era o meu destino? Era constantemente assaltado por essas perguntas, mas não conseguia respondê-las.

"O volume que eu possuía das *Vidas ilustres* de Plutarco continha as histórias dos primeiros fundadores das antigas repúblicas. Este livro produziu em mim um efeito muito diverso do causado por *As tristezas de Werter*. Com Werter, aprendi a tristeza e o abatimento, mas Plutarco ensinou-me pensamentos mais sublimes; elevou-me para acima da ruinosa esfera de minhas próprias reflexões, ensinando-me a admirar e a amar os heróis do passado. Muitas coisas eu li que excediam minha compreensão e experiência. Confusamente tomei conhecimento de reinos, de países extensos, de mares infindáveis, de rios caudalosos. Mas as cidades e os grandes aglomerados humanos eram-me completamente estranhos. A casa de campo de meus protetores fora a única escola onde eu estudara a natureza humana, e este livro desenvolvia novas e mais poderosas cenas de ação. Li sobre homens públicos, que governavam ou massacravam sua espécie. Sentia nascer dentro de mim o mais ardente amor pela virtude, e ódio contra o vício, até onde me era dado compreender a significação desses termos que eu ligava apenas às sensações de prazer e de dor. Induzido por esses sentimentos, fui levado a admirar os legisladores pacíficos como Numa, Solon e Licurgo, de preferência a Rômulo e Teseu. As vidas patriarcais de meus protetores tinham feito com que esses sentimentos se arraigassem em meu cérebro. Talvez, se meus primeiros contatos com a humanidade tivessem sido feitos através de um jovem soldado ardente de glória e de sangue, eu ficasse imbuído de sentimentos diferentes.

"Mas *O paraíso perdido* provocou-me sensações ainda mais diversas e profundas. Li-o, como li os outros volumes que me haviam caído às mãos, como se fosse uma história verídica. Ele agitava todos os sentimentos de maravilha e terror que o quadro de um Deus onipotente, guerreando com suas criaturas, seria capaz de despertar. Não raro, eu encarava aquelas situações como semelhantes à minha. Como Adão, aparentemente eu não possuía liame algum com qualquer outra criatura viva; a situação dele, porém, sob todos os outros pontos de vista, era muito diferente da minha. Ele saíra das mãos de um Deus, como criatura perfeita, feliz e próspera, protegida com especial carinho por seu Criador. Podia conversar com seres de uma natureza superior e adquirir conhecimentos deles, mas eu era um desgraçado, impotente, que estava só. Muitas vezes considerei Satanás como o emblema que mais se adaptava à minha situação, pois não raro, como ele, quando eu via a alegria de meus protetores, sentia dentro de mim o gosto amargo da inveja.

"Outros fatos reforçaram e confirmaram esses sentimentos. Logo depois de ter chegado à choupana, descobri alguns papéis num bolso de uma roupa que eu trouxera do seu laboratório. Primeiro, não lhe dei importância, mas agora que eu era capaz de decifrar seus caracteres, comecei a estudá-los com aplicação. Era o seu diário referente aos quatro meses que precederam à minha criação. Nesses papéis, você descrevia minuciosamente todos os passos dados no progresso do seu trabalho; essa história estava misturada com relatos de ocorrência doméstica. Sem dúvida você se lembra desses papéis. Eles estão aqui. Neles está relatado tudo o que se refere à minha origem maldita; todos os detalhes da série de fatos desagradáveis que a produziram aí podem ser vistos. Encontrei minuciosa descrição de minha odiosa figura, numa linguagem que pintava os seus próprios horrores e tornava os meus indeléveis. Eu me sentia mal, à medida que lia. Maldito o dia em que recebi a vida!, exclamei cheio de agonia. Maldito criador! Por que você me fez um monstro tão horroroso que até mesmo você foge de mim repugnado? Deus, em sua piedade, fez o homem belo e atraente, segundo sua própria imagem, mas a minha forma é uma asquerosa contrafação da sua, mais horrível ainda quando comparada com a sua. Satanás tinha seus companheiros, os demônios, para admirá-lo e encorajá-lo, mas eu sou solitário e abominado.

"Essas eram minhas reflexões nas horas de abatimento e solidão. Mas, quando eu contemplava as virtudes dos moradores daquela casa, sua disposição amigável e bondosa persuadia-me de que, quando eles tomassem conhecimento de minha admiração pelas suas boas qualidades, se compadeceriam de mim e ignorariam a minha deformidade pessoal. Seriam eles capazes de expulsar de sua porta alguém que, a despeito de sua monstruosidade, lhes solicitasse compaixão e amizade? Resolvi por fim não desesperar, e fazer todo o possível para entrevistar-me com eles, uma entrevista que decidiria meu destino. Adiei esse encontro por muitos meses, pois a importância de seu sucesso enchia-me de terror ante a perspectiva de um fracasso. Além disso, vi que estava melhorando tanto a minha compreensão das coisas com a experiência do dia a dia, que só desejei empreender essa tarefa depois que mais alguns meses houvessem aumentado a minha sagacidade.

"Enquanto isso, ocorreram várias alterações na casa de campo. A presença de Safie difundia felicidade entre os seus moradores, e percebi também que havia um maior grau de abundância. Félix e Ágata despendiam mais tempo em diversões e conversas e eram ajudados em seus trabalhos por criados. Não pareciam ricos, mas estavam contentes e felizes. Seu estado de espírito parecia sereno e pacífico, enquanto que o meu se tornava cada dia mais tumultuoso. O aumento do saber apenas me fez sentir mais claramente a espécie de desgraçado e renegado que eu era. Nutria esperanças, é verdade, mas elas se desvaneceram depois que vi minha imagem refletida na água ou minha sombra ao luar.

"Procurei dominar esses temores e fortificar-me para o julgamento a que, dentro de poucos meses, me decidira submeter. Às vezes, permitia que meus pensamentos, desligados da razão, divagassem pelos campos do *Paraíso*, e ousava imaginar criaturas agradáveis e encantadoras partilhando dos meus sentimentos e reconfortando a minha tristeza. Suas feições angelicais exibiam sorrisos de consolação. Mas tudo não passava de um sonho. Nenhuma Eva aliviaria minhas tristezas nem partilharia os meus pensamentos. Eu estava só. Eu me lembrava da súplica de Adão ao seu Criador. Mas, onde estava o meu? Ele me abandonara e, no meu coração amargurado, eu o amaldiçoava.

"Assim se passou o outono. Assisti com surpresa e dor ao fenecimento e queda das folhas, a natureza assumindo novamente o aspecto desolador, que eu conhecera, quando vi pela primeira vez os bosques e a lua. No entanto, não me preocupava com a agressividade do tempo; minha conformação era mais adaptada a suportar o frio que o calor. Meus principais prazeres, porém, consistiam na contemplação das flores, dos pássaros e de toda a alegre aparência do verão. Quando tudo isso passou, voltei-me com mais atenção para os moradores da casa de campo. Sua felicidade não diminuíra com o desaparecimento do verão. Eles se amavam e partilhavam entre si os mesmos sentimentos e, como em seus prazeres e alegrias dependiam uns dos outros, nada disso era interrompido pelo que ocorria à sua volta. Quanto mais eu os via, maior era o desejo de invocar-lhes a proteção e a bondade. Meu coração ansiava por ser conhecido dessas adoráveis criaturas e por elas amado. O limite máximo de minha ambição era ter os seus olhares bondosos dirigidos para mim com toda a afeição. Eu não ousava pensar que eles se afastariam de mim com desprezo e horror. Jamais eles repeliam o pobre que implorava à porta. É verdade que eu pedia um tesouro maior que comida ou repouso; eu exigia bondade e simpatia; e não me acreditava totalmente indigno disso.

"O inverno avançava. Uma completa revolução das estações ocorrera, desde que eu despertara para a vida. Toda a minha atenção, agora, concentrava-se no meu plano de apresentar-me na casa de meus protetores. Eu elaborava muitos projetos, mas acabei decidindo-me pelo de entrar na habitação quando o velho cego estivesse sozinho. Eu era bastante inteligente para perceber que a hediondez anormal de minha figura era o principal objeto do horror daqueles que me haviam visto anteriormente. Minha voz, embora rouquenha, nada tinha de terrível. Assim, pensei que, se na ausência dos filhos, eu pudesse conquistar a boa vontade e a mediação de De Lacey, poderia, por seu intermédio, ser tolerado pelos meus jovens protetores.

"Um dia, quando o sol brilhava sobre as folhas vermelhas que juncavam o solo e espargiam alegria, embora lhes faltasse o calor, Safie, Ágata e Félix partiram para uma longa caminhada pelo campo. O ancião, por sua própria vontade, ficou sozinho em casa. Quando os filhos saíram, ele pegou o violão e executou várias peças tristes, mas suaves, as mais suaves que o ouvi tocar. A princípio, seu semblante se iluminou de prazer, mas à medida que prosseguia passou a evidenciar preocupação e tristeza; por fim, pondo de lado o instrumento, ele ficou mergulhado em profundas reflexões.

"Meu coração batia rápido; era a hora e o momento da prova que decidiria a minha esperança, ou concretizaria os meus receios. Os criados tinham saído para uma feira próxima. Em torno da casa tudo era silêncio; a oportunidade era excelente. Todavia, quando me resolvi a executar o meu plano, meus membros tremeram e eu caí no chão. Levantei-me e, reunindo toda a firmeza de que eu era capaz, removi as tábuas que eu colocara diante da minha choupana para ocultar o meu abrigo. Senti-me reanimado ao contato do ar fresco. Com renovado ânimo, aproximei-me da porta da casa. Bati.

"– Quem é? – perguntou o velho. – Entre.

"Entrei, e falei:

"– Desculpe-me a intrusão. Sou um viajante que deseja um pouco de repouso. Ficar-lhe-ia muito grato se o senhor me permitisse que eu me aqueça durante alguns minutos junto à lareira.

"– Entre – disse De Lacey. – Verei como posso servi-lo. Infelizmente meus filhos estão fora e, como sou cego, receio que me seja difícil procurar um pouco de comida para você.

"– Não se incomode, meu bom hospedeiro; eu tenho comida. Só preciso de calor e um pouco de repouso.

"Sentei-me e tudo ficou em silêncio. Eu sabia que cada minuto me era muito precioso e, no entanto, estava irresoluto, sem saber como começar, quando o ancião se dirigiu a mim.

"– Pela sua língua, estrangeiro, suponho que você seja meu compatriota. Você é francês?

"– Não, mas fui educado por uma família francesa. Só conheço essa língua. Pretendo agora pedir a proteção de alguns amigos que amo sinceramente, e de quem espero receber alguns favores.

"– Eles são alemães?

"– Não. São franceses. Mudemos, porém, de assunto. Sou uma criatura infeliz e abandonada. Olho à minha volta e não vejo nem parente algum ou mesmo amigo. Essa gente amiga, para quem me dirijo, jamais me viu, e pouco sabe da minha existência. Estou com medo, pois, se eu falhar, serei para sempre um renegado no mundo.

"– Não se desespere. Não ter amigos é, na verdade, uma infelicidade, mas os corações dos homens, quando não imbuídos de preconceitos por um egoísmo qualquer, são cheios de amor e caridade fraternais. Não perca, portanto, suas esperanças e, se esses amigos são bons, tudo sairá bem.

"– Eles são bons, são as melhores criaturas do mundo, mas, infelizmente, estão prevenidos contra mim. Minhas intenções são boas até aqui, minha vida tem sido inofensiva e, até certo ponto, útil. Mas um preconceito fatal vela seus olhos e, onde eles deveriam ver um amigo bondoso e imbuído de bons sentimentos, veem apenas um monstro detestável.

"– Isso é com efeito uma infelicidade, mas, se você é realmente inocente, por que não lhes abre os olhos?

"– É o que estou para fazer, e é por isso que sinto tanto medo. Amo ternamente esses amigos. Sem que eles o saibam, venho há muitos meses habituando-me a ser bom para eles, mas eles acreditam que quero fazer-lhes mal. E é essa falsa opinião que eu preciso destruir.

"– Onde moram esses amigos?

"– Perto daqui.

"O velho calou-se por instantes e depois continuou:

"– Se você me quiser confiar sem reservas detalhes de seu problema, talvez eu possa ser útil para fazê-los mudar de opinião. Sou cego e não posso vê-lo, mas há qualquer coisa em suas palavras que me dizem que você está sendo sincero. Sou pobre, um exilado, mas terei um imenso prazer em poder ser útil de qualquer modo a uma criatura humana.

"– Bom homem! Eu lhe agradeço e aceito sua generosa oferta. O senhor me levanta do pó pela sua bondade. Confio que, com o seu auxílio, não serei segregado da sociedade e da simpatia dos seus semelhantes.

"– Que os céus não permitam! Mesmo que você fosse realmente um criminoso, pois só isso o levaria ao desespero e não o instigaria à virtude. Eu também sou um infeliz. Eu e minha família, embora inocentes, fomos condenados. Veja, portanto, como posso sentir os seus infortúnios.

"– Como poderei agradecer-lhe, meu melhor e único benfeitor? Foi dos seus lábios que eu, pela primeira vez, ouvi a voz da bondade dirigida para mim. Ser-lhe-ei eternamente grato. Seu sentimento de humanidade assegura-me, desde já, o sucesso junto àqueles amigos que estou prestes a encontrar.

"– Posso saber o nome e a residência desses amigos?

"Eu fiz uma pausa. É agora, pensei, o momento da decisão que me há de roubar ou conceder a felicidade para sempre. Lutei em vão para ter toda a força necessária para responder, mas o esforço destruiu o que me restava; caí sobre a cadeira e comecei a soluçar alto. Naquele momento, ouvi os passos de meus protetores mais jovens. Eu não tinha um momento a perder. Segurando a mão do velho, gritei:

"– É agora! Salve-me e proteja-me! O senhor e sua família são os amigos que procuro. Não me abandone agora, nesta hora de provação!

"– Meu Deus! – exclamou o velho. – Quem é você?

"Naquele momento a porta se abriu. Félix, Ágata e Safie entraram. Quem pode descrever o horror de que foram tomados quando me avistaram? Ágata desmaiou. Safie, incapaz de atender a amiga, correu para fora. Félix avançou e, com uma força sobre-humana, afastou-me do pai a cujos joelhos eu abraçava. Num transporte de fúria, ele me jogou ao chão e bateu-me violentamente com um pau. Eu poderia tê-lo despedaçado, membro por membro, como o leão faz ao antílope. Meu coração, porém, se encheu de amargura, e eu me contive. Vi-o prestes a repetir o golpe quando, dominado pela dor e pela angústia, deixei a casa em meio ao tumulto geral, escapando despercebido para minha choupana."

Capítulo 16

"Maldito, maldito criador! Por que eu vivi? Por que não extingui eu, naquele instante, a centelha de vida que você tão desumanamente me concedeu? Não sei. O desespero ainda não se apoderara de mim. Meus sentimentos eram de raiva e vingança. Eu poderia com prazer ter destruído a casa e seus moradores e ter-me saciado com seus gritos e sua desgraça.

"Quando a noite caiu, deixei o meu abrigo e vaguei pelo bosque. E, agora, não mais contido pelo medo de ser descoberto, dei vazão à minha angústia por meio de horrorosos uivos. Eu me sentia como a fera que houvesse quebrado suas correntes e disparasse pelo bosque, destruindo tudo o que impedisse a minha passagem, com a velocidade de um antílope. Oh! Que noite miserável passei eu! As estrelas frias brilhavam, parecendo zombar de mim, e as árvores nuas acenavam seus galhos sobre minha cabeça. De vez em quando a suave voz de um pássaro fazia-se ouvir em meio ao silêncio do universo. Tudo, menos eu, repousava ou se divertia. Eu, como um arquidemônio, sentia um inferno devorar-me, e desejava despedaçar as árvores, devastar e assolar tudo o que me cercava, para depois sentar-me e contemplar satisfeito a destruição.

"Mas era uma sensação que não podia perdurar. Fatigado pelo excessivo esforço físico, abati-me sobre a grama úmida sob a impotência mórbida do desespero. Ninguém havia, entre as multidões de homens vivos, que se apiedasse de mim ou me ajudasse; e deveria eu ser bom para com meus inimigos? Não! A partir daquele momento, declarei uma guerra sem quartel contra a espécie, e mais do que tudo, contra aquele que me havia criado e me lançara a essa insuportável desgraça.

"O sol nascia. Ouvi vozes humanas. Sabia que me era impossível retornar ao meu abrigo naquele dia. Consequentemente, escondi-me numa moita espessa, resolvido a passar o tempo refletindo sobre a minha situação.

"A agradável luz do sol e o ar puro da manhã restituíram-me um pouco de tranquilidade e, quando considerei o que havia passado na casa de campo, não pude deixar de admitir que tinha sido muito apressado em minhas conclusões. Não havia dúvida de que agira imprudentemente. Era evidente que o meu diálogo fizera o pai interessar-se por mim, e fui um louco em ter exposto minha pessoa ao horror dos filhos. Eu devia ter familiarizado o velho De Lacey comigo, e pouco a pouco descobrir-me ao resto da família, quando ela estivesse preparada para que eu me aproximasse. Achei, no entanto, que meus erros não eram irreparáveis. Depois de muito pensar, decidi retornar à casa de campo, procurar o ancião e convencê-lo a tomar o meu partido.

"Esses pensamentos me acalmaram e, à tarde, caí num sono profundo. Mas a febre que devorava o meu sangue não me permitiu sonhos agradáveis. A horrível cena do dia anterior continuava presente aos meus olhos; as mulheres fugindo, e o irado Félix arrancando-me dos pés de seu pai. Acordei exausto. Vendo que já era noite, esgueirei-me do meu esconderijo, em busca de alimento.

"Depois de saciar minha fome, dirigi-me para o bem conhecido caminho que levava à casa de campo. Tudo ali estava em paz. Meti-me na minha choupana e permaneci em silenciosa expectativa, aguardando a hora em que a família costumava levantar-se. As horas escoaram-se, o sol subiu alto no céu, mas os moradores não apareceram. Eu tremia violentamente, antevendo alguma desgraça terrível. O interior da casa estava às escuras, e eu não percebia qualquer movimento. Impossível descrever a agonia daquela expectativa.

"Passaram dois camponeses que, parando na frente da casa, trocaram algumas palavras, gesticulando violentamente. Não consegui, porém, entender o que diziam, pois eles falavam a língua do país, diferente da de meus protetores. Todavia, logo depois, Félix chegou juntamente com o outro homem. Fiquei surpreso, pois sabia que ele não saíra de casa naquela manhã, e esperava descobrir, pelas suas palavras, a significação desses fatos estranhos.

"– O senhor já pensou – dizia seu companheiro – que será obrigado a pagar três meses de aluguel, além de perder o produto de sua plantação? Não desejo, de forma alguma, aproveitar-me da situação e, portanto, dou-lhe mais alguns dias para reconsiderar a sua decisão.

"– É inútil – replicou Félix. – Jamais poderemos morar em sua casa. A vida de meu pai corre grande perigo, em face das circunstâncias que já lhe relatei. Minha esposa e minha irmã jamais se recuperarão do seu terror. Peço-lhe que não insista mais. Fique com a sua propriedade e deixe-me fugir deste lugar.

"Ao dizer isso, Félix tremia intensamente. Ele e seu companheiro entraram na casa, onde ficaram alguns minutos, e depois foram embora. Nunca mais vi alguém da família de De Lacey.

"Passei o resto do dia em minha cabana, num estado de total desespero. Meus protetores haviam partido e tinham rompido o único laço que me prendia ao mundo. Pela primeira vez, fui invadido pelos sentimentos de vingança e de ódio. Não procurei dominá-los. Antes, deixei-me levar por sua corrente. Comecei a me inclinar para o mal e para a morte. Quando eu pensava em meus amigos, na voz suave de De Lacey, nos meigos olhos de Ágata, e na delicada beleza da jovem árabe, esses pensamentos se desvaneciam e eu era inundado pelas lágrimas. Mas, quando de novo eu refletia que eles me haviam desprezado e me abandonado, a raiva retornava, uma onda de raiva, e eu, impossibilitado de maltratar qualquer ser humano, dirigia minha fúria contra objetos inanimados. À medida que a noite avançava, coloquei uma porção de lenha e material inflamável em torno da casa e, depois de haver destruído toda a plantação do quintal, esperei impaciente pela lua, a fim de começar a minha obra.

"Dos bosques começou a soprar um vento forte, que rapidamente dispersou as nuvens que se tinham acumulado no céu. O vendaval corria como uma avalancha poderosa e produziu uma espécie de loucura em meu espírito que destruiu todos os laços da razão e da reflexão. Acendi um galho seco de uma árvore e pus-me a dançar furiosamente em torno da casa. Meus olhos ainda se fixavam no horizonte oeste, cujo limite a lua quase tocava. Parte de seu disco estava meio oculta; eu brandi o meu archote e ateei fogo na palha, nas urzes e no mato que havia reunido. O vento atiçou o fogo, e a casa foi rapidamente envolvida pelas chamas, que se agarraram a ela e a lamberam com suas línguas destruidoras.

"Assim que me convenci de que nenhum socorro poderia salvar qualquer parte da casa, abandonei o local e procurei refúgio nos bosques.

"E agora, com o mundo diante de mim, para onde dirigir meus passos? Decidi fugir para longe da cena dos meus infortúnios; mas para mim, odiado e desprezado, todas as regiões deviam ser igualmente horríveis. Finalmente, pensei em você. Eu aprendera pelos seus papéis que você era meu pai, meu criador. A que outra pessoa poderia eu recorrer senão a você que me dera a vida? Entre as lições que Félix ministrara a Safie não faltaram as de geografia, através das quais tomei conhecimento das relativas localizações dos diferentes países da Terra. Você mencionara Genebra como sua cidade natal – foi para ali que resolvi encaminhar-me.

"Mas como orientar-me? Sabia que devia seguir na direção sudoeste para atingir meu destino, mas o sol era o meu único guia. Eu não sabia o nome das cidades que devia atravessar, nem podia pedir qualquer informação a um ser humano; porém, não me desesperei. Apenas de você eu poderia esperar socorro, embora nada mais lhe dedicasse senão ódio. Criador insensível e sem coração! Você me dotou de percepção e de paixões, abandonando-me depois como objeto de desdém e horror da humanidade. Mas só a você eu poderia pedir um pouco de piedade e de reparação. Resolvi que de você eu exigiria aquela justiça que em vão implorei aos outros seres humanos.

"Minha caminhada foi longa e intensos os sofrimentos que suportei. Foi no fim do outono que eu deixei a região onde vivera por tanto tempo. Viajava apenas de noite, temendo encontrar um rosto humano. Em volta, a natureza começava a fenecer, e o sol tornava-se frio. Chuva e neve caíam por toda a parte. Rios caudalosos estavam congelados. A superfície da terra, dura e fria, mostrava-se completamente despida de vegetação, e eu não encontrava um abrigo. Oh, terra! Quantas vezes amaldiçoei a razão da minha existência! A brandura de minha natureza tinha desaparecido e, dentro de mim, agitava-se o fel da amargura. Quanto mais eu me aproximava de sua casa, mais sentia o desejo de vingança acender-se em meu coração. A neve caía, as águas estavam endurecidas, mas eu não descansava. Alguns acidentes serviam para me orientar, pois eu possuía um mapa da região. Não raro, porém, desviava-me bastante do meu caminho. A agonia dos meus sentimentos não me dava uma trégua. Nada ocorreu que pudesse mitigar a minha raiva e a minha desgraça, mas um fato que aconteceu quando alcancei os limites da Suíça, quando o sol já recobrara o seu calor e a terra se cobrira novamente de verde, confirmou de maneira particular a amargura e o horror dos meus sentimentos.

"Em geral, eu descansava de dia, só viajando quando a noite me protegia da vista do homem. Todavia, uma manhã, vendo que o caminho me conduzia através de um bosque espesso, aventurei continuar minha viagem depois que o sol havia nascido. O dia, que era um dos primeiros da primavera, reanimava-me com o encanto de sua luminosidade e a fragrância do ar. Sentia reviver dentro de mim sensações de brandura e prazer, que há muito pareciam estar mortas. Meio surpreso pelo reaparecimento dessas sensações, deixei-me levar por elas e, esquecendo minha solidão e minha deformidade, arrisquei ser feliz. Novamente as lágrimas correram por minhas faces, e cheguei mesmo a elevar meus olhos úmidos para o sol, agradecendo a alegria que havia derramado sobre mim.

"Continuei a perambular pelos caminhos do bosque, até que cheguei aos seus limites, que eram marcados por um rio rápido, sobre o qual as árvores curvavam seus galhos, agora florescentes com o advento da primavera. Estava parado ali, sem saber exatamente que caminho tomar, quando ouvi o som de vozes, que me obrigaram a ocultar-me à sombra de uns ciprestes. Mal me escondera, uma garotinha apareceu correndo na direção em que eu estava, rindo, como se estivesse brincando de pegar com alguém. Ela continuou a correr pelas margens íngremes do rio quando, de repente, falseou o pé e caiu na rápida correnteza. Eu saltei do meu esconderijo e, a muito custo, devido à força da corrente, apanhei-a, puxando-a para a margem, Ela estava sem sentidos e tentei o possível para reanimá-la. Neste momento, aproximou-se um camponês, provavelmente a pessoa de quem ela fugira alegremente. Ao ver-me, ele correu para mim, arrancou a menina de meus braços e fugiu para o interior do bosque. Eu o segui apressadamente, mal sabendo por quê. Mas quando o homem me viu aproximar-me dele, apontou-me uma arma, que carregava consigo, e disparou-a contra mim. Caí ao chão, e meu agressor fugiu para a floresta, ainda mais rapidamente.

"Foi essa, então, a recompensa da minha bondade! Eu salvara um ser humano da morte e, como recompensa, contorcia-me agora com a dor miserável de uma ferida que me rasgara a carne e estraçalhara os ossos. Rilhando os dentes, deixei que a mais infernal das raivas substituísse os sentimentos de bondade e meiguice que me haviam dominado por alguns momentos. Espicaçado pela dor, votei ódio e vingança eternos a toda a humanidade. Esmagado, porém, pela dor do meu ferimento, senti o pulso fraquejar e desmaiei.

"Durante algumas semanas, levei uma vida miserável nos bosques, procurando curar a ferida que eu tinha recebido. A bala atingira meu ombro, não sabendo eu se ela ali se alojara ou se o havia atravessado. De qualquer modo, eu não tinha como extraí-la. Meus sofrimentos aumentavam com o opressivo sentimento da injustiça e da ingratidão que eu experimentara. Passei a devotar-me diariamente à vingança – uma vingança mortal, única capaz de compensar os ultrajes e as angústias que eu tinha suportado.

"Depois de algumas semanas, meu ferimento sarou, e continuei minha viagem. As fadigas que suportei não mais seriam aliviadas pelo sol brilhante ou a brisa suave da primavera; toda a alegria não era senão uma zombaria que insultava minha desolada condição e me fazia sentir ainda mais dolorosamente que eu não fora feito para o prazer.

"Meus esforços, porém, estavam chegando ao fim e, daí a dois meses, eu alcançava as cercanias de Genebra.

"Estava anoitecendo quando cheguei. Procurei um lugar para me ocultar nos campos que a circundam, a fim de meditar como faria para procurar você. Estava aniquilado pela fadiga e pela fome, e muito infeliz para gozar da suave brisa da noite ou do espetáculo do pôr do sol por trás das imponentes montanhas do Jura.

"Neste momento, um leve sono, que me aliviou da dor de pensar, foi perturbado pela aproximação de uma linda criança que veio correndo para o esconderijo que eu escolhera, com toda a vivacidade da infância. De repente, ao contemplá-la, fui assaltado pela ideia de que aquela pequena criatura era pura e vivera muito pouco até então para ter-se embebido do horror pela deformidade. Se, portanto, eu pudesse apanhá-la e educá-la como minha companheira e amiga, não estaria condenado a viver sozinho nesta terra tão cheia de gente.

"Movido por este impulso, agarrei o menino quando passou perto de mim. Assim que ele me viu, cobriu os olhos com as mãos e soltou um grito lancinante. Eu afastei suas mãos de seu rosto e disse:

" – Menino, que é isso? Não lhe vou fazer mal algum. Escute-me.

“Ele lutava violentamente.

“ – Solte-me – gritou ele. – Monstro! Bicho feio! Você quer me comer e me matar. Você é um bicho. Solte-me ou chamarei meu pai.

“ – Menino, você nunca mais verá seu pai. Você ficará comigo.

“ – Monstro horroroso! Largue-me. Meu pai é import... ele é o sr. Frankenstein... e há de castigá-lo. Você não ousará me prender.

“ – Frankenstein! Então você pertence ao meu inimigo, àquele a quem eu jurei vingança eterna; você será minha primeira vítima.

“A criança continuava a lutar e a lançar-me nomes que aumentavam o desespero que ia em meu coração. Apertei-lhe a garganta para fazê-lo calar-se. Um momento após, ele jazia morto aos meus pés.

“Contemplei minha vítima, e meu coração exultou com uma sensação de triunfo infernal. Batendo palmas, exclamei:

“ – Eu também posso criar a desolação; meu inimigo não é invulnerável. Esta morte vai enchê-lo de desespero. Milhares de outros tormentos hão de torturá-lo e destruí-lo.

“Ao olhar para a criança, vi algo que brilhava sobre seu peito. Apanhei a coisa; era o retrato de uma mulher encantadora. A despeito da minha maldade, aquela imagem me enterneceu e me atraiu. Por alguns momentos contemplei com prazer seus olhos negros, emoldurados por longas pestanas, e seus lábios encantadores. Mas logo a ira retornou. Lembrei-me de que eu estava privado para sempre das delícias que essas adoráveis criaturas podiam proporcionar e que aquela, cujo lindo semblante eu contemplava, transformaria, se me visse, aquele ar de bondade numa expressão de horror e desprezo. Pode você se admirar de que esses pensamentos me enchessem de cólera? Eu só me espanto de que não tivesse, naquele momento, em vez de me entregar a imprecações de agonia, corrido para o meio da humanidade, perecendo na tentativa de destruí-la.

"Enquanto me deixava dominar por esses pensamentos, abandonei o local em que havia cometido o crime e, procurando um esconderijo mais seguro, entrei num estábulo que me parecera vazio. Ali, encontrei uma mulher dormindo sobre um monte de palha. Era jovem, não tão linda quanto a do retrato, mas no vigor da juventude e da saúde. Ali está uma, pensei, cujos sorrisos jamais me serão destinados. Curvei-me então sobre ela e murmurei:

"– Acorda, querida, teu amor aqui está. Aquele que daria a vida por um simples olhar de afeição de teus olhos. Acorda, minha amada!

"A adormecida estremeceu; um arrepio de terror me percorreu o corpo. E se ela, ao acordar, me visse, me amaldiçoasse e denunciasse como o criminoso? Com toda a certeza seria assim que ela agiria se abrisse seus olhos escuros e me enxergasse. Uma ideia louca atravessou meu cérebro, despertando o demônio que eu trazia dentro de mim: não eu, porém ela devia sofrer. Ela é que devia expiar o meu crime, já que eu estava para sempre despojado de tudo o que ela me poderia conceder. Ela foi a origem do meu crime; que ela pague por ele! Graças aos ensinamentos de Félix e às sanguinárias leis dos homens, eu aprendera agora como praticar o mal. Inclinei-me sobre ela e coloquei o retrato numa das dobras do seu vestido. Ela se moveu novamente. Eu fugi.

"Durante alguns dias, rondei o local onde tinham ocorrido esses fatos, às vezes desejando ver você, às vezes resolvido a deixar para sempre o mundo e suas misérias. Finalmente, vaguei na direção dessas montanhas, varando seus imensos retiros, consumido por uma ardente paixão que só você pode aplacar. Não nos poderemos separar até que você tenha satisfeito o meu pedido. Estou sozinho e desgraçado. Homem algum se associará a mim. Mas uma criatura tão deformada e horrível quanto eu não se negaria a me acompanhar. Minha companheira deve ser da mesma espécie que eu e ter os mesmos defeitos. Você tem de criar esse ser."

Capítulo 17

Quando parou de falar, o infeliz fixou os olhos em mim, à espera de uma resposta. Mas eu estava assustado, perplexo e incapaz de concatenar minhas ideias para compreender toda a extensão de sua proposta. Ele continuou:

– Você tem de criar uma fêmea para mim, com quem eu possa viver em perfeita consonância com as necessidades do meu ser. Só você pode fazê-lo. Eu o exijo como um direito que você não me pode recusar.

A última parte de sua narrativa novamente despertara a minha ira, que havia desaparecido enquanto ele contara sua vida pacífica entre os moradores da casa de campo, e quando ele falou aquilo não pude mais refrear a cólera que ardia dentro de mim.

– Recuso – falei. – E nenhuma tortura conseguirá arrancar o meu consentimento. Você pode transformar-me no mais desgraçado dos homens, jamais porém conseguirá aviltar-me ante meus próprios olhos. Criar uma outra criatura como você, para que juntos assolem o mundo? Vá embora! Essa é a minha resposta. Mesmo que você me torture, jamais concordarei!

– Você está errado – replicou o demônio. – Em vez de ameaçar, eu estou satisfeito de discutir com você. Sou mau porque sou desgraçado. Não sou eu desprezado e odiado por toda a humanidade? Você, meu criador, seria capaz de me despedaçar em triunfo; lembre-se disso, e diga-me por que deveria eu ter mais compaixão dos homens do que a que eles têm por mim? Se você me precipitasse num desses abismos do gelo e me destruísse, eu, que sou obra de suas mãos, não chamaria a isso um crime. Devo eu respeitar o homem, quando ele me despreza? Se ele fosse bondoso comigo, eu, em vez de maltratá-lo, o cobriria de benefícios, com lágrimas de gratidão por me haver recebido. Mas isso é impossível; os sentidos humanos constituem barreiras intransponíveis para nossa união. No entanto, eu não me submeterei a uma escravidão infame. Vingar-me-ei das injúrias que receber; se não puder inspirar amor, provocarei o medo, particularmente em você que é meu superinimigo. Porque você é meu criador, eu lhe juro um ódio implacável. Acautele-se. Trabalharei pela sua destruição até que esteja tão arruinado, que amaldiçoará a hora em que nasceu.

Ao dizer isso, ele estava possuído de uma raiva demoníaca. Seu rosto crispava-se em contrações por demais horríveis para serem contempladas por olhos humanos. Depois, no entanto, ele se acalmou, e continuou:

– Eu pretendia raciocinar. Este sentimento me é prejudicial, pois *você* não vê que é a causa de meus excessos. Se alguém demonstrasse bondade para comigo, eu retribuiria muito mais. Pelo amor de uma criatura, eu faria a paz com toda a espécie! Mas me estou deixando levar por sonhos felizes, que não podem ser realizados. O que lhe estou pedindo é moderado e razoável: desejo uma criatura do sexo oposto, mas tão horrorosa quanto eu. O prazer é pequeno, mas é tudo quanto eu posso ter, e fico satisfeito. É verdade que seremos monstros, e que ficaremos isolados do resto do mundo, mas por isso mesmo nos sentiremos mais ligados um ao outro. Nossa vida não será feliz, mas ficará livre da desgraça que agora eu sinto. Oh, meu criador, faça-me feliz! Permita-me que eu lhe possa ser grato por este benefício! Faça com que eu desperte a simpatia de algum ser vivo. Não me negue este pedido!

Eu estava comovido. Tremia ao pensar no que poderia acontecer se eu concordasse, mas senti que havia uma certa justiça no seu pedido. Sua história e os sentimentos que agora demonstrava provavam que era uma criatura de fina sensibilidade. E não devia eu, seu criador, proporcionar-lhe um pouco da felicidade que estava em meu poder conceder-lhe? Ele notou a mudança que se operara em mim e continuou:

– Se você concordar, nem você nem mais qualquer outro ser humano nos verão de novo. Irei para as florestas sem fim da América do Sul. Meu alimento não é o do homem; não matarei os carneiros nem os cabritos para saciar minha fome; para me nutrir, serão suficientes raízes e frutos silvestres. Minha companheira será da mesma natureza que eu e ficará satisfeita com a mesma comida. Faremos nossas camas de folhas secas. O sol brilhará sobre nós como sobre os outros homens e amadurecerá nosso alimento. O quadro que lhe estou apresentando é pacífico e humano, e você deve sentir que só poderá negá-lo por um excesso de poder e de crueldade. Por mais impiedoso que você tenha sido para comigo, vejo agora uma certa compaixão em seus olhos; deixe-me aproveitar desse momento para convencê-lo a prometer que fará o que tão ardentemente desejo.

– Você propõe – repliquei – fugir dos lugares habitados pelo homem, para mergulhar nas selvas onde apenas os animais ferozes serão seus companheiros. Como poderá você, que tanto anseia pelo amor e pela simpatia do homem, persistir nesse exílio? Você retornará sempre na tentativa de ser aceito pelos homens, e será de novo recebido com desprezo e abominação; seus maus sentimentos, então, serão de novo inflamados, e você terá uma companheira para lhe ajudar na tarefa de destruir. Não, não pode ser. Não discuta mais, porque eu não concordarei.

– Como você é inconstante! Há apenas um momento você se comoveu com minhas palavras. Por que volta, agora, a resistir aos meus apelos? Juro-lhe pela terra que habito, e por você que me fez, que, com a companheira que você me der, abandonarei a vizinhança do homem e passarei a viver nos lugares mais selvagens. Minhas paixões malditas desaparecerão, pois terei com quem partilhar minha vida! Minha vida decorrerá em calma e, na hora de minha morte, não terei de amaldiçoar o meu criador.

Suas palavras produziram um estranho efeito sobre mim. Fiquei compadecido, a ponto de desejar consolá-lo, mas, quando o contemplei, quando vi aquela massa hedionda que se movia e falava, senti uma angústia no coração e meus sentimentos se transformaram em horror e ódio. Tentei sufocá-los, achando que, pelo fato de não simpatizar com ele, não tinha o direito de privá-lo daquela porção de felicidade que estava em minhas mãos conceder-lhe.

– Você jura – disse eu – que não fará mal algum. Não vê, porém, que toda a maldade que já cometeu me obriga a desconfiar de você? Não pode até ser isso um pretexto para aumentar o seu triunfo, permitindo-lhe maior perspectiva para sua vingança?

– Que é isso? Vamos deixar de brincadeiras. Eu exijo uma resposta. Se eu não tiver a quem me ligar e me afeiçoar, o meu destino será o ódio e o mal. O amor de uma outra criatura fará desaparecer a causa dos meus crimes, e eu me tornarei uma coisa de cuja existência ninguém saberá. Meus vícios são filhos de uma solidão forçada, que abomino, e necessariamente minhas virtudes crescerão quando eu passar a viver em comunhão com um ser igual a mim. Experimentarei a afeição de uma criatura sensível e participarei de uma cadeia de acontecimentos dos quais me acho agora excluído.

Parei durante algum tempo para meditar sobre tudo o que ele havia dito e sobre os vários argumentos por ele expostos. Pensei na promessa das virtudes que ele demonstrara, no início de sua vida, e na frustração que se seguiu de todos os seus bons sentimentos, devido à aversão e ao desprezo que seus protetores lhe haviam evidenciado. Não deixei de incluir em meus cálculos sua força e suas ameaças. Uma criatura capaz de viver nas cavernas das geleiras e de se esconder de seus perseguidores em precipícios inacessíveis era um ser que possuía faculdades com as quais não se podia competir. Depois de muito refletir, concluí que a justiça devida tanto a ele quanto aos meus semelhantes exigia que eu acedesse a seu pedido. Assim, voltando-me para ele, disse:

– Consinto em atendê-lo sob o solene juramento de que você deixará a Europa para sempre, e qualquer lugar na vizinhança do homem, logo que eu lhe entregar uma companheira que o seguirá em seu exílio.

– Juro – gritou ele. – Juro pelo sol, pelo azul do céu, e pelas chamas de amor que consomem meu coração, que se você atender à minha súplica, enquanto eles existirem, você jamais me verá. Parta para sua casa e inicie o seu trabalho, cujo progresso eu seguirei ansioso. E não se perturbe, que só aparecerei quando ele estiver terminado.

Assim falando, ele fugiu rapidamente, temendo talvez que eu mudasse de opinião. Vi-o descendo a montanha com uma velocidade maior que a do voo da águia e rapidamente perdi-o de vista entre as ondulações do mar de gelo.

Sua história durara o dia todo, e o sol já tocava o horizonte, quando ele partiu. Sabia que devia apressar minha descida para o vale, pois dentro em pouco seria envolvido pela escuridão. Meu coração, porém, estava apertado e meus passos eram vagarosos. O trabalho de procurar caminhos entre as montanhas, onde pudesse firmar-me, preocupava-me, perplexo como eu estava devido aos acontecimentos daquele dia. A noite já ia alta, quando consegui alcançar um refúgio junto à fonte. As nuvens que corriam pelo céu deixavam entrever, a espaços, as estrelas que brilhavam; diante de mim elevavam-se os pinheiros, e eu distinguia aqui e ali uma árvore caída. Era um cenário de maravilhosa solenidade, que me despertava estranhas sensações. Chorei amargamente, e torcendo as mãos agoniado, exclamei:

– Ó estrelas, nuvens e ventos, vós estais prestes a zombar de mim; se realmente vos apiedais de mim, esmagai as minhas paixões e a minha memória; reduzi-me ao nada. Se, porém, não é essa a vossa intenção, ide, ide e deixai-me na escuridão.

Esses pensamentos selvagens e desgraçados atravessavam minha mente, mas eu não lhe posso descrever como me acabrunhava o piscar eterno das estrelas, e como as lufadas do vento me pareciam violentas rajadas do siroco, que se encaminhavam para me consumir.

O dia nasceu antes que eu chegasse à aldeia de Chamounix. Não descansei, encaminhando-me imediatamente para Genebra. Nem mesmo em meu coração eu podia expressar minhas sensações – elas me pesavam como uma montanha e esmagavam toda a minha agonia. Assim, voltando para casa, apresentei-me à família. Meu aspecto agitado e macilento foi motivo de grande alarma, mas eu não respondi às perguntas que me fizeram; mal pronunciava uma ou outra palavra. Sentia-me como um proscrito – como se não tivesse o direito de gozar da simpatia deles –, como se nunca mais pudesse desfrutar de sua companhia. Todavia, mesmo assim, eu os amava e, para salvá-los, só por isso, decidi entregar-me ao meu abominável trabalho. A perspectiva daquela ocupação fez com que todos os outros fatos da existência desfilassem diante de mim como num sonho, e toda a realidade da vida, para mim, se concentrava apenas naquela tarefa.

Capítulo 18

Dia após dia, semana após semana foram passando, depois da minha volta a Genebra, e eu não conseguia reunir a coragem para recomeçar meu trabalho. Embora temesse a vingança do demônio decepcionado, não conseguia vencer a repugnância que me inspirava aquela tarefa. Vi que não podia compor uma mulher sem devotar de novo vários meses a profundos estudos e laboriosas pesquisas. Ouvira falar das descobertas de um sábio inglês, que contribuiriam com material para o meu sucesso, e muitas vezes pensei em pedir autorização a meu pai para visitar a Inglaterra com esse objetivo, mas me agarrava a todo e qualquer pretexto para adiar e atrasar o primeiro passo de um empreendimento cuja necessidade começava a me parecer menos absoluta. Com efeito, eu vinha passando por uma transformação. Minha saúde, que até então declinava, melhorou consideravelmente, e meu espírito, quando não perturbado pela lembrança da promessa infeliz que eu tinha feito, se recuperava na mesma proporção. Meu pai via essa alteração com prazer e tudo fazia para imaginar o melhor processo de erradicar os restos de minha depressão, que ressurgia a intervalos, e com uma sombra que ameaçava a luz do sol que se aproximava. Nesses momentos, eu me refugiava na mais completa solidão. Passava dias inteiros sozinho num bote, no lago, contemplando as nuvens e escutando o marulho das ondas, calado e indiferente. Mas o ar fresco e o brilho do sol raramente deixavam de me reanimar. Quando eu regressava, meus amigos me saudavam com um sorriso mais amplo e o coração mais desafogado.

Foi depois de retornar de uma dessas fugas que meu pai, chamando-me de lado, me falou:

– Estou muito satisfeito, meu querido filho, por ver que você voltou aos seus antigos prazeres e está se recuperando. No entanto, você ainda se sente infeliz e ainda evita nossa companhia. Durante algum tempo, fiquei imaginando qual seria a causa disso, mas ontem tive uma intuição e, se ela tiver fundamento, peço-lhe que a confirme. Guardar segredo sobre isso seria não só inútil, como poderia atrair a desgraça sobre todos nós.

Esta introdução fez-me estremecer violentamente. Meu pai continuou:

– Confesso, meu filho, que sempre encarei o seu casamento com a nossa querida Elizabeth como a consolidação de nosso conforto doméstico e a estabilização dos meus últimos anos de vida. Vocês se acham ligados um ao outro desde a mais tenra infância e parecem, no que diz respeito a temperamentos e gostos, inteiramente feitos um para o outro. Mas tão cega é a experiência do homem que o que eu concebi para ser o melhor suporte do meu plano bem pode tê-lo destruído. Talvez você a considere como sua irmã, sem desejo algum de tê-la como esposa. Ou talvez tenha encontrado uma outra mulher que você ame e, achando-se ligado por laços de honra a Elizabeth, se encontre numa luta que possivelmente seja a causa dessa profunda infelicidade que parece sofrer.

– Meu caro pai, pode ficar descansado. Amo minha prima terna e sinceramente. Jamais encontrei outra mulher que tivesse despertado uma admiração e uma afeição tão fortes quanto Elizabeth. Todas as minhas esperanças no futuro repousam na perspectiva de nossa união.

– Meu querido Victor, a maneira por que você expressa seus sentimentos a esse respeito me dá um prazer que há muito tempo não sentia. Se é assim que você pensa, nós seremos felizes, muito embora os atuais acontecimentos tenham feito descer uma sombra de tristeza sobre nós. Mas é justamente essa tristeza, que parece tanto ter-se apegado a sua mente, que eu quero afastar. Diga-me portanto se faz qualquer objeção à imediata realização desse casamento. Temos sido infelizes e os fatos recentes afastaram-nos daquela tranquilidade que deveria embalar meus dias e meus achaques. Você é jovem, mas não creio que, possuindo a fortuna que você possui, um casamento prematuro venha a interferir em quaisquer planos que você tenha traçado para o futuro. Não acredite, porém, que eu queira impor-lhe felicidade ou que uma demora de sua parte me cause qualquer preocupação. Interprete minhas palavras com bondade e responda-me, peço-lhe, com confiança e sinceridade.

Escutei em silêncio e permaneci algum tempo incapaz de dar uma resposta. Os pensamentos tumultuavam meu cérebro, e eu procurava chegar a uma conclusão. Ai de mim! A ideia de uma imediata união com minha Elizabeth enchia-me de horror e desespero. Achava-me ligado a uma promessa solene, que ainda não cumprira e não ousava quebrar, pois, se o fizesse, que desgraças não cairiam sobre minha querida família? Poderia eu participar de uma festa com este peso mortal sobre o meu pescoço, fazendo-me curvar até o chão? Eu tinha de completar a minha tarefa e deixar que o monstro partisse com a sua companheira, antes de me permitir desfrutar de uma união da qual eu esperava a paz.

Lembrei-me também da imperiosa necessidade de viajar para a Inglaterra ou de manter uma longa correspondência com os sábios daquele país, cujo saber e cujas descobertas eram indispensáveis para o meu atual trabalho. Os últimos processos para conseguir o desejado conhecimento eram demorados e insatisfatórios. Além disso, eu tinha uma aversão total à ideia de me entregar à minha odiosa tarefa na casa de meu pai, participando ao mesmo tempo da convivência e dos hábitos daqueles a quem amava. Sabia ainda que poderiam ocorrer milhares de acidentes terríveis, o mais insignificante dos quais revestiria de horror tudo o que dissesse respeito a mim. Tinha certeza também de que muitas vezes haveria de me descontrolar, de perder toda a capacidade de ocultar as fortes sensações que me dominariam durante o progresso de minha inusitada ocupação. Enquanto estivesse dedicado a ela, devia afastar-me de tudo o que eu amava. Uma vez começada, poderia terminá-la rapidamente e restituiria a paz e a felicidade à minha família. Cumprida minha promessa, o monstro partiria para sempre. Ou, quem sabe (assim eu procurava imaginar), não aconteceria algum acidente que o destruísse e pusesse para sempre um fim à minha escravidão?

Esses pensamentos ditaram a resposta que dei a meu pai. Expressei o desejo de visitar a Inglaterra, ocultando porém as verdadeiras razões deste pedido, disfarçando o meu desejo de modo a não despertar suspeitas, embora demonstrando uma tal ansiedade que induziu meu pai facilmente a concordar. Depois de um tão longo período de acabrunhante depressão, que chegava a parecer loucura pela sua intensidade e seus efeitos, ele ficou satisfeito ao ver que eu era capaz de sentir prazer com a ideia desta viagem. Ele achava que a mudança de ambiente e de divertimentos me restaurariam completamente antes do meu regresso.

Eu deveria ficar ausente o tempo que quisesse. Alguns meses ou, no máximo, um ano foi o período que combinamos. Com uma preocupação bondosa e paternal, ele preparou tudo para que eu tivesse companhia. Sem nada me avisar, de combinação com Elizabeth, arranjou as coisas de modo a que Clerval se juntasse a mim em Strassburgo. Isso prejudicaria a solidão que eu desejava para a continuação de minha tarefa. Todavia, no início de minha viagem, a presença de meu amigo de modo algum representava um impedimento. Na verdade, fiquei satisfeito ao ver que assim eu me pouparia muitas horas de isolamento e de pensamentos insanos. Mais ainda, Henry poderia interpor-se entre mim e meu inimigo. Se eu estivesse sozinho, não poderia ele aparecer-me de vez em quando, forçando-me a suportar sua presença hedionda para me lembrar do meu trabalho ou para acompanhar o seu progresso?

Assim, parti para a Inglaterra. Ficou resolvido que eu me uniria a Elizabeth logo após o meu regresso. A idade de meu pai tornava-o contrário a qualquer adiamento. Para mim, o casamento com Elizabeth representava uma recompensa ao meu detestado trabalho, um consolo para os meus inigualáveis sofrimentos, pois a perspectiva do dia em que, libertado de minha escravidão, eu me unisse a ela faria com que eu esquecesse o passado.

Fiz os preparativos para a viagem, mas vivia assaltado por um pressentimento que me enchia de medo e me agitava. Durante minha ausência, eu deixaria meus amigos inconscientes da existência do seu inimigo e desprotegidos dos seus ataques, já que ele poderia irritar-se com a minha partida. Mas não dissera ele que me seguiria aonde quer que eu fosse e, portanto, à Inglaterra? Este pensamento, embora terrível em si mesmo, era até certo ponto tranquilizador, pois pressupunha a segurança de meus entes queridos. Eu era atormentado pela ideia de que tudo pudesse sair ao contrário. Mas durante todo o tempo em que me achava escravizado à minha criatura, eu me deixava ser governado pelos impulsos do momento; e eu tinha um forte pressentimento de que o demônio me seguiria, deixando minha família livre do perigo de suas maquinações.

Foi no fim de setembro que parti novamente de minha terra natal. A viagem fora sugerida por mim mesmo e, portanto, Elizabeth concordou, mas nem por isso ela deixava de preocupar-se com que eu sofresse alguma infelicidade ou fosse assaltado pela dor, estando longe dela. Fora ela quem cuidara de me arranjar a companhia de Clerval – e no entanto o homem é cego a esses milhares de pequenos detalhes que despertam a atenção à solicitude da mulher. Ela ansiava pela minha volta; agora, milhares de emoções conflitantes emudeceram-na, quando ela, chorando, me dava um adeus silencioso.

Atirei-me na carruagem, pouco me incomodando por onde ia e pelo que se passava em volta. Lembro-me apenas, e com a maior aflição toda vez que penso nisso, de ter ordenado que meus instrumentos e aparelhos químicos deveriam seguir comigo. Cheio de pensamentos sombrios, atravessei paisagens majestosas, mas meu olhar era parado e vago.

Só podia concentrar-me no objetivo da minha viagem e no trabalho a que me dedicaria, enquanto ela durasse.

Depois de muitos dias de apática indiferença, durante os quais percorri muitas léguas, cheguei a Strassburgo, onde esperei dois dias por Clerval. Ele veio. Pobre de mim! Como era grande o contraste entre nós dois! Ele vivia cada aspecto da paisagem, alegrava-se ante as belezas do pôr do sol, e ficava ainda mais feliz a cada renascimento de um novo dia. Ele chamava minha atenção para as cores cambiantes do cenário e do céu. "Isso é que é viver!", exclamava ele. Agora, eu desfruto realmente a vida! Mas você, meu caro Frankenstein, continua abatido e triste! Com efeito, eu me achava preocupado com pensamentos lúgubres, e nem reparava na luz que o nascer da estrela vespertina ou do sol dourado refletiam nas águas do Reno. E você, meu amigo, se divertiria muito mais com o diário de Clerval, que contemplava a paisagem com sensibilidade e prazer, do que ouvindo minhas reflexões. Eu, miserável ruína, marcado por uma maldição que me fechava todas as possibilidades de me divertir.

Havíamos concordado em descer o Reno de bote, de Strassburgo a Rotterdã, onde embarcaríamos num vapor para Londres. Durante esta viagem passamos por muitas ilhas ornadas de salgueiros e vimos belas cidades. Permanecemos um dia em Mannheim e, no quinto dia após nossa partida de Strassburgo, chegamos a Mainz. Abaixo dessa cidade, o curso do Reno torna-se muito pitoresco. O rio corre rapidamente, serpeando entre montanhas, não muito altas, mas escarpadas e de lindas formas. Vimos castelos arruinados, debruçados à beira de precipícios, cercados de florestas negras, altos e inacessíveis. Na verdade, essa parte do Reno apresenta uma paisagem singularmente variada. Num local, veem-se montanhas irregulares, castelos arruinados sobre tremendos abismos, com o escuro Reno correndo lá embaixo; e, de repente, ao contornar-se um promontório, desdobram-se florescentes vinhedos sobre as margens verdejantes e inclinadas dos meandros do rio e o cenário se enche de cidades populosas.

Era época das vindimas. À medida que deslizávamos sobre o rio, ouvíamos o canto dos trabalhadores. Até eu, deprimido como estava, e com o espírito agitado por meus sombrios pensamentos, até eu me sentia enlevado. Deitado no fundo do barco, fitando o céu sem nuvens, eu parecia sorver uma tranquilidade que há muito tempo não conhecia. E, se essa era a minha disposição de espírito, qual não seria a de Henry? Ele parecia transportado para um país de fadas, desfrutando de uma felicidade raramente experimentada pelo homem. Ele dizia que já tinha visto as mais belas paisagens de sua terra, os cenários mais lindos; visitado os lagos de Lucerna e de Uri, onde as montanhas cobertas de neve descem quase perpendicularmente sobre a água, lançando sombras negras e impenetráveis que emprestariam um toque de tristeza à paisagem, não fossem as ilhas verdejantes que animam a vista com seu aspecto alegre; já tinha visto este lago revolto pela tempestade, quando o vento agita a água, dando uma ideia de como deve ser o grande oceano; e as ondas lançarem-se furiosas contra a base das montanhas onde o padre e sua amante foram engolfados por uma avalanche, e cujas vozes moribundas, diz-se, ainda podem ser ouvidas durante os momentos em que o vento amaina; já vira as montanhas de La Valais e do Pays de Vaud; mas que esta região agradava a ele muito mais do que todas aquelas maravilhas. As montanhas da Suíça são mais majestosas e estranhas, mas as margens deste rio divino apresentam um encanto como jamais vira.

– Olhe aquele castelo lá longe, sobre o precipício; e também para aquela ilha quase oculta pela folhagem daquelas encantadoras árvores; e para os lavradores que regressam das vinhas; e para aquela aldeia meio escondida entre o recesso da montanha. Oh, certamente o espírito que habita e guarda esta região harmoniza mais com o homem do que aquele que domina geleiras e os abrigos dos picos inacessíveis das montanhas de nossa terra – repetia meu amigo.

Clerval! Idolatrado amigo! Até agora sinto-me reconfortado em relembrar suas palavras e em entregar-me à oração que você tanto merece. Ele era uma criatura formada na *verdadeira poesia da natureza.* Sua imaginação vibrante e cheia de entusiasmo era disciplinada pela sensibilidade de seu coração. Sua alma transbordava de afeições ardentes, e sua amizade era daquele tipo devotado e maravilhoso, que nos ensinam que só existe na imaginação. Mas até mesmo sua simpatia pela humanidade não era suficiente para satisfazer sua mente ávida. Os espetáculos da natureza, que nos outros despertam apenas admiração, ele amava com ardor:

A catarata ressoante

Assaltava-o como uma paixão: as rochas altaneiras,
As montanhas, e os bosques profundos e sombrios,
Com suas cores e suas formas, despertavam nele
Sensações e um amor que não precisavam de
Recônditos encantos, nascidos da imaginação,
Ou de interesses emprestados
Pelo que a visão lhe podia proporcionar.*

E onde está ele agora? Estará este delicado e querido amigo perdido para sempre? Terá este cérebro, tão cheio de ideias fantásticas e magníficas, que constituíam um mundo, cuja existência dependia da vontade de seu criador – terá este cérebro perecido? Existirá, agora, apenas em minha memória? Não, não é assim. Sua forma tão divinamente modelada, e cheia de beleza, desfez-se, mas seu espírito ainda visita e consola o seu infeliz amigo.

Perdoe-me esse desabafo de tristeza; esse discurso inútil não é senão um tributo à vida exemplar e digna de

* Versos do poema "Tintern Abbey" de William Wordsworth (1770-1850). (N.T.)

Henry, mas que também alivia meu coração, transbordando a angústia que sua lembrança me provoca. Continuarei com a minha narrativa:

Além de Colônia, descemos para as planícies da Holanda. Decidimos continuar o resto de nossa viagem pela costa, pois o vento contrário tornava o rio vagaroso demais para que pudéssemos seguir por ele.

Daí por diante, nossa viagem perdeu o interesse, no que se referia aos cenários maravilhosos, mas em poucos dias chegamos a Roterdã, de onde continuamos para a Inglaterra. Foi numa límpida manhã, nos últimos dias de dezembro, que avistei pela primeira vez os alvos rochedos da Inglaterra. As margens do Tâmisa ofereciam uma visão nova; eram planas porém férteis, e quase todas as cidades traziam o estigma de um fato histórico. Vimos Tilbury Forth e nos lembramos da Armada Espanhola, Gravesend, Woolwich e Greenwich – lugares de que ouvira falar até em minha terra.

Finalmente, avistamos as torres das igrejas de Londres, a de St. Paul sobressaindo entre todas, e a Torre de Londres, famosa na história da Inglaterra.

Capítulo 19

Londres era nosso ponto de repouso. Resolvemos ficar vários meses nessa maravilhosa e famosa cidade. Clerval desejava estabelecer relações com os intelectuais que então floresciam ali, mas isso me era secundário. Eu me preocupava principalmente com os meios de obter as informações necessárias para o cumprimento de minha promessa. Logo me vali das cartas de apresentação que tinha trazido comigo, dirigidas aos mais notáveis cientistas.

Se esta viagem houvesse sido realizada durante meus dias de estudo e de felicidade, me teria proporcionado uma indizível satisfação. Mas uma verdadeira maldição se abatera sobre a minha vida, e eu só procurava esses homens com o objetivo de conseguir os conhecimentos que me ajudassem a resolver o problema que tão profunda e terrivelmente me interessava. Sua convivência me entediava. Quando eu estava sozinho, podia dedicar-me a pensar no céu e na terra. A voz de Henry acalmava minha agitação, e eu podia entregar-me a uma paz de espírito transitória. Entre mim e meus semelhantes eu entrevia uma barreira intransponível. Essa barreira estava selada com o sangue de William e de Justine e, só de pensar nos acontecimentos ligados a esses nomes, eu sentia minha alma esmagada pela angústia.

Mas Clerval era a imagem do meu eu anterior. Ele demonstrava curiosidade e ansiedade por obter experiência e saber. As diferenças de costumes que ele observava eram-lhe uma inexaurível fonte de estudo e de distração. Ele também estava em busca de um objetivo que há muito procurava. Sua intenção era visitar a Índia. Admitindo que ele já conhecia seus vários dialetos, precisava avaliar o que ele conhecia de sua sociedade, a fim de auxiliar materialmente o progresso da colonização europeia e do seu comércio. Só na Inglaterra podia ele arquitetar a futura execução de seus planos. Assim, ele estava sempre ocupado, e a única coisa que afetava sua satisfação era a tristeza em que eu estava mergulhado. Eu procurava ocultá-la da melhor maneira possível, a fim de que não empanasse a alegria de quem estava penetrando um novo aspecto da vida, isento de qualquer recordação desagradável. Muitas vezes negava-me a acompanhá-lo, alegando outros compromissos, a fim de que eu pudesse ficar só. Estava também iniciando a colher os materiais necessários à minha nova criação, o que, para mim, era como a tortura de gotas d'água caindo sobre minha cabeça. Tudo o que eu pensava a propósito desse trabalho me enchia de angústia. Cada palavra pronunciada em alusão a ele fazia tremer meus lábios, provocando palpitações em meu coração.

Depois de passarmos alguns meses em Londres, recebemos uma carta de uma pessoa na Escócia, que nos visitara em Genebra. Ela, exaltando as belezas de sua terra, perguntava-nos se não poderíamos estender nossa viagem até Perth, onde residia. Clerval estava impaciente por aceitar este convite e eu, embora preferisse evitar companhias, desejava ver de novo montanhas, regatos e todas as obras maravilhosas com que a natureza adorna os seus lugares eleitos.

Havíamos chegado à Inglaterra no início de outubro, estávamos em fevereiro. Resolvemos, portanto, começar nossa viagem para o Norte no fim do mês seguinte. Não pretendíamos seguir a grande estrada para Edimburgo, mas visitar Windsor, Oxford, Matlock, e os lagos de Cumberland, resolvidos a terminar essa caminhada pelo fim de julho. Acondicionei o equipamento químico e o material que havia reunido, decidido a terminar meu trabalho em algum recanto obscuro nos planaltos ao norte da Escócia.

Deixamos Londres em 27 de março e ficamos alguns dias em Windsor, vagando por sua bela floresta. Para nós, montanheses, era um cenário novo; os majestosos carvalhos, a quantidade de caças, os bandos de corças, tudo era novidade para nós.

Daí seguimos para Oxford. Ao entrarmos nesta cidade, nossos pensamentos se voltaram para os acontecimentos que haviam ocorrido ali, 150 anos antes. Fora ali que Carlos I reunira suas forças. Esta cidade permanecera fiel a ele, depois que toda a nação havia abandonado sua causa para aderir ao estandarte do Parlamento e da liberdade. A lembrança daquele rei infortunado e seus companheiros, o amável Falkland, o insolente Goring, sua rainha e seu filho, emprestava um particular interesse a cada parte da cidade que se supunha terem eles habitado. O espírito do passado ali encontrava morada, e nós nos deliciávamos em traçar seus passos. Mesmo que esses pensamentos não produzissem a satisfação que imaginávamos, o aspecto da cidade tinha, por si mesmo, beleza suficiente para despertar nossa admiração. Os colégios são antigos e pitorescos. As ruas, sempre imponentes; e o encantador Ísis, que corre ao lado dela por entre prados verdejantes, se expande num plácido lençol líquido, que reflete seu suntuoso conjunto de torreões, torres em flecha, cúpulas, no meio de velhas árvores.

Eu apreciava este cenário, embora o meu prazer sofresse a amargura, tanto da memória do passado quanto da antecipação do futuro. Fui formado para gozar de uma felicidade pacífica. Durante minha juventude, jamais fui visitado pelos desgostos e, se acontecia de ser atingido pelo tédio, a contemplação das belezas da natureza ou o estudo de tudo o que o homem faz de excelente e sublime tinham sempre o dom de interessar meu coração e animar o meu espírito. Sou, porém, uma árvore destruída; um dardo atravessou minha alma; e eu então sentia que devia sobreviver para exibir o que logo deixaria de existir – o desgraçado espetáculo de uma humanidade corrompida, mesquinha para os outros e intolerável para mim.

Passamos bastante tempo em Oxford, percorrendo seus arredores e procurando identificar cada lugar com algo relativo à época mais animada da história da Inglaterra. Nossas viagens de exploração eram muitas vezes prolongadas pela sucessão de objetos que se iam apresentando. Visitamos o túmulo do ilustre Hampden e o campo em que aquele patriota tombou. Por um instante, minha alma libertou-se de seus acabrunhantes e miseráveis temores para contemplar as ideias divinas de liberdade e autossacrifício de que esses quadros eram os monumentos evocadores. Por um momento ousei livrar-me de minhas correntes e olhar em volta com o espírito livre e altaneiro, mas o ferro havia penetrado em minha carne, e recolhi-me de novo, trêmulo e impotente, ao meu eu miserável.

Foi com pena que deixamos Oxford e seguimos para Matlock, que era nosso próximo ponto de parada. A região na vizinhança dessa aldeia fazia lembrar muito a paisagem da Suíça, embora tudo em escala menor, com as verdejantes montanhas, mas sem as coroas dos distantes Alpes brancos, sempre presentes nas montanhas cheias de pinheiros de minha terra natal. Visitamos as maravilhosas grutas e os museus de história natural, onde as curiosidades se acham dispostas do mesmo modo que na coleções em Servox e Chamounix. Este último nome me fez tremer quando Henry o pronunciou. Apressei-me em deixar Matlock, com que aquela terrível cena estava associada.

De Derby, ainda viajando para o Norte, passamos dois meses em Cumberland e Westmorland. Agora, eu quase me podia imaginar entre as montanhas da Suíça. As pequenas nesgas de neve que ainda se prendiam ao lado norte, das montanhas, os lados, os opulentos regatos que desciam das rochas, tudo isso me eram visões muito caras. Aqui também fizemos algumas relações que quase me fizeram pensar que eu era feliz. A satisfação de Clerval era proporcionalmente maior do que a minha. Sua mente se expandia, na presença de homens talentosos, e ele descobria em sua própria natureza maiores capacidades e recursos do que pensava possuir quando associado com seus inferiores.

– Eu poderia passar minha vida aqui – disse-me ele. – E entre essas montanhas quase não sentiria falta da Suíça e do Reno.

Mas ficou sabendo que a vida de um viajante é daquelas que, entre muita satisfação, inclui muito sofrimento. Seu pensamento está sempre voltado para o esforço. Quando ele começa a pensar que vai repousar, é obrigado a furtar-se daquele prazer devido a algo novo, que volta a despertar-lhe a atenção, e que ele em seguida abandona por outras novidades.

Mal tínhamos visitado os vários lagos de Cumberland e Westmorland, criado certa afeição por alguns dos habitantes da região, quando se aproximou a ocasião de nos encontrarmos com nosso amigo escocês. Tivemos, portanto, de continuar nossa viagem. Isso não me causava pesar. Há tempos que eu vinha negligenciando o cumprimento de minha promessa. Temia os efeitos de uma decepção causada àquele demônio. Ele podia ter ficado na Suíça e desencadear sua vingança sobre meus parentes. Essa ideia perseguia e atormentava todos os momentos que, de outro modo, eu teria empregado para repousar e ter paz. Era com a impaciência mais febril que eu aguardava minhas cartas; qualquer demora me fazia infeliz, dominado por milhares de receios. Quando chegavam e eu via a letra de Elizabeth ou de meu pai, temia abri-las na expectativa de notícia de alguma desgraça. Às vezes, achava que o demônio me seguia e era capaz de vingar-se de minha negligência, assassinando o meu companheiro. Quando assaltado por esses pensamentos, eu não abandonava Henry por um só momento. Seguia-o como sua sombra, a fim de protegê-lo da suposta cólera de seu destruidor. Sentia-me como se houvesse cometido um grande crime, cuja consciência me assombrava. Eu era inocente, mas, na verdade, havia atraído sobre mim uma terrível maldição, tão mortal quanto a de um crime.

Visitei Edimburgo, tudo vendo com os olhos e a mente cansados. No entanto, aquela cidade era para interessar a mais infeliz das criaturas. Clerval gostou mais de Oxford, pois a antiguidade desta última cidade agradava-lhe muito mais. Mas a beleza e a regularidade da nova cidade de Edimburgo, seu romântico castelo e seus arredores, os mais encantadores do mundo, o Trono de Artur, o Poço de São Bernardo e os Montes Pentland recompensaram-no da mudança, encheram-no de animação. Eu, porém, estava impaciente para chegar ao fim da viagem.

Deixamos Edimburgo numa semana, passando por Coupar, St. Andrew, seguindo pelas margens do Tay até Perth, onde nosso amigo nos aguardava. Todavia eu não me achava com disposição para rir e conversar com estranhos ou partilhar seus sentimentos e planos com o bom humor que era de se esperar de um visitante. Assim, confidenciei a Clerval que desejava fazer a excursão pela Escócia sozinho.

– Divirta-se – disse-lhe eu – e nos encontraremos aqui. Talvez eu me ausente por um ou dois meses. Não interfira, porém, com meus movimentos, peço-lhe. Deixe-me só por algum tempo. Quando eu voltar, espero que venha com o coração mais leve e mais de acordo com seu temperamento.

Henry queria dissuadir-me, mas, vendo-me decidido a realizar este plano, deixou de insistir. Pediu-me que escrevesse sempre.

– Eu preferia estar com você – disse ele – em suas excursões solitárias, a andar com esses escoceses que não conheço. Volte depressa, meu amigo, para que eu possa, de certo modo, sentir-me de novo em casa, o que será impossível na sua ausência.

Tendo deixado meu amigo, resolvi procurar algum lugar remoto na Escócia, e acabar o meu trabalho em completa solidão. Eu não tinha dúvidas de que o monstro me seguia e que se apresentaria a mim, quando eu tivesse terminado, a fim de receber sua companheira.

Assim decidido, atravessei os planaltos do Norte e fixei o meu local de trabalho numa das mais remotas ilhas Orkney. Era um lugar adequado para aquele tipo de trabalho, sendo pouco mais do que um rochedo batido por todos os lados pelas ondas. O solo era árido, mal fornecendo um pouco de pasto para algumas vacas miseráveis, e aveia para seus habitantes, em número de cinco, cujos membros descarnados bem davam uma ideia da pobreza de seu alimento. Quando eles se davam ao luxo de comer pão e vegetais, e mesmo água doce, tinham de buscar na ilha principal, que ficava a cinco milhas de distância.

Em toda a ilha não havia senão três miseráveis cabanas, umas das quais estava vazia quando eu cheguei. Aluguei-a. Tinha somente dois quartos, que apresentavam toda a sordidez da mais completa pobreza. O teto havia caído, as paredes tinham perdido o reboco, e a porta estava fora das dobradiças. Ordenei que a reparassem, adquiri alguns móveis e instalei-me, fato que teria, sem dúvida, causado certa surpresa aos moradores da ilha, não tivessem eles os sentidos embotados pela necessidade e pela pobreza. Assim, eu vivia ignorado, sem ser molestado. E aquela gente mal me agradecia a comida e as roupas que eu lhes dava, a tal ponto o sofrimento anula os mais elementares sentimentos do homem.

Nesse retiro, eu dedicava toda a manhã ao trabalho, mas, ao cair da tarde, encaminhava-me para a praia pedregosa a fim de escutar o ruído das ondas que se espraiavam aos meus pés. Embora monótona, era uma cena sempre agradável. Eu pensava na Suíça; era muito diferente dessa paisagem desolada e aterradora. Suas montanhas são cobertas de vinhedos, e suas casinhas, densamente espalhadas pelas planícies. Seus lindos lagos refletem um céu suave e azul e, quando agitados pelo vento, o tumulto que fazem é uma brincadeira de criança comparado aos rugidos do oceano.

Deste modo eu dividia minhas ocupações quando cheguei, mas, à medida que prosseguia com meu trabalho, este se tornava cada dia mais horrível e aborrecido para mim. Às vezes, passava dias sem poder decidir-me a entrar no laboratório improvisado, outras trabalhava dia e noite a fim de terminar minha tarefa. Afinal de contas, era um processo abjeto em que eu me achava envolvido. Durante a minha primeira experiência, uma espécie de entusiasmo fanático ocultara o horror da minha ocupação. Meu cérebro achava-se intensamente fixado na consumação de minha obra, e meus olhos fechados ao horror do meu trabalho. Agora, porém, eu me lançava a ele de sangue-frio, e meu coração muitas vezes se apertava ante a tarefa que tinha nas mãos.

Isso posto, entregue à mais detestável das empresas, imerso numa solidão onde nada podia, por um instante sequer, desviar a minha atenção do jogo em que me envolvera, meu espírito tornou-se instável. Ficava cada vez mais agitado e nervoso. A cada momento, eu esperava que me aparecesse meu perseguidor. Muitas vezes, sentava-me, com os olhos fixos no chão, temendo levantá-los com receio de ver na minha frente aquela criatura que tanto medo eu tinha de encontrar. Receava afastar-me de meus semelhantes, acreditando que, quando me achasse sozinho, o monstro viria reclamar sua companheira.

Entrementes, continuava a trabalhar e minha tarefa já ia consideravelmente avançada. Encarava o seu término com trêmula e impaciente esperança, a esperança de um resultado que eu não ousava discutir, mas que se mesclava com um mau pressentimento que fazia o coração se comprimir dentro de meu peito.

Capítulo 20

Uma tarde, eu estava sentado em meu laboratório, o sol já se havia posto e a lua começava a levantar-se no mar. A luz não era suficiente para que eu trabalhasse. Parei, ocioso, meditando se devia abandonar o trabalho à noite, ou se devia continuá-lo sem interrupção para apressar seu fim. Ali sentado, ocorreu-me uma série de pensamentos que me levou a meditar sobre os efeitos do que eu estava engendrando. Três anos antes, eu me entregava à tarefa semelhante e criara um demônio cuja maldade sem par tinha destroçado minha alma, enchendo-a para sempre com o mais pesado dos remorsos. Agora eu me achava em vias de formar um outro ser cujo temperamento me era totalmente desconhecido; ela, pois se tratava de uma mulher, podia ser dez mil vezes mais malvada que seu companheiro e, por si mesma, interessada em matar e destruir. Ele jurara que fugiria para longe dos lugares habitados pelo homem e se esconderia nos desertos, mas ela não. E ela, que com toda a probabilidade seria um ser pensante e racional, poderia recusar-se a cumprir um pacto feito antes de sua criação. Podiam até odiar-se; a criatura que já vivia abominava sua própria deformidade e poderia detestá-la ainda mais quando a visse diante de si na forma de uma mulher. Ela, por sua vez, poderia fugir enojada dele, quando contemplasse a beleza dos outros homens; poderia abandoná-lo, e ele tornaria a ficar só, encolerizado pelo fato de ser desprezado por outro ser de sua própria espécie.

Mesmo que eles deixassem a Europa para viver nas regiões desérticas do Novo Mundo, uma das primeiras consequências da vida em comum, pela qual o demônio tanto ansiava, seriam os filhos. Assim, se propagaria pelo mundo uma raça de demônios, que poderia tornar a própria existência da espécie humana precária e cheia de terror. Teria eu o direito de, para me beneficiar, reservar uma tal maldição às futuras gerações? Eu me deixara levar pelos sofismas do ser que eu criara. Suas ameaças diabólicas tinham-me tornado incapaz de raciocinar. Agora, porém, pela primeira vez, explodia diante de mim a iniquidade de minha promessa. Eu tremia ao pensar que o futuro me consideraria um maldito, um indivíduo que não hesitara em comprar sua paz egoisticamente, com o preço talvez de toda a espécie humana.

Arrepiei-me e meu coração desfaleceu, quando, à luz da lua, vi surgir na janela a figura do demônio. Ao me olhar, seus lábios se torciam numa careta hedionda, vendo que eu me dedicava à tarefa que ele me impusera. Sim, ele me seguira em minha peregrinação. Ocultara-se nas florestas, ficara escondido nas cavernas, ou se refugiara nas charnecas desertas. Agora, surgia para certificar-se do progresso do meu trabalho e reclamar o total cumprimento de minha promessa.

Olhei-o, seu semblante se mostrava cheio de maldade e de traição. Meio enlouquecido, pensei na promessa que lhe fizera de criar outro ser igual a ele e, tremendo de ódio, despedacei a coisa em que estava trabalhando. O desgraçado viu-me destruir a criatura da qual dependia sua futura felicidade e, soltando um uivo de desespero e vingança, retirou-se.

Deixei o quarto e, trancando a porta, jurei solenemente jamais reiniciar o meu trabalho. Depois, com passos incertos, fui para meu próprio quarto. Estava sozinho. Não havia ninguém para dissipar a minha depressão nem me livrar das garras dos sonhos mais terríveis.

Assim passei várias horas junto à janela, olhando o mar. Ele estava quase parado, pois os ventos se tinham amainado, toda a natureza repousava sob o olho prateado da plácida lua. Apenas alguns barcos pesqueiros se viam no mar e, de vez em quando, a brisa trazia o som das vozes dos pescadores, chamando-se uns aos outros. Eu sentia o silêncio, embora mal consciente de sua profundidade, quando de repente me chegou aos ouvidos o som de remadas perto da praia, e vi que uma pessoa desembarcava perto de minha casa.

Pouco depois, ouvi minha porta ranger, como se alguém estivesse tentando abri-la de mansinho. Tremi da cabeça aos pés. Tive um pressentimento de quem seria. Deu-me vontade de acordar um dos pescadores que morava numa casinha não longe da minha. Fui, porém, dominado por aquela sensação de impotência, tantas vezes experimentada durante um pesadelo quando se tenta fugir de um perigo iminente e se fica preso ao lugar onde se está.

Depois, ouvi o som de passos no corredor. A porta abriu-se, nela aparecendo a desgraça que eu tanto temia. Fechando a porta, ele se aproximou e falou numa voz abafada:

– Destruíste o trabalho que estavas fazendo. Que é que pretendes? – Depois, com mais firmeza: – Ousas quebrar tua promessa? Suportei fadigas e misérias; contigo deixei a Suíça, caminhei pelas margens do Reno, entre suas ilhas cobertas de salgueiros, e escalei o cume de seus montes. Fiquei meses nas charnecas da Inglaterra e entre os desertos da Escócia. Suportei fadigas incalculáveis, e frio, e fome; e ousas destruir minhas esperanças?

– Vai-te! Quebro a minha promessa. Jamais criarei outro ser igual a ti, disforme e malvado.

– Miserável, procurei argumentar contigo, mas te mostraste indigno de minha indulgência. Lembra-te de que eu tenho poder. Tu te consideras infeliz, mas eu posso fazer-te tão desgraçado que acabarás por odiar a luz do dia. És meu criador, porém eu sou teu senhor. Obedece!

– A hora de minha irresolução já passou. Chegou o momento de tua força. Tuas ameaças não poderão obrigar-me a realizar uma maldade. Servem, isso sim, para reforçar a minha determinação de não criar um ser que te servirá de companheira de crimes. Por que deveria eu soltar no mundo, a sangue-frio, um demônio cujo prazer se resume em matar e destruir? Afasta-te! Serei inflexível e tuas palavras só servirão para aumentar minha cólera.

O monstro leu, estampada em meu rosto, minha decisão, e trincou os dentes numa raiva impotente.

– Todo homem deve – exclamou ele – procurar uma esposa para aquecer seu coração, todo animal deve ter sua companheira, e eu? Devo permanecer sozinho? Eu tinha sentimentos de afeição, e eles foram retribuídos com o ódio e o desprezo. Homem! Tu podes odiar, porém acautela-te! Tuas horas transcorrerão na miséria e na desgraça, e não tardará a cair o raio que te arrebatará para sempre da felicidade. Por que hás de ser feliz enquanto eu terei de me chafurdar na imensidão de minha ruína? Tu podes extinguir minhas outras paixões, mas a vingança permanecerá. Uma vingança que, daqui por diante, me será mais cara que a luz ou o alimento! Eu posso morrer, mas primeiro tu, meu tirano e meu carrasco, haverás de amaldiçoar o sol que vai brilhar sobre a tua ruína. Toma cuidado, pois eu não tenho medo e, portanto, sou poderoso. Hei de espreitar-te com a astúcia de uma serpente, para que possa inocular-te o seu veneno. Homem, hás de te arrepender dos males que causas.

– Chega, demônio! Para de envenenar o ar com tuas palavras cheias de maldade. Já te declarei minha resolução, e não me acovardarei para me curvar às tuas ameaças. Deixa-me! Serei inflexível.

– Muito bem; eu irei. Mas, lembra-te, eu estarei contigo na tua noite de núpcias.

Adiantei-me e exclamei:

– Antes de assinares minha sentença de morte, toma cuidado tu mesmo!

Eu o teria agarrado se ele não se tivesse esquivado e saído precipitadamente da casa. Instantes depois vi-o em seu bote, que cortou as águas com a velocidade de uma flecha para logo desaparecer no meio das ondas.

Tudo recaiu em silêncio, mas suas palavras ecoavam em meus ouvidos. Eu fremia de cólera, ansioso por perseguir o assassino da minha paz e precipitá-lo no oceano. Pus-me a andar pelo quarto, agitado e perturbado, enquanto meu cérebro procurava evitar milhares de imagens que me aguilhoavam e afligiam. Por que não o seguira para lutar com ele até a morte? Eu o tinha deixado partir, e ele se dirigira para a terra. Tremi ao pensar quem poderia ser a próxima vítima de sua vingança insaciável. Então, pensei de novo em suas palavras – "Eu estarei contigo na tua noite de núpcias." Aquele era, então, o período fixado para a realização do meu destino. Naquela hora eu devia morrer e, ao mesmo tempo, satisfazer e extinguir sua maldade. A perspectiva não me amedrontava. No entanto, quando me lembrei de minha adorada Elizabeth, das lágrimas de tristeza que ela derramaria quando visse o seu amado arrancado de junto de si, chorei, pela primeira vez em muitos meses, e decidi que não cairia diante do meu inimigo sem lutar com todas as minhas forças.

A noite passou, amanheceu o dia. Senti-me mais calmo, se é que se pode falar de calma quando a violência da cólera mergulha nas profundezas do desespero. Deixei a casa, o horrível palco do entrevero da noite que passara, e caminhei pela praia do mar, que eu já considerava quase como insuperável barreira entre mim e meus semelhantes. Mais ainda fui assaltado pelo desejo de que isso se tornasse com efeito uma realidade. Eu queria passar minha vida naquele rochedo desolado cheio de tédio, é verdade, mas sem ser assaltado pela desgraça. Se eu voltasse, era para ser sacrificado ou ver aqueles que eu mais amava morrerem sob as garras de um demônio que eu mesmo havia criado.

Caminhei pela ilha como um espectro agitado, separado de tudo o que amava e infeliz por essa separação. Quando chegou o meio-dia, com o sol bem mais alto, deitei-me na grama e fui dominado por um sono profundo. Eu passara toda a noite anterior acordado, meus nervos estavam em trapos, e os olhos, inflamados de contemplarem tanta desgraça. O sono em que mergulhei restaurou-me e, quando acordei, senti-me membro novamente de uma raça de seres humanos iguais a mim. Comecei a meditar no que acontecera com mais tranquilidade. Todavia, as palavras do demônio ainda ressoavam em meus ouvidos como um dobre de finados; pareciam um pesadelo, embora distintas e opressivas como uma realidade.

O sol já havia baixado bastante no horizonte e eu continuava sentado na praia, satisfazendo o meu apetite, que se tornara voraz, comendo um bolo de aveia, quando vi um barco de pesca alcançar a terra, perto de mim, e dele sair um homem que me trazia pacote. Trazia cartas de Genebra, e uma de Clerval pedindo-me que reunisse a ele. Dizia que estava desperdiçando seu tempo onde se achava, e que cartas dos amigos que fizera em Londres queriam que ele regressasse a fim de ultimar as negociações para sua viagem à Índia. Não podia mais adiar sua partida e, como sua viagem a Londres poderia ser seguida, mais cedo do que ele esperava, da outra mais longa, ele me pedia que eu lhe fizesse companhia durante todo o tempo que eu tivesse livre. Apelava, pois, para que eu deixasse a minha ilha solitária e que o encontrasse em Perth, a fim de que fôssemos juntos para o sul. Essa carta me fez voltar à realidade. Resolvi abandonar minha ilha no fim de dois dias.

Antes, porém, de partir, tinha de realizar um trabalho o só de pensar nele eu tremia. Devia empacotar meus instrumentos e, para isso, tinha de entrar no quarto que fora o palco de minha odiosa tarefa, mexeria num equipamento cuja simples vista me fazia doente. No dia seguinte ao, amanhecer, revesti-me de toda a coragem e abri a porta do meu laboratório. Os restos da criatura meio-acabada, que eu havia destruído, jaziam espalhados pelo chão, e eu me senti quase como se tivesse estraçalhado a carne viva de um ser humano. Parei um instante para recobrar meu próprio domínio e então penetrei no aposento. Com as mãos trêmulas retirei os instrumentos do quarto, mas vi que não podia deixar ali os restos do meu trabalho, que excitariam o horror e levantariam suspeitas entre os camponeses. Assim, coloquei tudo num cesto, que enchi de pedras, resolvido a jogá-lo no mar naquela mesma noite. Enquanto isso, sentei-me na praia, limpando e arrumando o meu equipamento.

Nada podia ser mais completo do que a mudança operada em meus sentimentos desde a noite em que aquele demônio me aparecera. Antes, eu havia encarado a minha promessa com um sombrio desespero, como algo que, fossem quais fossem as consequências, tinha de ser cumprido. Agora, porém, eu me sentia como se tivesse arrancado uma venda dos olhos, e estivesse enxergando com clareza pela primeira vez. Nem por um instante me passou pela mente a ideia de reiniciar minha obra. Não pensei sequer na possibilidade de desviar-me voluntariamente desta decisão. Tinha decidido que criar um outro ser igual ao que já fizera seria um ato do mais torpe egoísmo. Afastei de minha mente qualquer ideia que me conduzisse a uma conclusão diferente.

A lua levantou-se entre as duas e três horas da madrugada. Então, colocando o cesto em meu barquinho, velejei até cerca de quatro milhas para longe da praia. Tudo estava na mais completa solidão. Alguns barcos voltavam para a terra, mas passei por entre eles. Tinha a impressão de que estava prestes a cometer um crime horroroso e evitara ansiosamente encontrar-me com meus semelhantes. Houve um momento em que a lua, que brilhava com todo o esplendor, foi coberta por uma nuvem. Aproveitei aquele momento de obscuridade para jogar o cesto ao mar. Escutei o borbulhar que ele fazia ao mergulhar na água e depois afastei-me do local. O céu começou a nublar-se, mas o ar estava puro, embora bastante frio, devido à brisa que principiava a soprar. Aquilo, porém, me reanimou e me encheu de sensações tão agradáveis que resolvi prolongar minha estada sobre a água. Fixando, pois, o leme numa posição certa, estendi-me no fundo do barco. As nuvens esconderam a lua, e tudo ficou escuro. Eu ouvia apenas o ruído que a quilha do barco fazia, cortando as ondas, um murmúrio que me embalava, e em pouco tempo eu dormia profundamente.

Não sei quanto tempo permaneci assim, mas quando acordei, o sol já ia bem alto. O vento soprava forte, e as ondas ameaçavam continuamente a segurança de minha embarcação. Notei que o vento soprava de nordeste e que me devia ter levado para muito longe da costa donde eu saíra.

Tentei mudar a direção do meu curso, mas percebi que, se o fizesse, o barco se encheria imediatamente d'água. Assim, só me restava deixar-me levar pelo vento. Confesso que fiquei aterrorizado. Não tinha bússola e conhecia tão pouco a geografia daquela parte do mundo que o sol de pouco me adiantava. Eu podia ser levado para o vasto Atlântico, onde experimentaria todas as torturas de quem iria morrer de fome e sede, ou onde seria tragado pelas enormes ondas que se chocavam contra o barco. Havia já muitas horas que eu me achava ao largo. Sentia uma sede ardente, prelúdio de meus outros sofrimentos. Olhava para o céu coberto de nuvens, que eram tocadas pelo vento, para serem substituídas por outras; olhava para o mar, que seria o meu túmulo.

– Demônio – exclamei. – Tua obra já está realizada!

Pensei em Elizabeth, em meu pai, e em Clerval – todos longe, e contra os quais o monstro podia se lançar para satisfazer suas paixões cruéis e sanguinárias. Este pensamento me trouxe tanto desespero e terror que até agora, quando a vida está prestes a terminar para mim, tremo só de lembrá-lo.

Assim transcorreram algumas horas. Aos poucos, à medida que o sol declinava para o horizonte, o vento transformou-se numa brisa suave, e o mar acalmou-se. Sucederam-se, porém, ondulações que me fizeram enjoar. Fiquei incapaz de dirigir o leme quando, de repente, avistei uma linha de terra no horizonte, na direção do sul.

Esgotado como eu estava pela fadiga e pelo pavor que tinha suportado durante várias horas, aquela súbita certeza de poder tornar à vida inundou meu coração de alegria e as lágrimas me vieram aos olhos.

Como mudam os nossos sentimentos e quão estranho é o amor com que nos agarramos à vida, mesmo no meio das maiores desgraças! Fiz outra vela com parte de minhas roupas e, impaciente, rumei para terra. Ela apresentava um aspecto selvagem, cheia de rochas, mas, quando cheguei mais perto, pude perceber facilmente traços de culturas. Avistei navios perto do cais e vi-me, de repente, transportado de novo para junto da civilização. Observei cuidadosamente os contornos da terra e saudei com prazer um campanário que apareceu por trás de um pequeno promontório. No estado de extrema fraqueza em que me encontrava, resolvi rumar diretamente para a cidade, onde eu poderia achar com mais facilidade um pouco de alimento. Felizmente, trazia dinheiro comigo. Ao dobrar o promontório, percebi uma pequena cidade, muito limpa e com um bom porto, para onde me dirigi com o coração transbordante de alegria pela minha inesperada salvação.

Enquanto me ocupava em amarrar o barco e recolher as velas, várias pessoas se reuniram em torno do local. Todos pareciam muito surpresos com a minha chegada, mas, em vez de me oferecerem qualquer ajuda, cochichavam e faziam gestos que, em outra circunstância, podiam ter-me causado uma sensação de alarme. Notei apenas que falavam inglês e, assim, dirigi-me a eles na sua língua:

– Meus bons amigos, querem ter a bondade de me dizer o nome desta cidade e me informar onde estou?

– Você logo saberá – replicou um homem com voz brusca. – Talvez você tenha chegado a um lugar que não seja muito do seu agrado, mas prometo-lhe que não será consultado quanto às suas preferências.

Fiquei extremamente surpreso ao receber uma resposta tão rude de um estranho e intrigado também ao ver as feições contraídas e agressivas de seus companheiros.

– Por que vocês me respondem com tanta animosidade? – repliquei. – Acho que não é costume dos ingleses receberem os estrangeiros com tão pouca hospitalidade.

– Não sei qual seja o costume dos ingleses – falou o homem. – Mas é assim que os irlandeses costumam receber os patifes.

Enquanto prosseguia esse estranho diálogo, vi que a multidão crescia rapidamente. Seus semblantes exprimiam uma mescla de curiosidade e raiva, que me aborreciam e me alarmavam. Perguntei qual o caminho para a hospedaria, mas ninguém me respondeu. Então avancei, cercado pela multidão que murmurava enquanto me seguia, até que um homem de mau aspecto se aproximou de mim, tocando-me no ombro e dizendo:

– Acompanhe-me até o sr. Kirwin, a fim de prestar declarações.

– Quem é o sr. Kirwin? Por que tenho de prestar declarações? Não é este, por acaso, um país livre?

– Sim, perfeitamente, senhor, livre para gente honesta. O sr. Kirwin é um magistrado, e o senhor terá de prestar declarações sobre o cavalheiro que foi encontrado assassinado ontem à noite.

Embora admirado, essa resposta me reconfortou. Eu estava inocente. Isso poderia ser facilmente provado. Segui, pois, o meu guia, e fui conduzido a uma das melhores casas da cidade. A fadiga e a fome estavam a ponto de me fazer cair, mas, em vista da multidão que me cercava, achei de melhor alvitre reunir todas as minhas forças, a fim de que a fraqueza física não fosse levada à conta de apreensão ou culpa de minha parte. Mal sabia eu da calamidade que em poucos minutos haveria de me esmagar e acabar em horror e desespero com todo o temor da ignomínia e da morte.

Permita-me que eu descanse um pouco, pois preciso de toda a minha força para relembrar os terríveis acontecimentos que lhe vou relatar em todos os seus detalhes.

Capítulo 21

Fui logo introduzido à presença do magistrado, um velho bondoso de modos calmos e suaves. Não obstante, olhou-me com uma certa severidade e depois, voltando-se para os que me haviam trazido, perguntou quem atuaria como testemunha naquele momento.

Cerca de uma dúzia de homens adiantou-se. Um deles, escolhido pelo magistrado, declarou que saíra para pescar, na noite anterior, com seu filho e seu cunhado, Daniel Nugent, quando, cerca das dez horas viram que se aproximava um vento Norte muito violento, pelo que resolveram dirigir-se para o porto. A noite estava muito escura, pois a lua ainda não havia nascido. Eles não atracaram no porto, mas sim, conforme estavam acostumados, num riacho cerca de duas milhas mais abaixo. Ele saltara primeiro, carregando parte dos apetrechos de pesca, e seus companheiros seguiam-no a alguma distância. Enquanto caminhava pela areia, seu pé esbarrou em algo, tendo ele caído no chão. Seus camaradas vieram ajudá-lo e, à luz da lanterna que traziam, viram que era o corpo de um homem que, segundo tudo indicava, estava morto. Seu primeiro pensamento foi de que se tratava do cadáver de alguém que se tivesse afogado, e houvesse sido atirado na praia pelas ondas. Contudo, ao examinarem as roupas, viram que estavam secas, e que o corpo ainda estava quente. Imediatamente carregaram-no para a casa de uma velha que ficava perto e tentaram, porém em vão, fazê-lo voltar à vida. Parecia ser um belo jovem de mais ou menos 25 anos de idade. Aparentemente fora estrangulado, pois não havia sinal algum de violência, exceto as marcas negras de dedos em volta de seu pescoço.

A primeira parte deste depoimento nada me interessou, mas quando foram mencionadas as marcas dos dedos lembrei-me do assassinato de meu irmão e senti-me extremamente agitado. Estremeci, e uma névoa desceu sobre meus olhos, obrigando-me a apoiar-me numa cadeira. O magistrado observou-me atentamente e, com certeza, concluiu desfavoravelmente sobre minha atitude.

O filho confirmou as declarações do pai, mas, quando Daniel Nugent foi chamado, jurou positivamente que, pouco antes de seu companheiro tropeçar no corpo e cair, viu um barco com um homem a pouca distância da praia e, tanto quanto podia julgar à luz das estrelas, era o mesmo barco em que eu acabava de aportar na cidade.

Uma mulher testemunhou que morava perto da praia e que, quando se achava na porta de sua casa à espera dos pescadores, cerca de uma hora antes de saber que o corpo havia sido encontrado, viu um barco com um homem afastar-se daquela parte da terra onde fora descoberto depois o cadáver.

Outra mulher confirmou o depoimento dos pescadores que haviam trazido o corpo para sua casa, afirmando que ele não estava frio. Tinham-no colocado sobre uma cama, e Daniel partira para a cidade em busca de um boticário, mas a morte já se instalara.

Vários outros homens foram interrogados, sobre a minha chegada, e concordaram que, com o forte vento Norte que soprava durante a noite, era muito provável que eu tivesse sido açoitado durante muitas horas, sendo por fim obrigado a retornar ao mesmo lugar de onde havia partido. Além disso, observaram que parecia que eu trouxera o corpo de outro lugar, e que, provavelmente, como eu não conhecia a costa, me dirigia para o porto, sem saber a que distância ficava a cidade do lugar onde havia colocado o cadáver.

Depois de ouvir essas declarações, o sr. Kirwin quis que eu fosse levado para o aposento onde se achava o corpo aguardando o sepultamento, para que se pudesse observar o efeito que sua vista produziria em mim. Talvez essa ideia lhe tenha sido sugerida pela extrema agitação de que fiquei possuído quando ouvi descrever a maneira pela qual o crime tinha sido cometido. Assim, fui conduzido pelo magistrado e várias outras pessoas para a hospedaria. Eu não podia deixar de me sentir chocado pelas estranhas coincidências ocorridas naquela noite acidentada; mas como eu havia conversado com várias pessoas na ilha onde eu vivera, mais ou menos na ocasião em que o corpo fora encontrado, eu estava perfeitamente tranquilo quanto às consequências daquele caso.

Entrei no quarto onde se achava o cadáver, tendo sido conduzido para junto do caixão. Como poderei descrever o que senti quando o olhei? Ainda me sinto paralisado pelo horror e não posso pensar naquele momento sem experimentar um angustiante calafrio. O interrogatório, a presença do magistrado e das testemunhas, deixaram-me como se fossem a lembrança de um sonho, quando vi o corpo sem vida de Henry Clerval estendido diante de mim. Perdi o fôlego e, atirando-me sobre o corpo, exclamei:

– Também tu, meu querido Henry, foste privado da vida devido às minhas criminosas maquinações? Já destruí dois, e outras vítimas aguardam o mesmo destino. Mas tu, Clerval, meu amigo e meu benfeitor...

Não pude mais suportar aquela agonia, e fui retirado da sala com fortes convulsões.

Depois fui tomado de intensa febre. Permaneci dois meses entre a vida e a morte. Conforme soube depois, meus delírios foram terríveis. Eu me culpei pelo assassinato de William, pela morte de Justine e de Clerval. Às vezes, pedia aos que me assistiam para que me ajudassem a destruir o demônio que me atormentava; outras, sentia os dedos do monstro já em torno do meu pescoço e gritava agoniado e aterrorizado. Felizmente eu falava em minha língua materna. Somente o sr. Kirwin me entendia, mas meus gestos e meus gritos eram o bastante para amedrontar as outras pessoas.

Por que não morri? Mais miserável do que o homem que eu era antes, por que não mergulhei para sempre no esquecimento e no repouso? A morte ceifa tantas crianças saudáveis, únicas esperanças de seus extremosos pais; quantas noivas e jovens amantes vivem um dia transbordantes de saúde e de esperanças, para no outro servirem de pasto aos vermes, no interior de uma sepultura? De que substância era eu feito para assim resistir a tantos choques que, como o girar da roda, renova continuamente a tortura?

Mas eu estava destinado a viver e, dois meses depois, como se houvesse acordado de um sonho, achei-me numa prisão, estendido num catre, cercado de guardas, carcereiros, ferrolhos, e todos os torpes aparelhos de um calabouço. Era de manhã, lembro-me, quando acordei e me dei conta de tudo isso; eu esquecera o que me havia acontecido e tinha a impressão de que uma grande desgraça se abatera sobre mim. Quando, porém, olhei em volta e vi as janelas gradeadas e a sordidez do ambiente onde eu estava, tudo retornou à minha memória, e gemi amargurado.

Isso acordou uma velha que dormitava numa cadeira ao lado do meu leito. Era uma enfermeira contratada, esposa de um dos carcereiros, e suas feições exprimiam todas as más qualidades que caracterizam essa classe de gente. Seu rosto era frio e duro, como o das pessoas que contemplam, insensíveis, a miséria alheia. Seu tom de voz exprimia uma completa indiferença. Ela se dirigiu a mim em inglês, e sua voz me feriu como uma das que eu ouvira durante os meus sofrimentos.

– O senhor já está melhor?

Repliquei debilmente no mesmo idioma:

– Acho que estou, mas se tudo isso é verdade, se não estou sonhando, lamento que ainda esteja vivo para experimentar toda essa desgraça e horror.

– Se o senhor quer referir-se ao cavalheiro que assassinou – replicou a velha – era melhor mesmo que o senhor estivesse morto, pois imagino que as coisas não lhe vão ser nada fáceis! Contudo, isso não é da minha conta; fui mandada para cá a fim de tratar do senhor e recuperá-lo. Tenho a consciência tranquila de que cumpri o meu dever. Ah, se toda gente fizesse o mesmo.

Desviei-me com nojo da mulher que era capaz de falar assim a alguém que acabava de escapar da morte. Porém sentia-me incapaz de refletir sobre tudo o que se passara. Toda minha vida me parecia um sonho. Com efeito, às vezes eu duvidava de que tudo fosse real, pois os fatos jamais surgiam em minha mente com a força da realidade.

À medida que as imagens que desfilavam diante de mim se tornavam mais distintas, minha febre foi aumentando. Sentia-me cercado de trevas. Não tinha junto a mim ninguém que me confortasse com palavras bondosas e de amor. Ninguém me estendia uma mão amiga. Foi chamado um médico que receitou remédios que a velha preparava para mim. No entanto, notava-se uma completa expressão de indiferença, no primeiro, e de hostilidade na segunda. Quem se interessaria pelo destino de um criminoso senão o carrasco, que ia ser pago pelo seu trabalho?

Esses foram os meus primeiros pensamentos, mas logo soube que o sr. Kirwin se tinha mostrado de uma extrema bondade. Fora ele quem ordenara que se preparasse aquela cela para mim, a qual, por pior que fosse, era a melhor da prisão. Fora ele também que providenciara o médico e a enfermeira. É verdade que ele raramente me vinha ver, pois, embora empregasse todos os seus esforços em aliviar o sofrimento dos seres humanos, não desejava presenciar a agonia do infeliz delírio de um assassino. Assim, ele às vezes vinha certificar-se de que eu não estava abandonado, mas suas visitas eram breves e muito espaçadas.

Um dia, enquanto estava convalescendo, sentei-me numa cadeira, com os olhos semicerrados e as faces pálidas como as de um morto. Achava-me abatido por uma profunda tristeza e infelicidade. Muitas vezes, considerava que seria melhor procurar a morte do que viver num mundo tão cheio de maldade. Cheguei mesmo a pensar se não era preferível declarar-me culpado e sofrer as penas da lei, tão inocente quanto o havia sido a pobre Justine. Assim meditava eu, quando se abriu a porta do meu cárcere, e o sr. Kirwin entrou.

Suas feições exprimiam simpatia e compaixão. Puxando uma cadeira para perto da minha, ele me falou em francês:

– Acho que este lugar está muito acanhado, posso fazer alguma coisa para torná-lo mais confortável?

– Agradeço-lhe muito, mas isso a que o senhor se refere não me diz respeito. Em todo o mundo, não há conforto para mim.

– Sei que a compaixão de um estranho pouco conforto pode trazer para quem, como o senhor, sofreu uma tão grande infelicidade. Por um acaso surpreendente, o senhor foi atirado para esta costa, tão afamada por sua hospitalidade, e imediatamente preso e acusado de assassinato. A primeira coisa que seus olhos viram foi o corpo de seu amigo, morto de maneira tão estranha e como que, colocado em seu caminho, por um inimigo.

Quando o sr. Kirwin disse isso, não obstante a agitação de que fui tomado ao relembrar meus sofrimentos, fiquei muito surpreso pelo que ele parecia saber a meu respeito. Acho que deixei transparecer o meu espanto, pois Kirwin se apressou em acrescentar:

– Logo depois que o senhor adoeceu, trouxeram-me todos os papéis que se encontravam em seu poder. Eu os examinei a fim de descobrir alguma relação com a sua infelicidade e a sua doença. Encontrei várias cartas e, entre elas, uma que, desde o início, percebi que era de seu pai. Imediatamente escrevi para Genebra. Quase dois meses transcorreram depois que a enviei. Mas o senhor está doente, ainda treme, não está em condições de se comover.

– Esta incerteza é mil vezes pior do que qualquer notícia, por mais terrível que seja. Diga-me quem morreu agora, e qual é o assassinado que eu devo lamentar?

– Sua família está muito bem – falou o sr. Kirwin com bondade. – E alguém, um amigo, veio vê-lo.

Não sei que encadeamento de ideias me fez pensar que o assassino tinha vindo zombar de minha infelicidade e escarnecer da morte de Clerval, como um novo incitamento para que eu realizasse seus desejos demoníacos. Cobri os olhos com as mãos e exclamei angustiado:

– Oh! Mande-o embora! Não quero vê-lo! Pelo amor de Deus, não deixem que ele entre!

O sr. Kirwin olhou-me assustado. Evidentemente, ele não podia deixar de encarar minha exclamação como uma admissão de minha culpa e replicou num tom austero:

– Eu pensei, meu jovem, que a presença de seu pai ser-lhe-ia bem-vinda, em vez de lhe inspirar tanta repugnância.

– Meu pai! – exclamei, relaxando todos os meus músculos e passando da angústia ao prazer. – É realmente meu pai que está aí? Oh, quanta bondade, quanta bondade! Mas, onde está ele que não corre para me ver?

A mudança súbita de meus modos surpreendeu e agradou ao magistrado. Talvez ele pensasse que minha exclamação anterior tivesse sido um momentâneo retorno do meu delírio. Imediatamente reassumiu sua expressão bondosa. Levantou-se e deixou a cela em companhia de minha enfermeira. Logo depois, meu pai entrou.

Naquele momento, nada me poderia causar maior prazer do que a chegada de meu pai. Estendi-lhe a mão e exclamei:

– Então você está bem, e Elizabeth, e Ernest?

Meu pai assegurou-me do bem-estar deles e, insistindo nesse assunto tão caro ao meu coração, procurou levantar o meu moral abatido. Logo, porém, percebeu que uma prisão não é o local adequado para uma conversa reconfortante.

– Que lugar é esse em que você vive, meu filho! – disse ele, olhando tristemente para as janelas de grades e para o miserável ambiente de minha cela. – Você viajou em busca da felicidade, mas parece que a fatalidade o persegue. E o pobre Clerval.

O nome de meu amigo assassinado foi um golpe muito grande para o meu estado de fraqueza. Desfiz-me em lágrimas.

– Ai, meu pai! Sim! Um destino horrível pesa sobre mim, e eu devo viver para cumpri-lo, pois do contrário eu teria morrido sobre o caixão de Henry.

Não nos permitiram conversar por mais tempo, pois o meu precário estado de saúde exigia todas as precauções capazes de me assegurar tranquilidade. O sr. Kirwin chegou e insistiu que me deixassem repousar, a fim de poupar minhas forças. Mas a vinda de meu pai foi como se houvesse chegado o meu anjo da guarda e gradativamente recuperei minha saúde.

Tão logo fiquei bom, fui acometido de uma profunda tristeza que nada era capaz de dissipar. A imagem de Clerval assassinado pairava eternamente diante de mim como um fantasma. Mais de uma vez, a agitação em que me lançavam esses pensamentos fizeram com que meus amigos temessem por uma recaída. Ai! Por que insistiam eles em preservar uma vida tão miserável e detestada? Com certeza era para que eu cumprisse o meu destino, que agora está chegando ao fim. Breve, muito breve a morte extinguirá essas palpitações e me aliviará da pesada carga de angústia que me conduzirá ao pó e, cumprindo a decisão da justiça, eu também deverei mergulhar no repouso eterno. Naquela ocasião, a visão da morte estava distante, embora o desejo de morrer estivesse sempre presente em meus pensamentos. E, não raro, eu permanecia horas imóvel e calado, aguardando que alguma poderosa convulsão pudesse enterrar-me e ao meu destruidor em suas ruínas.

Aproximava-se o período da reunião do tribunal. Há três meses que me achava preso e, embora ainda estivesse fraco e em constante perigo de uma recaída, fui obrigado a viajar cerca de cem milhas até a cidade onde se realizaria o julgamento. O sr. Kirwin encarregara-se com todo o cuidado de reunir as testemunhas e providenciar a minha defesa. Fui poupado da vergonha de ser apresentado publicamente como um criminoso, já que o caso não foi levado diante da corte que decide sobre vida e morte. O grande júri rejeitou a acusação, ante a prova de que eu me encontrava nas Ilhas Orkey na hora em que o corpo de meu amigo fora encontrado. Quinze dias depois de ser removido da prisão, eu fui libertado.

Meu pai ficou encantado pelo fato de me ver livre dos vexames de um processo criminal, e por eu poder respirar de novo o ar puro e ter permissão para retornar ao meu país. Eu não participava de seus sentimentos, pois, para mim, tanto eram odiosas as paredes de um calabouço quanto as de um palácio. O cálice da vida estava envenenado para sempre e embora o sol brilhasse sobre mim, como sobre os que possuíam o coração feliz e alegre, nada via em torno de mim senão uma treva densa e terrível, que nenhuma luz penetrava a não ser o brilho de dois olhos que me fixavam. Às vezes, eram os olhos de Henry, enlanguescidos pela morte, as órbitas negras quase cobertas pelas pálpebras de longos cílios negros; outras vezes eram os olhos vagos, nublados, do monstro, como eu os vira pela primeira vez no meu laboratório de Ingolstadt.

Meu pai procurava despertar-me sentimentos agradáveis. Falava-me de Genebra, que eu logo veria, de Elizabeth e de Ernest. Essas palavras porém, apenas me arrancavam gemidos. Às vezes, com efeito, eu ansiava pela felicidade e pensava com deliciosa saudade em minha adorada prima, e anelava com uma devoradora nostalgia, ver uma vez mais o lago azul e o rápido Reno, que me foram tão caros nos dias da minha infância. Mas o meu estado geral era o de um torpor em que o ambiente de uma prisão era tão bem recebido quanto a mais divina cena da natureza. Só raramente esses acessos eram interrompidos por paroxismos de angústia e desespero. Nesses momentos, muitas vezes pensei em pôr fim a uma existência que eu odiava, e era necessária uma constante vigilância para evitar que eu cometesse algum ato de violência.

Todavia, restava-me a lembrança de um dever, que acabava por triunfar sobre o meu egoístico desespero. Era preciso que eu regressasse sem demora a Genebra, para vigiar as vidas daqueles a quem tanto eu amava e aguardar pelo assassino, a fim de que, se um acaso me conduzisse ao covil onde ele se escondia, ou se ele ousasse fazer-me explodir de novo com a sua presença, eu pudesse, com infalível determinação, acabar com a existência da figura monstruosa que eu havia dotado de uma alma ainda mais monstruosa e zombeteira. Meu pai desejava adiar um pouco mais nossa partida, temeroso de que eu não suportasse as fadigas da viagem, pois eu estava uma ruína, uma sombra de homem. Minhas forças tinham desaparecido. Eu era um mero esqueleto, devorado dia e noite pela febre.

Assim, tão grande foi a minha insistência para que deixássemos logo a Irlanda, que meu pai achou melhor concordar. Tomamos passagem a bordo de um navio que ia para o Havre-de-Grâce e velejamos com vento favorável das costas irlandesas. Era meia-noite. Eu estava deitado no convés, olhando as estrelas e ouvindo o marulho das ondas. Eu saudava a escuridão que ocultava a Irlanda de meus olhos, e meu coração batia com força, quando eu refletia que em breve estaria vendo Genebra. O passado destilava diante de mim como se fora um sonho terrível. Contudo, o navio em que eu estava, o vento que me afastava da detestada costa da Irlanda, e o mar que me cercava me diziam que eu não era vítima de ilusão alguma e que Clerval, meu amigo e companheiro querido, tinha caído morto, por mim e pelo monstro que eu criara. Repassei na memória toda minha vida – minha suave felicidade enquanto eu vivia com minha família em Genebra, a morte de minha mãe e minha partida para Ingolstadt. Lembrava-me, com arrepios, do louco entusiasmo que me levou a apressar a criação de meu hediondo inimigo, e da noite em que ele começou a viver. Eu era incapaz de seguir a torrente de meus pensamentos, milhares de sensações me oprimiam, e eu chorava copiosamente.

Desde que me recuperara da febre, eu tinha o costume de tomar todas as noites uma pequena dose de láudano, pois só assim eu conseguia o repouso necessário para preservar minha vida. Oprimido pela recordação de meus vários revezes, tomei então uma dose dupla e logo adormeci profundamente. Mas o sono não interrompeu meus pensamentos nem aliviou minha miséria; meus sonhos formavam milhares de imagens que me apavoravam. De manhã, fui tomado por uma espécie de pesadelo; sentia as garras do demônio em torno do meu pescoço e não podia livrar-me dele. Gemidos e gritos ecoavam em meus ouvidos. Meu pai, que me observava, percebendo minha agitação, acordou-me. As ondas continuavam a se arremessar contra o navio, lá em cima o céu estava nublado, mas o demônio não se achava ali. Uma sensação de segurança e a impressão de que uma trégua se firmara entre aquele momento e o futuro irresistível e desastroso, conferiram-me uma espécie de suave esquecimento, de que a mente humana é peculiarmente suscetível.

Capítulo 22

A viagem terminou. Desembarcamos e seguimos para Paris. Logo senti que havia superestimado minhas forças, e que devia repousar antes de continuar a caminhada. Meu pai era infatigável em seus cuidados e atenções, mas ele desconhecia a causa de meu sofrimento e procurava remediar minha doença com métodos errôneos. Ele queria que eu me divertisse na sociedade. Mas os homens me aborreciam. Oh! Não deviam me aborrecer. Eram meus irmãos, meus semelhantes, e eu me sentia atraído pelos mais horríveis deles, como se fossem criaturas de natureza angelical. Mas eu achava que não tinha o direito de partilhar sua companhia. Eu havia soltado um inimigo entre eles, cuja alegria devia terminar em gemidos e derramamento de sangue. Como não haveriam eles de me caçar e me expulsar deste mundo, se soubessem dos atos e crimes cuja origem era eu!

Meu pai concordou finalmente com o meu desejo de evitar a vida social e tentou por todos os meios combater o desespero em que eu estava mergulhado. Às vezes, ele pensava que eu ficara ressentido pelo fato de ter tido de responder a uma acusação de homicídio, e procurava demonstrar a futilidade de meu orgulho.

– Ai, meu pai! – replicava eu. – Como você me conhece pouco. Os seres humanos, seus sentimentos e suas paixões, se degradariam, com efeito, se um trapo humano como eu sentisse orgulho. Justine, a pobre e infeliz Justine, era tão inocente quanto eu, e foi acusada do mesmo delito. Por isso, ela morreu. Eu sou a causa de tudo isso. Fui eu quem a matou. Justine, William e Henry, todos morreram pelas minhas mãos.

Durante o meu encarceramento, meu pai ouvira-me dizer a mesma coisa. Quando eu me acusava, parecia que ele às vezes desejava uma explicação. Outras vezes, ele parecia considerar o fato como o resultado de um delírio e que, durante minha doença, essa ideia tinha de um modo qualquer se fixado em minha mente, lembrança essa que eu conservava em minha convalescença. Eu evitava qualquer explicação e mantinha um contínuo silêncio a respeito do desgraçado ser que eu criara. Eu estava persuadido de que me julgariam louco, e isso era o suficiente para travar, para sempre, minha língua. Mas, além disso, eu não podia revelar um segredo que encheria os meus ouvintes de consternação e de horror. E como eu anelava pela simpatia de todos, calava, quando deveria confiar ao mundo aquele segredo fatal. Todavia, não era impossível que me escapassem, involuntariamente, algumas palavras. Eu não poderia explicá-las, mas em parte elas me aliviariam a pesada carga de minha maldição.

Uma vez, meu pai me falou demonstrando grande espanto:

– Meu caro Victor, que ideia fixa é esta? Meu querido filho, peço-lhe que nunca mais diga isso.

– Eu não estou louco – exclamei impetuoso. – O sol e os céus que me viram trabalhar, podem testemunhar essa verdade. Eu sou um assassino das mais inocentes vítimas. Elas morreram devido às minhas tramas. Mil vezes deveria eu ter derramado meu sangue, gota a gota, para salvá-las. Mas eu não podia, meu pai, na verdade não podia sacrificar toda a humanidade.

Ao ouvir isso, meu pai concluiu que eu estava mentalmente desequilibrado e logo mudou de assunto, procurando desviar o curso de meus pensamentos. Ele tentava, mais do que nunca, fazer-me esquecer das cenas que tinham ocorrido na Irlanda e jamais aludir a elas para que eu não sofresse, ouvindo falar de meus infortúnios.

À medida que o tempo foi passando, fiquei mais calmo. A desgraça se escondera em meu coração, mas nunca mais falei de meus crimes daquela maneira tão incoerente. Bastava-me que eu tivesse consciência deles. Com uma violência sobre-humana dominei a voz imperiosa, que às vezes desejava falar ao mundo, e tornei-me mais calmo e seguro do que tinha sido desde a minha ida ao mar de gelo.

Poucos dias antes de deixarmos Paris a caminho da Suíça, recebi a seguinte carta de Elizabeth:

Caro amigo:

Foi um grande prazer receber carta de meu tio datada de Paris. Agora, você não está tão longe e posso esperar revê-lo em menos de 15 dias. Pobre primo, quanto você deve ter sofrido! Acho que deve estar pior do que quando partiu de Genebra. Este inverno foi um dos mais terríveis, passando-o, como passei, torturada por uma horrível incerteza. Espero que agora você esteja em paz e que seu coração não se ache completamente vazio de conforto e tranquilidade.

No entanto, receio que ainda persistam os mesmos sentimentos que o fizeram tão infeliz há um ano, talvez até aumentados pelo tempo. Não queria importuná-lo agora, quando você se acha abatido por tantos infortúnios, porém uma conversa que tive com meu tio, antes de ele partir para aí, torna necessária uma explicação antes de nos encontrarmos.

Explicação! Talvez você esteja dizendo: que pode ter Elizabeth para explicar? Se você realmente pensar assim, minhas perguntas já estão respondidas e minhas dúvidas esclarecidas. Mas você está longe de mim, e é possível que se perturbe ou se alegre com essa explicação e, no caso de assim ser, não ouso adiar por mais tempo escrever-lhe o que, durante sua ausência, tive muitas vezes vontade de dizer, faltando-me coragem para tanto.

Você sabe muito bem, Victor, que desde nossa infância nossa união constitui a maior vontade de seus pais. Desde adolescentes ouvimos falar nisso e fomos ensinados a encarar o acontecimento como um fato consumado. Quando crianças, afeiçoamo-nos como companheiros de brinquedos, e, à medida que crescíamos, nos tornamos amigos muito queridos. Mas como irmão e irmã muitas vezes mantêm uma vívida afeição sem desejo de uma união mais íntima, não será este o nosso caso? Diga-me, querido Victor. Responda-me, peço-lhe, pelo amor de nossa felicidade, com uma simples verdade: você ama outra mulher?

Você tem viajado, passou vários anos de sua vida em Ingolstadt, e eu lhe confesso, meu amigo, que quando o vi no outono passado, tão infeliz, procurando isolar-se do convívio de todos, não pude deixar de pensar que você lamentava nossa união e se acreditava ligado apenas por um laço de honra para cumprir o desejo de seus pais, embora eles se opusessem às suas novas inclinações. Mas este raciocínio é falso. Confesso-lhe, meu amigo, que o amo e que nos meus sonhos para o futuro você tem sido o meu amigo e companheiro constante. Mas é tanto pela sua felicidade quanto pela minha própria que eu declaro que nosso casamento me faria eternamente infeliz se não fosse ditado por sua livre escolha. Ainda agora, eu choro ao pensar que, afligido como você está pelos mais terríveis reveses, é capaz de abafar, devido à palavra *honra,* toda a esperança de felicidade e aquele amor que poderiam recuperá-lo. Eu, que lhe dedico uma afeição tão desinteressada, posso aumentar sua infelicidade, tornando-me um obstáculo aos seus desejos. Ah! Victor, fique certo de que sua prima e companheira lhe dedica um amor sincero demais para querer sua infelicidade. Seja feliz, meu amigo e, se você me ouvir, tenha a certeza de que nada nesse mundo terá a força de interromper minha tranquilidade.

Não permita que esta carta o perturbe. Não responda amanhã, nem depois, ou até mesmo quando você chegar aqui, se isso lhe for doloroso. Meu tio me enviará notícias de sua saúde, e basta que eu veja um sorriso em seus lábios, quando nos encontrarmos, provocado por esta ou qualquer outra declaração minha, para que eu me considere feliz.

Elizabeth Lavenza

Genebra, 18 de maio de 17...

Esta carta reviveu em minha mente o que eu já havia esquecido: a ameaça do demônio – "Eu estarei contigo na tua noite de núpcias!". Essa era a minha sentença e, naquela noite, o demônio haveria de empregar todas as suas artimanhas para me destruir e romper a menor parcela de felicidade que, parcialmente, me consolaria de meus sofrimentos. Ele tinha determinado que, naquela noite, consumaria seus crimes com a minha morte. Muito bem, que assim fosse. Com certeza haveria uma luta de morte, na qual, se ele saísse vitorioso, eu ficaria em paz, e seu poder sobre mim terminaria. Se ele fosse vencido, eu seria um homem livre. Ai de mim! Que espécie de liberdade seria a minha? A que um camponês desfruta depois que vê sua família massacrada diante de seus olhos, sua casa queimada, suas terras destruídas, deixando-o à deriva, sem lar e sem dinheiro, mas livre. Esta seria a minha liberdade, exceto que com minha Elizabeth eu possuía um tesouro, um tesouro que equilibraria os horrores do remorso e da culpa que me perseguiriam até a morte.

Doce e amada Elizabeth! Li e reli sua carta, e alguns sentimentos suaves introduziram-se em meu coração, ousando murmurar sonhos paradisíacos de amor e de alegria; mas eu já havia provado da maçã, e o braço armado do anjo cortava-me toda a esperança. Contudo, eu morreria para fazê-la feliz. Se o monstro executasse sua ameaça, a morte era inevitável. Todavia, eu continuava a pensar se meu casamento apressaria o meu destino. Na verdade, eu poderia ser destruído alguns meses antes, mas, se o meu carrasco suspeitasse de que eu a estava adiando, influenciado por suas ameaças, com certeza encontraria outros e talvez mais terríveis meios de vingar-se. Ele havia jurado *estar comigo, na noite de minhas núpcias,* mas não se havia imposto a condição de ficar em paz antes do meu casamento, pois, para me mostrar que ainda não estava saciado de sangue, havia assassinado Clerval imediatamente após fazer suas ameaças. Concluí, portanto, que se minha imediata união com minha prima faria a felicidade dela e de meu pai, as disposições de meu adversário contra minha vida não se retardariam de uma hora.

Neste estado de espírito, escrevi a Elizabeth. Minha carta era calma e afetuosa.

"Receio, querida garota", dizia eu, "que pouca felicidade nos resta para aspirar sobre a terra; no entanto, tudo o que um dia poderá me dar prazer encontra-se em você. Afaste seus temores, que não têm cabimento. Somente a você, eu consagro toda a minha vida e minha satisfação. Eu possuo um segredo, Elizabeth, um terrível segredo. Quando eu o revelar a você, você tremerá de horror e, então, em vez de se surpreender e deplorar a minha infelicidade, ficará apenas admirada de que eu tenha sobrevivido a tudo o que tenho suportado. Contarei essa história cheia de miséria e de terror no dia seguinte ao nosso casamento porque, minha querida prima, deve haver uma perfeita confiança entre nós. Mas, até lá, peço-lhe que não toque mais nesse assunto. Este é um pedido solene, e sei que você me atenderá."

Cerca de uma semana após a chegada da carta de Elizabeth, nós voltamos para Genebra. A meiga criança recebeu-me calorosamente, embora as lágrimas lhe viessem aos olhos, quando contemplou minha face abatida e febril. Também a achei mudada. Estava mais magra e tinha perdido muito de sua vivacidade celestial, que tanto me encantara anteriormente; mas seus modos gentis e seu olhar compassivo tornavam-na uma companheira mais do que adequada a uma criatura tão arruinada e desgraçada como eu.

A tranquilidade de que eu agora desfrutava não durou. As lembranças trouxeram consigo o desatino e, quando eu me lembrava do que havia passado, ficava possuído de uma verdadeira insanidade. Às vezes, ficava furioso e ardia de raiva; às vezes, tornava-me abatido e deprimido. Permanecia sem falar com ninguém, sem olhar para ninguém, sentado, imóvel, apavorado pelas desgraças que ainda me ameaçavam.

Só Elizabeth tinha o poder de me arrancar dessas crises. Sua voz suave me acalmava, quando transportado pela paixão, e me inspirava sentimentos humanos, quando abatido pelo torpor. Ela chorava comigo e por mim. Quando a razão voltava, ela me censurava e procurava induzir-me à resignação. Ah! É muito fácil para o infeliz resignar-se, mas para o culpado não existe paz. As agonias do remorso envenenam às vezes o luxo que há em nos entregarmos ao excesso da dor.

Logo após minha chegada, meu pai falou do meu imediato casamento com Elizabeth. Permaneci em silêncio.

– Tem você, então, uma outra ligação?

– Nenhuma na Terra. Amo Elizabeth e encaro nossa união com todo o prazer. Marquemos pois o dia, e hei de me dedicar, na vida e na morte, à felicidade de minha prima.

– Meu caro Victor, não fale assim. Pesados infortúnios desabaram sobre nós, mas prendamo-nos mais aos que ficaram, e transfiramos o nosso amor, pelos que morreram, para os que ficaram vivos. Nosso círculo será pequeno, porém unido pelos laços de mútua afeição e infelicidades. E, quando o tempo aplacar o nosso desespero, terão nascido novos e queridos seres para substituírem aqueles de que fomos tão cruelmente privados.

Essas foram as palavras de meu pai. No entanto, retornava-se a lembrança da ameaça; nem pode você se admirar de que, onipotente como fora até então aquele demônio com seus feitos sanguinários, eu devesse encará-lo quase como invencível e que, quando ele pronunciara a sentença "Eu estarei contigo na tua noite de núpcias", eu tinha de considerar o meu destino como inevitável. Mas a morte não me faria mal algum, se com ela eu pudesse compensar e evitar a perda de Elizabeth. Foi portanto, cheio de animação, que eu concordei com meu pai. Se minha prima consentisse, a cerimônia se realizaria dali a dez dias e, assim, imaginei selar o meu destino.

Bom Deus! Se por um instante sequer, eu tivesse podido imaginar quais seriam as intenções do meu adversário, antes preferia ter-me exilado para sempre de minha terra e fugido para qualquer recanto hostil do mundo do que ter consentido naquele infeliz casamento. Mas, como se possuísse poderes mágicos, o monstro me havia tornado cego às suas verdadeiras intenções. Quando eu pensava que ele preparara apenas a minha morte, sem o saber, estava apressando a morte de uma vítima ainda mais querida.

À medida que se aproximava a data do nosso casamento, fosse por covardia, fosse por uma profética intuição, eu sentia o meu coração apertar-se dentro de mim. Escondia, porém, meus sentimentos, aparentando uma alegria que fazia meu pai sorrir satisfeito, mas que mal conseguia enganar os olhos lindos e sempre perscrutadores de Elizabeth. Ela encarava nossa união com um tranquilo contentamento, não de todo livre de um certo temor de que, devido aos reveses sofridos, o que agora parecia uma felicidade certa e tangível logo se dissiparia como um sonho, não deixando outro traço senão um eterno pesar.

Foram feitos os preparativos para o acontecimento, foram recebidas as visitas para os votos de congratulações, e tudo eram sorrisos. Fechei, tanto quanto pude, dentro de meu coração a angústia que nele penetrara e o devorava, lançando-me com todo o zelo a cumprir os planos de meu pai, embora eles talvez servissem apenas para enfeitar a minha tragédia. Meu pai conseguira, através de diligências junto ao governo austríaco, que parte da herança de Elizabeth fosse restituída a ela. Ela possuía uma pequena propriedade nas margens do lago de Como. Ficou resolvido que logo após nosso casamento iríamos para a Vila Lavenza, e ali passaríamos os primeiros dias de felicidade.

Entrementes, tomei todas as precauções para o caso de o demônio resolver atacar-me abertamente. Trazia constantemente comigo pistolas e um punhal; estava sempre de vigia para evitar uma cilada. Assim, fiquei mais tranquilo. Com efeito, à medida que se aproximava o momento, a ameaça mais parecia um embuste incapaz de perturbar minha paz. E, enquanto a ventura que eu esperava usufruir do meu casamento tomava cada vez mais a forma de certeza ao se avizinhar o dia da solenidade, eu falava dela como algo que nenhum acidente seria capaz de impedir.

Elizabeth parecia feliz. Meus modos tranquilos contribuíram grandemente para acalmá-la. Mas no dia em que eu ia realizar meus desejos e meu destino, ela se mostrou triste, invadida por um mau pressentimento; talvez ela pensasse no terrível segredo que eu lhe prometera revelar no dia seguinte. Meu pai, entusiasmado com os preparativos, levou a tristeza de sua sobrinha à conta da timidez de uma noiva.

Terminada a cerimônia, realizou-se uma grande festa em casa de meu pai, mas ficou combinado que Elizabeth e eu iniciaríamos nossa viagem pelo lago, dormindo naquela noite em Evian, para continuá-la no dia seguinte. O dia estava lindo, o vento favorável, e tudo eram flores em nossa embarcação nupcial.

Aqueles foram os últimos momentos de minha vida durante os quais desfrutei da sensação de felicidade. Viajávamos rapidamente. O sol estava quente, mas nós nos achávamos abrigados de seus raios por uma espécie de pálio, enquanto apreciávamos a beleza de paisagem. Às vezes, num dos lados do lago de onde víamos o Monte Salêve, as agradáveis margens de Montalêgre e, à distância, dominando todo o cenário, o belo Mont Blanc e o conjunto de montanhas cobertas de neve que em vão procuram imitá-lo; outras vezes, costeando as margens opostas, avistávamos o poderoso Jura, oferecendo suas encostas escuras como uma barreira quase intransponível à ambição dos invasores que aspirassem a conquistar o país.

Peguei na mão de Elizabeth.

– Você está triste, meu amor. Ah! Se você soubesse o que tenho sofrido e o que talvez ainda tenha de suportar, deixaria que eu desfrutasse da liberdade e da calma que o dia de hoje me permite gozar.

– Seja feliz, querido Victor – replicou Elizabeth. – Espero que você não tenha motivo algum para se mortificar. Fique certo de que, se meu rosto não exprime alegria, meu coração está radiante. Alguma coisa me diz que não devo esperar muito do futuro que se abre para nós, mas não dou ouvidos a essa voz sinistra. Veja como vamos depressa e as nuvens, que às vezes se ocultam e às vezes se elevam por sobre o Mont Blanc, tornam a paisagem ainda mais interessante. Observe também quantos peixes nadam nas águas límpidas, que nos permitem ver cada pedrinha que está lá no fundo. Que dia divino! Como a natureza parece serena e feliz!

Assim procurava Elizabeth desviar meus pensamentos das coisas tristes. Mas sua própria disposição variava; às vezes seus olhos brilhavam de contentamento, para em seguida tornarem-se vagos e sonhadores.

O sol descia no céu. Passamos pelo rio Drance, vendo-o correr por entre as ravinas dos montes mais altos, e os vales mais embaixo. Aqui, os Alpes se acercavam do lago, e nos aproximávamos do anfiteatro formado pelas montanhas que marcam seus limites orientais. A torre de Evian brilhava entre os bosques que circundavam a cidade e as montanhas que assomavam sobre ela.

O vento, que até então nos impelira com espantosa rapidez, amainou ao pôr do sol, transformando-se em brisa suave que ondulava a água e agitava as árvores próximas da margem, donde vinha o delicioso odor das flores e do feno. Quando desembarcamos, o sol mergulhava no horizonte e, ao pisar a terra, senti que voltavam os temores e as preocupações que em breve se agarrariam a mim e me oprimiriam para sempre.

Capítulo 23

Eram oito horas quando desembarcamos. Caminhamos um pouco pela praia, gozando o resto da luz, e nos retiramos para a hospedaria, donde contemplamos o cenário encantador formado pelas águas, os bosques e as montanhas que, na semiobscuridade, ainda deixavam entrever seus contornos negros.

O vento, que amainara no sul, soprava agora com grande violência no Oeste. A lua havia culminado no céu e estava começando a descer; as nuvens passavam por ela mais rápidas que o voo do abutre e amorteciam seus raios, enquanto que o lago, refletindo o tumulto que ia pelo céu, agitava-se cada vez mais com as ondas que começavam a crescer. De repente, desabou uma violenta tempestade.

Eu estivera calmo durante o dia, mas assim que a noite escureceu a forma dos objetos, fui invadido por mil receios. Agitado e vigilante, eu conservava a mão direita no cabo da pistola que trazia no peito. Qualquer rumor me aterrorizava, mas eu estava resolvido a vender caro minha vida, e a não sair da luta senão depois de acabar com meu inimigo.

Durante algum tempo, Elizabeth observou tímida e silenciosamente minha agitação, mas havia algo em meu olhar que a encheu de horror e, trêmula, ela me perguntou:

– Por que você está tão preocupado, querido Victor? Que é que você teme?

– Oh! Por favor, meu amor. Tenha calma! É só esta noite, e depois tudo estará bem; mas esta noite é terrível, muito terrível!

Assim passou-se uma hora quando, de repente, refleti como seria medonho para minha esposa a luta que a cada momento eu esperava travar. Pedi-lhe, pois, com toda a serenidade, que se retirasse, resolvido a não me juntar a ela senão depois de conhecer a posição do meu inimigo.

Ela deixou-me e eu continuei algum tempo a examinar todas as passagens e recantos da casa que pudessem servir de esconderijo ao meu adversário. Não descobri, porém, qualquer sinal dele e já estava começando a imaginar que algum feliz acaso impedira-o de executar sua ameaça quando, de súbito, ouvi um grito agudo, horrível. Vinha do quarto para onde se retirara Elizabeth. Ao ouvi-lo, toda a verdade perpassou como um raio pelo meu cérebro. Meus braços penderam, todos os meus nervos e músculos ficaram paralisados. Eu podia sentir o sangue correndo em minhas veias e pulsando na extremidade de meus membros. Isso durou apenas um segundo. O grito se repetiu, corri para o quarto.

Meu Deus! Por que não morri naquele instante? Por que estou aqui para relatar a destruição de minha grande esperança e da mais pura das criaturas deste mundo? Ali estava ela, inanimada, morta, atravessada na cama, com a cabeça pendida e as feições pálidas e distorcidas meio cobertas pelos cabelos. Para onde me voltasse, via sempre a mesma imagem – seus braços exangues e seu corpo flácido jogado pelo assassino dentro do esquife nupcial. Como pude ver isso e continuar vivo? Ai de mim! A vida se prende obstinadamente àquilo que mais odeia. Apenas por um momento, perdi a consciência e caí ao chão, sem sentidos.

Quando acordei vi-me cercado pelo pessoal da hospedaria, que estava mudo de terror. Mas o terror dos outros mais me parecia uma zombaria, pálida sombra que era dos sentimentos que me oprimiam. Fugi daquela gente para o quarto onde jazia o corpo de Elizabeth, meu amor, minha esposa, há pouco cheia de vida, e que me era tão cara e valiosa. Tinham-na mudado da posição em que a vira pela primeira vez. Agora, estava deitada com a cabeça sobre o braço, e um lenço cobrindo-lhe o rosto e o pescoço. Dir-se-ia que estava dormindo. Corri para ela e abracei-a com ardor, mas o mortal langor de seus membros frios mostravam que o que eu agora tinha em meus braços deixara de ser a Elizabeth que eu tanto amara e adorara. Em seu pescoço viam-se as marcas assassinas das garras do demônio, e ela deixara de respirar.

Enquanto me achava agarrado ao seu corpo, na agonia do desespero, levantei o olhar. As janelas do quarto tinham sido escurecidas anteriormente. e senti uma espécie de pânico ao ver a pálida luz da lua iluminar o quarto. As cortinas haviam sido afastadas e, com uma indescritível sensação de horror, avistei, pela janela aberta, aquela figura monstruosa. Seu rosto estava contraído num esgar. Parecia escarnecer de mim quando, com o dedo diabólico, apontava para o cadáver de minha mulher. Corri para a janela e, puxando da pistola, atirei. Ele, porém, esquivou-se e, pulando de onde estava, correu para o lago com a rapidez do relâmpago.

O ruído do tiro atraiu uma multidão para o quarto. Apontei para o lugar por onde ele desaparecera, e seguimos sua pista em barcos. Lançamos redes, fizemos um cerco, mas foi tudo em vão. Depois de várias horas de buscas, voltamos sem nada termos conseguido, achando alguns de meus companheiros que eu havia sido vítima de uma ilusão. Após retornarmos, eles continuaram a procurar pelos arredores, dividindo-se em grupos que partiram em diferentes direções, através dos bosques e vinhedos.

Tentei acompanhá-los. Segui-os até pequena distância da casa, mas minha cabeça girava, meus passos eram incertos como os de um bêbado, e acabei por tombar exausto. Uma névoa cobriu-me os olhos e senti o corpo ardendo em febre. Nesse estado, fui carregado e colocado numa cama, semi-inconsciente do que acontecera; meus olhos corriam pelo quarto como à procura de algo que eu houvesse perdido.

Depois de certo tempo, levantei-me e, como por instinto, encaminhei-me para o quarto onde estava o cadáver de minha amada. Havia várias mulheres chorando. Abracei-me ao corpo e juntei minhas lágrimas às delas. Meus pensamentos eram indistintos, divagavam por vários assuntos, refletindo confusamente meus infortúnios e suas causas. Eu estava assustado, mergulhado numa onda de espanto e de horror. A morte de William, a execução de Justine, o assassinato de Clerval e, por fim, o de minha esposa. Naquele momento, nem mesmo sabia se os amigos que me restavam estavam a salvo da maldade do demônio. Naquele instante, meu pai podia estar se contorcendo em suas mãos, e Ernest talvez estivesse morto a seus pés. Ergui-me e decidi retornar a Genebra o mais rápido possível.

Não havia cavalos disponíveis, e eu tinha de regressar pelo lago. O vento, porém, não estava favorável, e a chuva caía torrencialmente. Todavia, estava amanhecendo e provavelmente eu chegaria lá à noite. Contratei remadores e eu próprio peguei num dos remos, pois o esforço físico sempre me aliviava da tortura mental. Mas a comoção, que eu agora experimentava, e o excesso de agitação de que estava possuído me tornavam incapaz de qualquer trabalho. Jogando longe o remo, apoiei a cabeça nas mãos, entregando-me a todos os pensamentos sombrios que me perseguiam. Se levantava os olhos, via paisagens que me eram familiares, que ainda no dia anterior eu contemplara na companhia daquela que agora nada mais era do que uma sombra e uma recordação. As lágrimas corriam-me pela face. A chuva cessara um momento, e eu via os peixes brincando na água, como o faziam algumas horas antes. Elizabeth também os observara. Nada é tão doloroso à mente humana quanto uma súbita e grande mudança. O sol podia brilhar, as nuvens podiam baixar, porém, para mim, nada seria como no dia anterior. Um demônio me arrebatara toda esperança de um futuro feliz; nenhuma criatura jamais fora tão desgraçada quanto eu; um acontecimento tão pavoroso é único na história do homem.

Mas por que devo insistir nos incidentes que acompanharam este último fato tão acabrunhador? A minha narrativa tem sido uma história de horrores; cheguei ao seu clímax, e o que tenho para contar agora talvez lhe seja tedioso. Saiba que, um por um, meus amigos me foram arrebatados. Fiquei só. Minhas próprias forças se exauriram e devo dizer em poucas palavras o que falta para terminar minha narrativa.

Cheguei a Genebra. Meu pai e Ernest ainda viviam, mas o primeiro sucumbiu ante as notícias que eu trazia. Vejo-o, agora, aquele excelente e venerado ancião! Seu olhar tornou-se vago, pois ele havia perdido todo o encanto e todo o prazer – sua Elizabeth, mais do que uma filha, a quem ele dedicava todo o seu afeto que o homem quando, no declínio da vida, se apega aos que lhe restam. Maldito, maldito seja o demônio que lançou tanta desgraça sobre sua cabeça encanecida, transformando-o num farrapo humano. Ele não pôde suportar os horrores que se acumulavam à sua volta. De repente, afrouxaram-se as molas da vida. Ele não pôde mais deixar o leito. Em poucos dias, morreu nos meus braços.

Que aconteceu então a mim? Não sei. Perdi todo o conhecimento e mergulhei nas trevas. Às vezes, realmente, eu sonhava que vagava em meio a prados floridos e vales agradáveis com os companheiros de minha juventude, mas acordava e encontrava-me numa cela. Seguia-se uma intensa melancolia, mas aos poucos fui tendo uma noção mais clara dos meus infortúnios e de minha situação, e fui, então, solto de minha prisão. Pois haviam-me julgado louco, e, durante muitos meses, conforme soube depois, minha morada tinha sido uma cela solitária.

No entanto, a liberdade de pouca utilidade me teria sido se, ao voltar à razão, eu não houvesse também voltado a pensar na vingança. À proporção que rememorava minhas desgraças, comecei a refletir sobre suas causas – o monstro que eu havia criado, o miserável demônio que havia sido largado no mundo, para me destruir. Quando pensava nele, eu enlouquecia de raiva e desejava ardentemente tê-lo ao meu alcance para descarregar uma terrível vingança sobre sua maldita cabeça.

E meu ódio não se limitava a inúteis conjecturas. Comecei a imaginar os melhores meios para pegá-lo. Com esse objetivo, cerca de um mês após ser solto, procurei um juiz criminal na cidade e disse-lhe que tinha uma acusação a fazer, que sabia quem era o exterminador de minha família, e exigia que ele empregasse toda a sua autoridade para a prisão do assassino.

O magistrado ouviu-me atenta e bondosamente.

– Fique certo, meu senhor – falou ele – que não pouparei esforços para deter o criminoso.

– Agradeço-lhe – repliquei. – Escute, portanto, o depoimento que tenho a fazer. É, na verdade, uma história tão estranha que receio que o senhor não lhe dê crédito, não fora a existência de alguns fatos verídicos e que, embora quase fantásticos, obrigam que seja considerada. A história tem ligação com muitos fatos para que seja um sonho, e não tenho motivo algum para falseá-la.

Assim falava eu, firme porém calmamente. Eu havia decidido, em meu próprio coração, perseguir o meu destruidor até a morte, e esse objetivo acalmava minha agonia e, até certo ponto, me reconciliava com a vida. Narrei, então, a minha história, em breves palavras, porém com firmeza, marcando as datas com toda a precisão, jamais me deixando levar pela paixão descabida.

No princípio, o magistrado pareceu totalmente incrédulo, mas à medida que eu prosseguia tornou-se mais atento e interessado. Várias vezes vi-o estremecer de horror; outras vezes, seu semblante deixava transparecer um misto de surpresa e descrença.

Ao terminar minha narrativa eu disse:

– Esse é o ser que eu acuso e para cuja prisão e castigo peço que empregue toda a sua força. É seu dever como magistrado, e acredito e espero que seus sentimentos como homem não o escusem de realizar tal função neste momento.

Esse discurso provocou considerável alteração na fisionomia do meu ouvinte. Ele escutara minha narrativa com aquela semi-incredulidade com que se ouve uma história de almas do outro mundo, ou de coisas sobrenaturais, mas, quando foi convocado a agir oficialmente, sua incredulidade retornou com toda a intensidade. No entanto, respondeu polidamente:

– Gostaria de lhe dar todo o auxílio neste caso, mas esta criatura de quem o senhor fala parece dotada de poderes que desafiam todos os meus esforços. Quem pode perseguir um animal capaz de atravessar um mar de gelo e viver em cavernas e grutas onde nenhum homem se aventuraria a entrar? Além disso, já transcorreram vários meses depois dos seus crimes e ninguém pode calcular onde ele vagueia ou vive agora.

– Não duvido de que ele ande por perto do local onde moro e, mesmo que se tenha refugiado nos Alpes, pode ser caçado como a camurça e destruído como um animal predador. Mas percebo o que o senhor está pensando; o senhor não acredita na minha narrativa nem pretende perseguir o meu inimigo e castigá-lo como ele merece.

Enquanto eu falava, meus olhos desprendiam chispas de ódio; o magistrado intimidou-se.

– O senhor se engana – disse ele. – Eu agirei e, se estiver à altura de minhas forças prender o monstro, asseguro-lhe que ele será punido de acordo com seus crimes. Receio, porém, pelo que o senhor me disse do que ele é capaz, que isso seja impraticável. Assim, embora se tomem todas as medidas aplicáveis no caso, o senhor deve ir se preparando para uma decepção.

– Isso não acontecerá, mas tudo o que eu digo de pouco lhe importará. Minha vingança não lhe interessa e, embora eu a considere um pecado, confesso que é a única paixão que no momento devora minha alma. Minha cólera é indizível quando penso que o assassino, que está solto no meio da humanidade, ainda vive. O senhor recusa o meu pedido que é justo; só me resta um recurso, e eu me devotarei, na vida e na morte, à destruição do monstro.

Eu dizia isso tremendo de excitação. Havia em meus modos uma agitação e, tenho a certeza, algo parecido com o altivo arrebatamento que, segundo se diz, apresentavam os antigos mártires. Mas para um magistrado genebrino, cuja mente estava ocupada com ideias que nada tinham a ver com a devoção e o heroísmo, esses arroubos mais pareciam uma crise de loucura. Ele tentou acalmar-me como uma babá faz a uma criança e atribuiu minha história aos efeitos de um delírio.

– Homem – exclamei. – Como demonstras ignorância com o orgulho da tua sabedoria! Basta! Tu não sabes o que dizes.

Deixei aquela casa perturbado e irado, retirando-me para pensar num outro meio de ação.

Capítulo 24

Eu me encontrava num estado em que todos os meus pensamentos voluntários se achavam tumultuados e perdidos. Era impelido apenas pela fúria. Apenas a vingança me dava forças e disposição. Orientava meus sentimentos e me permitia períodos de calma, quando então eu podia fazer meus planos. Do contrário, eu teria mergulhado no delírio e na morte.

Minha primeira decisão foi deixar Genebra para sempre. Minha terra, que eu tanto quisera quando feliz e amado, era-me agora odiosa. Muni-me de certa quantia de dinheiro e de algumas joias, que tinham pertencido à minha mãe, e parti.

E teve início a minha caminhada que só cessará com a minha morte. Atravessei uma grande parte da Terra e suportei todas as privações que os exploradores experimentam nos desertos e nos países bárbaros. Nem sei como estou vivo. Muitas vezes, estendia-me sobre uma planície arenosa e implorava a morte. Porém o desejo de vingança me mantinha vivo. Eu não ousava morrer deixando o meu inimigo vivo.

Quando deixei Genebra, minha primeira preocupação foi conseguir alguma pista que me permitisse traçar os passos do meu diabólico adversário. Não tinha, porém, plano algum e vaguei muitas horas nos confins da cidade, sem saber que caminho tomar. Ao se aproximar a noite, encontrei-me na entrada do cemitério onde repousavam William, Elizabeth e meu pai. Entrei e acerquei-me de suas sepulturas. Tudo era silêncio, exceto o murmúrio das folhas das árvores agitadas pelo vento. A noite estava escura, o ambiente era solene, mesmo para um observador desinteressado. As almas dos que haviam partido pareciam flutuar ali, lançando uma sombra que não era vista, porém sentida.

A profunda dor que aquela cena me infligia foi rapidamente substituída por um sentimento de raiva e de desespero.

Eles estavam mortos, e eu vivo. Aquele que os matara ainda vivia também, e para destruí-lo eu devia continuar a arrastar minha miserável existência. Ajoelhei-me, beijei a terra, e com os lábios trêmulos exclamei:

– Pela sagrada terra sobre a qual me ajoelho, pelas sombras que pairam à minha volta, pela profunda e eterna dor que eu sinto, eu juro; e juro pela noite, e pelos espíritos que a presidem, perseguir o demônio que causou esta desgraça, até que ele ou eu pereçamos numa luta de morte. Para isso pouparei minha vida. Para executar essa vingança é que eu continuarei a contemplar o sol e a pisar os verdes relvados da terra que, de outro modo, eu baniria para sempre de minha vista. E imploro aos espíritos dos mortos, e aos mensageiros da vingança, que me ajudem a cumprir a minha obra. Que o maldito e diabólico monstro mergulhe na agonia e experimente o desespero que agora me atormenta.

Eu havia feito aquele juramento com uma solenidade e uma reverência que quase davam a certeza de que as almas de meus amigos assassinados tinham aprovado minha decisão, mas assim que o concluí fui tomado de uma cólera e de uma raiva que abalaram minha disposição.

Através da noite, respondeu-me uma diabólica gargalhada. Ela ecoou em meus ouvidos e nas montanhas que me cercavam. Tive a impressão de que todo o inferno me circundava, zombando e rindo. Não há dúvida de que, naquele momento, eu teria sido tomado de pânico e teria destruído minha vida, se não tivesse feito aquele juramento e reservado minha existência para a execução de uma vingança. O riso foi morrendo, quando uma voz odiosa e bem conhecida murmurou junto aos meus ouvidos:

– Agora estou satisfeito, miserável! Você está disposto a continuar a viver, e isso me alegra.

Voltei-me para a direção de onde vinha aquele som, mas o demônio escapou-me. De repente, surgiu o largo disco da lua lançando sua luz sobre aquela figura disforme que fugia com uma rapidez fora do comum.

Saí em sua perseguição e há muitos meses essa tem sido a minha tarefa. Guiado por uma frágil pista, segui-o pelas curvas do Reno, mas em vão. Vi então o azul do Mediterrâneo e, por um estranho acaso, percebi, uma noite, que o demônio entrava e se escondia num navio que partia para o Mar Negro. Tomei uma passagem no mesmo barco, mas ele me escapou, não sei como.

Embora ele continuasse a me fugir, continuei a persegui-lo através das regiões selvagens da Tartária e da Rússia. Às vezes, os aldeãos, apavorados por aquela horrível aparição, informavam-me de sua passagem; às vezes, ele próprio, temendo que, se eu perdesse sua pista me desesperasse e morresse, deixava marcas para guiar-me. A neve caía sobre minha cabeça, e eu via suas enormes pegadas impressas na vasta extensão branca. Como pode você, que agora está entrando na vida e para quem as preocupações são uma coisa nova e a agonia é desconhecida, compreender o que tenho sentido e ainda sinto? O frio, a necessidade e a fadiga eram o mínimo que me estava destinado. Eu fora amaldiçoado por um demônio e trazia comigo um inferno eterno. No entanto, eu ainda tinha um espírito bondoso que me acompanhava, orientava meus passos e, quando as privações me instigavam a blasfemar, me livrava de dificuldades aparentemente intransponíveis. Às vezes, quando, vencido pela fome, eu caía exausto, era preparada para mim, no deserto, uma refeição que restaurava minhas forças. O alimento era frugal, como o dos camponeses, mas não tenho dúvidas de que era arranjado pelos espíritos cujo auxílio eu havia invocado. Não raro, quando tudo estava seco, uma pequena nuvem toldava o céu, derramava algumas gotas d'água, que matavam a minha sede, e desaparecia.

Quando podia, eu seguia o curso dos rios, mas o demônio em geral os evitava, pois era ali que, de hábito, se reunia a gente da região. Em outros lugares, raramente se viam seres humanos e, em geral, eu tirava minha subsistência dos animais selvagens que atravessavam meu caminho. Levava dinheiro comigo e conseguia a amizade dos aldeãos distribuindo-o. Outras vezes, eu repartia parte do alimento que conseguira através da caça, presenteando com ele aqueles que me haviam fornecido fogo e utensílios para cozinhá-lo.

A vida que eu assim levava me era odiosa e somente durante as horas de sono eu desfrutava um pouco de alegria. Oh, bendito sono! Quantas vezes, quando maior era o meu desespero, eu procurava repousar, e meus sonhos me embalavam até o êxtase. Os espíritos que me protegiam haviam reservado esses momentos, ou essas horas de felicidade, a fim de que pudesse manter as forças necessárias para cumprir a minha peregrinação. Privado dessas tréguas, eu teria sucumbido ante minhas privações. Durante o dia eu era mantido e animado pela esperança da noite, pois no sono eu via meus amigos, minha esposa e meu amado país; contemplava de novo o bondoso semblante de meu pai, ouvia a voz argentina de minha Elizabeth, e via Clerval cheio de saúde e juventude. Muitas vezes, extenuado por uma marcha fatigante, eu me persuadia de que estava sonhando até que a noite viesse e eu pudesse, então, gozar a realidade nos braços dos meus queridos amigos. Que amor ardente eu sentia por eles! Como me agarrava às suas imagens quando, às vezes, nas horas de vigília, elas passavam por mim e me convenciam de que ainda estavam vivas! Nesses momentos, a vingança, que me devorava, morria em meu coração, e eu prosseguia a caminhada para a destruição do demônio, mais como um dever imposto pelo céu, como que mecanicamente impelido por uma força que me era desconhecida, do que como o ardente desejo de minha alma.

Ignorava quais eram as intenções daquele que eu perseguia. Com efeito, às vezes, ele deixava sinais de sua passagem escrevendo na casca das árvores, ou gravados em pedras, que me orientavam e exacerbavam minha cólera. "Meu reinado ainda não acabou", lia-se numa dessas inscrições. "Você está vivo, e meu poder é total. Siga-me. Eu busco os eternos gelos do Norte, onde você experimentará o tormento do frio e do gelo, que para mim nada representam. Se você não se atrasar muito, encontrará logo ali adiante uma lebre morta; coma-a e reanime-se. Vamos, inimigo, temos de nos engalfinhar por nossas vidas, mas até chegar esse instante você terá de sofrer muito."

Demônio zombeteiro! Mais uma vez eu juro, miserável criatura, que te levarei à tortura e à morte. Jamais abandonarei minha perseguição até que ele ou eu pereçamos. E será, então, cheio de júbilo que me juntarei à minha Elizabeth e aos companheiros que partiram, e que agora se preparam para me recompensar de minha cansativa e horrível peregrinação!

À medida que eu prosseguia a viagem para o Norte, a neve se acumulava e o frio aumentava até quase ficar insuportável. Os camponeses encerravam-se em suas choças. Apenas uns poucos mais audazes se aventuravam, premidos pela necessidade, a sair de seus abrigos para caçarem os animais que evitariam que eles morressem de fome. Os rios estavam gelados e não se podia pescar. Assim, eu ficava sem a principal fonte de manutenção.

O triunfo de meu inimigo crescia com as dificuldades que eu enfrentava. Uma das inscrições deixadas por ele assim dizia: "Prepara-te! Teus tormentos estão apenas começando; envolve-te em peles e procura teu alimento, pois em breve iniciaremos uma viagem na qual teus sofrimentos servirão para satisfazer o meu ódio eterno."

Minha coragem e perseverança revigoraram-se com essas palavras de escárnio. Decidi que não falharia no meu objetivo e, apelando aos céus para que me apoiassem, continuei com inquebrantável fervor a atravessar imensos desertos, até que apareceu o oceano e tomou todo o limite do horizonte. Oh! Quão diferente era a paisagem das regiões do Sul! Coberto de gelo, ele apenas se diferenciava da terra pelas suas irregularidades maiores e mais agressivas. Os gregos choravam de alegria quando avistavam o Mediterrâneo do alto das montanhas da Ásia, aclamando com júbilo o fim de seus labores. Eu não chorei, mas ajoelhei-me e agradeci ao meu guia espiritual por me haver conduzido em segurança ao lugar onde, a despeito da troça de meu inimigo, eu devia encontrá-lo e me haver com ele.

Algumas semanas antes, eu havia arranjado um trenó e cães. Assim, atravessava as regiões cobertas de neve com incrível rapidez. Eu não sabia se o demônio dispunha da mesma vantagem, mas vi que, enquanto antes eu perdia diariamente terreno para ele, agora estava ganhando, de modo que quando avistei o oceano ele se achava a apenas um dia de distância na minha frente, e eu esperava apanhá-lo antes que ele conseguisse chegar à terra. Assim, com renovada coragem, apressei-me e, dois dias depois, alcancei uma pobre aldeola na costa. Inquiri os habitantes sobre o demônio e obtive informações precisas. Eles diziam que, na noite anterior, havia chegado ali um monstro gigantesco, armado com um rifle e várias pistolas, pondo em fuga os moradores de uma casa de campo, que correram apavorados com seu aspecto terrível. Ele retirara todo o estoque de provisões para o inverno e colocara-as num trenó, reunindo numerosa matilha de cães para puxá-lo. Arreara-os e, naquela mesma noite, para gáudio dos aldeãos tomados de horror, havia continuado sua viagem através do mar, numa direção que não levava a terra alguma, o que os fez imaginar que ele seria rapidamente destruído por alguma fenda, ou congelado pelos gelos eternos.

Ante essa narrativa, sofri uma crise de desespero. Ele me havia escapado. Eu devia encetar uma jornada destruidora através das montanhas de gelo do oceano, enfrentando um frio que poucos moradores daquela região suportariam por muito tempo, e ao qual eu, oriundo de plagas amenas e ensolaradas, não esperava poder sobreviver. Todavia, ao pensar que o demônio devia estar vivo e triunfante, minha raiva e minha ideia de vingança retornaram com a forma de imensa maré, avassalando todos os outros sentimentos. Após um pequeno repouso, durante o qual os espíritos dos mortos flutuavam à minha volta e me instigavam ao trabalho e à vingança, preparei-me para continuar a jornada.

Troquei meu trenó de terra por outro mais adequado às irregularidades do oceano gelado, comprei um bom estoque de provisões, e parti daquele lugar.

Não posso dizer quantos dias se passaram desde então, mas aguentei privações que, não fosse a eterna vontade de fazer justiça que me devorava o coração, teria sido incapaz de suportar. Enormes e escarpadas montanhas de gelo muitas vezes barravam meu caminho, e não raro eu ouvia o rugir do mar que ameaçava destruir-me. Mas novamente caía a neve, a superfície endurecia, e os caminhos ficavam mais seguros.

Pela quantidade de provisões que consumi, acredito que se tenham passado três semanas nesta viagem. O contínuo adiar das minhas esperanças, muitas vezes, fazia-me derramar lágrimas amargas de dor e abatimento. Decididamente eu havia caído nas garras do desespero e não tardaria muito a sucumbir sob esta desgraça. Uma vez, depois que os pobres animais que me puxavam haviam subido com incrível esforço uma encosta gelada, tendo um deles morrido de fadiga, eu contemplava angustiado a imensa superfície gelada que se estendia diante de mim, quando de repente avistei um pontinho negro na planície enevoada. Apurei a vista para descobrir o que poderia ser e soltei um grito de alegria selvagem quando distingui um trenó, dentro do qual ia uma figura disforme bem conhecida. Oh! Com que júbilo senti a esperança renascer em meu coração! De meus olhos corriam lágrimas quentes, que eu prontamente limpei para que não interceptassem a visão que eu tinha daquele demônio. Minha vista porém continuava embaçada pelas lágrimas até que, dando vazão às emoções que me pressionavam, chorei abertamente.

Não havia tempo a perder. Livrei os cães de seu companheiro morto, dei-lhes uma boa ração de comida e, depois de uma hora de repouso, absolutamente necessária, continuei minha viagem. O trenó ainda era visível, e não mais o perdia de vista, a não ser por curtos instantes, quando ele sumia por trás de um rochedo gelado. Com efeito eu ia ganhando terreno sobre ele e, quando após quase dois dias de viagem, vi que meu inimigo não ia a mais do que uma milha distante de mim senti o coração dar saltos dentro de meu peito.

Mas agora, quando tudo indicava que eu tinha o inimigo ao meu alcance, minhas esperanças se extinguiram de repente, e perdi qualquer traço dele, como jamais me acontecera antes. Eu ouvia as ondas do mar rolando e crescendo por baixo de mim, o que tornava cada momento mais terrível e apavorante. Eu aumentava minha velocidade, mas em vão. O vento soprava, o mar rugia e, como se tivesse sido abalado por um tremendo terremoto, fendeu-se e quebrou-se com um enorme ruído. Em breve tudo estava acabado. Em poucos minutos, um mar tumultuoso se agitava entre mim e meu inimigo, e fiquei flutuando sobre um pequeno pedaço de gelo, que diminuía continuamente preparando assim uma horrível morte para mim.

Assim passei várias horas de pavor. Morreram vários dos meus cães, e eu próprio estava a ponto de me abater sob o acúmulo das privações, quando vi seu navio procurando ancorar, o que fez renascer minhas esperanças de socorro e de viver. Não sabia que os navios se aventuravam nessas latitudes tão altas e fiquei espantado de vê-lo. Destruí rapidamente parte do meu trenó para fazer remos e, assim, com muito esforço, consegui movimentar minha jangada de gelo na direção do seu barco. Eu havia decidido que, se você se dirigisse para o Sul, eu preferia entregar-me à mercê dos mares do que abandonar o meu objetivo. Esperava convencê-lo a dar-me um bote no qual eu pudesse perseguir o inimigo. Porém você se dirigia para o Norte. Tomou-me a bordo quando minhas forças estavam esgotadas, e, se não fosse assim, eu teria morrido devido às minhas privações, morte que ainda temo, pois minha missão ainda não está cumprida.

Oh! Quando será que os espíritos que me guiam me levarão até aquele demônio, permitindo-me o repouso pelo qual tanto anseio? Ou terei de morrer, deixando-o vivo? Se isso acontecer, jure-me, Walton, que ele não escapará, que você o buscará e me vingará, matando-o. Mas terei eu o direito de lhe pedir que continue minha peregrinação, para sofrer as privações pelas quais tenho passado? Não. Não sou tão egoísta assim. Contudo, quando eu morrer, se ele aparecer, se os mensageiros da vingança o conduzirem até você, jure que ele não ficará vivo. Jure que ele não tripudiará sobre meus sofrimentos acumulados e que não sobreviverá para aumentar a lista de seus crimes tenebrosos. Ele é eloquente e persuasivo, e tempo houve em que chegou mesmo a dominar meu coração, mas não confie nele. Sua alma é tão diabólica quanto o seu corpo, cheia de traição e de maldade. Não lhe dê ouvidos. Lembre-se dos nomes de William, Justine, Clerval, Elizabeth, meu pai, e deste arruinado Victor, e mergulhe sua espada em seu coração. Eu estarei por perto e orientarei o golpe para que seja certeiro.

O que se segue é descrito por Walton em suas cartas:

26 de agosto de 17...

Margaret, você leu essa história estranha e terrível. Não sente o seu sangue congelar de horror, como aconteceu comigo? Às vezes, subitamente agoniado, ele não podia continuar a narrativa. Outras, sua voz se embargava, e era com dificuldade que ele pronunciava as palavras cheias de angústia. Seus belos e encantadores olhos ora brilhavam de indignação ora se embaçavam, empanados por uma tristeza infinita. Às vezes, ele se dominava e conseguia narrar os incidentes mais horríveis com voz tranquila, sem qualquer sinal de agitação; depois, como um vulcão em erupção, seu rosto assumia de repente uma expressão de cólera selvagem, à medida que soltava imprecações contra o seu perseguido.

Sua história tem uma certa coerência e traços de verdade, mas foram as cartas de Félix e de Safie, que ele me mostrou, e o aparecimento do monstro, que vimos aqui do navio, que me convenceram muito mais da veracidade de sua narrativa do que suas afirmações, por mais seguras e conexas. Esse monstro, pois, existe realmente! Não tenho a menor dúvida, e não obstante estou estupefato. Procurei fazer com que Frankenstein me desse detalhes de como fez sua criatura, mas nesse ponto ele foi sempre intransigente.

– Você está louco, meu amigo? – dizia ele. – Para onde quer levá-lo sua insensata curiosidade? Desejaria você também criar, para o mundo e para você próprio, um inimigo diabólico? Saiba dos meus sofrimentos e não procure aumentar os seus.

Frankenstein percebeu que eu tomava notas à medida que ele ia fazendo sua narrativa. Pediu-me para vê-las, corrigindo-as e acrescendo-as em muitos lugares, dando principalmente mais ênfase e vida às conversas que ele manteve com seu inimigo.

– Já que você deseja preservar minha narrativa – disse ele –, eu não gostaria que ela passasse mutilada à posteridade.

Assim transcorreu uma semana, durante a qual ouvi a história mais estranha que poderia ter imaginado. Todos os meus pensamentos e sentidos estavam absorvidos pelo interesse despertado pela narração do meu hóspede e seus modos educados e elevados. Eu queria acalmá-lo, mas poderia eu dar conselhos a alguém tão infinitamente desgraçado, tão destituído da esperança de um consolo para viver? Oh, não! Agora, a única alegria que ele poderá encontrar será quando puder recompor seu espírito despedaçado na calma da morte. Contudo, ele desfruta de um prazer, resultado da solidão e do delírio; ele acredita que, quando em sonhos, conversa com seus amigos que o consolam e o incitam à vingança, eles não são uma criação de sua fantasia, mas que vêm eles mesmos das regiões de um mundo remoto, para visitá-lo. Sua fé em seus sonhos é tão solene, que eles se impõem a mim quase como verídicos.

Nossas conversas não se limitam sempre à sua própria história e a seus infortúnios. No que se refere à literatura em geral, ele demonstra um conhecimento ilimitado e um discernimento rápido e profundo. Sua eloquência é enérgica e tocante. Quando ele relata algum incidente patético ou procura evocar a piedade ou o amor, não posso ouvi-lo sem derramar lágrimas. Que gloriosa criatura não deve ter sido ele nos seus dias de felicidade, para ser assim tão nobre em sua desgraça! Ele parece sentir seu próprio valor e a grandeza de sua queda.

– Quando mais jovem – disse ele –, eu me acreditava destinado a empreender algo de grandioso. Sou muito sensível, mas possuía uma frieza de julgamento que me credenciava para coisas importantes. A sensação do meu valor me sustentava, quando outros talvez se sentissem oprimidos, pois eu considerava um crime jogar fora, como inútil ressentimento, aqueles talentos que podiam ser úteis aos meus semelhantes. Quando eu pensava na obra que havia completado, nada menos do que uma criatura sensível e racional, não podia comparar-me ao rebanho dos planejadores comuns. Mas esse pensamento, que me animava no início de minha carreira, serve agora apenas para me afundar ainda mais no pó. Todas as minhas especulações e esperanças nada são e, como o arcanjo que aspirava à onipotência, acho-me acorrentando a um inferno eterno. Minha imaginação era ardente, e o poder de análise e de aplicação, intensos. Reunindo essas qualidades, concebi a ideia e criei um homem. Até agora, não posso lembrar sem emoção tudo o que eu sonhava enquanto minha obra estava incompleta. Eu menosprezava o céu em meus pensamentos, ora exultando com meus poderes, ora ardendo de entusiasmo com a ideia de seus efeitos. Desde a infância eu me imbuíra de grandes esperanças e de uma elevada ambição; mas como me acho arruinado! Oh! Meu amigo, se você me tivesse conhecido como eu era, não me reconheceria no estado de degradação em que me encontro. Raramente o abatimento penetrava em meu coração; um alto desígnio parecia conduzir-me até que senti que nunca mais, nunca mais me levantaria.

Devo então perder essa criatura admirável? Há muito que busco um amigo; procurei um que pudesse partilhar meus sentimentos e me querer. Veja, nesses mares desertos, achei esta criatura, mas receio que o tenha encontrado apenas para conhecer o seu valor e perdê-lo. Gostaria de reconciliá-lo com a vida, mas ele repele a ideia.

– Agradeço-lhe, Walton – disse ele – por suas boas intenções para com uma criatura tão desgraçada quanto eu, mas quando você fala de novos laços e de novas afeições, acha que eu posso substituir aqueles que se foram? Pode um homem ser para mim o que foi Clerval, ou outra mulher substituir Elizabeth? Mesmo quando as afeições não sejam motivadas por uma qualidade superior, os companheiros de nossa infância sempre possuem um certo poder sobre nossas mentes que dificilmente os amigos que se fazem depois podem conseguir. Eles conhecem nossas tendências infantis que, por mais que se alterem depois, jamais são completamente erradicadas; e podem julgar mais acertadamente nossas ações quanto à integridade de nossos motivos. Uma irmã e um irmão jamais podem, a não ser que os sintomas se evidenciem cedo, suspeitar de que um ou outro tenham intenções falsas ou fraudulentas. O mesmo não acontece com outros amigos, por mais firme que seja a amizade, pois há sempre a possibilidade de ser levantada uma suspeita. Mas eu tive amigos que me foram caros não apenas devido ao hábito da convivência, mas pelos seus próprios méritos; e onde quer que eu esteja, a doce voz de Elizabeth e as conversas de Clerval ainda sussurram aos meus ouvidos. Eles estão mortos, e na solidão em que me encontro apenas um pensamento é capaz de me preservar a vida. Se eu estivesse ocupado em algum empreendimento elevado, cheio de utilidade para os meus semelhantes, então eu podia continuar a viver para levá-lo a cabo. Mas tal não é o meu destino. Devo perseguir e destruir o ser a que dei vida; então terei cumprido minha missão na terra, e posso morrer.

2 de setembro...

Minha querida irmã:

Escrevo-lhe, cercado de perigos e sem saber se verei ainda minha cara Inglaterra e os queridos amigos que aí vivem. Estou rodeado por montanhas de gelo que não me permitem sair e ameaçam esmagar, a cada momento, o meu navio. Os bravos camaradas que eu convenci a me acompanharem olham-me implorando auxílio, mas nada posso fazer. Nossa situação tem algo de terrivelmente apavorante, mas minha coragem não me abandona. E não perco as esperanças. No entanto, é terrível pensar que as vidas de todos esses homens se acham em perigo por minha causa. Se nos perdermos, será devido aos meus planos loucos.

E como estará você, Margaret, diante de tudo isso? Não saberá de minha destruição e continuará a esperar ansiosamente pela minha volta. Os anos passarão, você se verá presa do desespero e ainda será torturada pela esperança. Oh! Minha querida irmã, a perspectiva das angústias que você experimentará em seu coração é-me ainda mais terrível do que minha própria morte. Mas você tem um esposo e filhos encantadores; você pode ser feliz. Que os céus a abençoem!

O meu infortunado hóspede olha-me com a mais terna compaixão. Procura infundir-me esperança e fala como se a vida fosse um bem a que ele desse valor. Lembra-me que os mesmos acidentes aconteceram a outros navegantes que se aventuraram nestes mares e, a despeito de mim mesmo, enche-me de animadoras perspectivas. Até os marujos sentem o poder de sua eloquência. Quando ele fala, eles param de se desesperar. Infunde-lhes força, e, quando eles escutam sua voz, acreditam que essas vastas montanhas de gelo são montículos de areia que se desfarão à vontade do homem. Esses sentimentos são passageiros; cada dia de demora enche-os de medo. Quase receio que estoure um motim provocado pelo desespero.

5 DE SETEMBRO...

Ocorreu algo de um interesse tão excepcional que, embora seja provável que esses papéis jamais lhe cheguem às mãos, não posso deixar de registrar.

Continuamos cercados pelas montanhas de gelo, na iminência de sermos esmagados por elas a qualquer momento. O frio é intenso, e muitos de meus infelizes companheiros já encontram seu túmulo no meio deste cenário desolador. A saúde de Frankenstein vem declinando dia a dia. Um brilho febril ainda anima seus olhos, mas ele está esgotado e, quando se entrega a qualquer esforço, fica de novo aparentemente inanimado.

Em minha última carta falei do receio que tinha de um motim. Esta manhã, quando eu contemplava o semblante lívido de meu amigo – os olhos semicerrados, os membros pendentes, apático –, fui despertado pelo ruído de meia dúzia de tripulantes que pediam para serem admitidos em meu camarote. Entraram e seu líder dirigiu-se a mim. Disse-me que ele e seus companheiros haviam sido escolhidos pelos outros marujos para virem, em comissão, até mim, a fim de me fazerem uma solicitação que, em justiça, eu não poderia recusar. Achávamo-nos emparedados no gelo e talvez jamais escapássemos mas eles temiam que, se o gelo se desfizesse e abrisse uma passagem, eu me apressaria em continuar a viagem conduzindo-os a novos perigos, depois de eles terem, por felicidade, escapado daquele. Insistiam, pois, que eu prometesse solenemente, caso o navio se libertasse, mudar imediatamente meu curso para o Sul.

Aquelas palavras me desconcertaram. Eu ainda não havia perdido as esperanças, nem pensara em voltar, se conseguisse sair dali. No entanto, podia eu, com toda a justiça, recusar esse pedido? Hesitei antes de responder, quando Frankenstein, que permanecera em silêncio e que, com efeito, mal parecia ter forças para ouvir, ergueu-se: seus olhos cintilavam, e suas faces enrubesceram-se com um momentâneo vigor.

Voltando-se para os homens ele falou:

– Que significa isso? Que querem vocês do seu capitão? Estão vocês tão impacientes para abandonar o destino que os espera? Acham que esta expedição não é uma empresa grandiosa? E por que é ela gloriosa? Não porque se realize em mares plácidos como os do Sul, mas porque é cheia de perigos e de terrores, porque a cada novo incidente é preciso apelar para a coragem de vocês, e porque, cercados pela morte e pelos perigos, vocês se mostraram valentes e conseguiram superar isso. Eis por que é um empreendimento glorioso e honroso. Vocês se acham aqui para serem louvados como benfeitores de sua espécie, seus nomes serão reverenciados como o de bravos que morreram em benefício da humanidade. E, agora, vejam, ao primeiro pensamento de perigo ou, se vocês preferem, à primeira prova que se exige da sua coragem, vocês se escolhem e preferem ser tratados como homens que não têm valentia o bastante para suportar as privações e o perigo; e assim, pobres criaturas, vocês poderão retornar para um lugar onde possam se acalentar. Vocês não precisavam ter vindo tão longe para assim arrastar o seu capitão à vergonha de uma derrota, apenas para provar a covardia de vocês. Oh! Sejam homens, ou mais do que homens. Sejam firmes nos seus propósitos, firmes como uma rocha. Este gelo não é feito da mesma substância que seus corações; ele é mutável, e não aguentará se vocês disserem que assim deve ser. Não regressem para junto de suas famílias com o estigma da desonra marcado na testa. Voltem como heróis que combateram e venceram, e que não sabem o que é voltar as costas ao inimigo.

Sua voz variava de modulação conforme os sentimentos que ele expressava, e seu olhar era tão cheio de heroísmo que, acredite, aqueles homens se comoveram. Entreolharam-se e foram incapazes de replicar. Eu falei, mandei que se retirassem e que considerassem o que havia sido dito, e que não os levaria mais para o Norte se eles persistissem em desejar o contrário, mas que esperava que da reflexão lhes retornasse a coragem.

Eles saíram. Voltei-me para meu amigo, mas ele havia caído num estado de torpor, quase privado de vida.

Não sei como acabará tudo isso, mas antes eu preferia morrer do que voltar vergonhosamente, sem alcançar o meu objetivo. No entanto, acho que este será o meu destino; meus homens, que não se apoiam em nenhuma ideia de glória ou de honra, jamais poderão continuar a suportar voluntariamente as atuais privações.

7 de setembro...

A sorte está lançada; consenti em regressar, se não formos destruídos. Assim morrem as minhas esperanças, acabadas pela covardia e pela indecisão. Volto sem os conhecimentos que pretendia, e decepcionado. É preciso mais sabedoria do que a que eu possuo para suportar com paciência essa injustiça.

12 DE SETEMBRO...

Tudo acabou. Estou regressando à Inglaterra. Perdi minhas esperanças de ser útil e de alcançar a glória. Perdi meu amigo. Mas tentarei detalhar todas essas amargas circunstâncias para você, querida irmã e, enquanto sou impelido para a Inglaterra e para junto de você, não desanimarei.

No dia 9 de setembro, o gelo começou a se mover, e de longe se ouviam ruídos como os de um trovão, à medida que as ilhas se fendiam e se partiam em todas as direções. O perigo que nos ameaçava era iminente, mas como nada mais podíamos fazer senão contemplar tudo passivamente, dediquei-me principalmente a assistir meu infeliz hóspede, cuja enfermidade chegara a um ponto que o obrigava a ficar totalmente no leito. O gelo quebrava-se atrás de nós e era impelido com força para o Norte; começou a soprar uma brisa de Oeste e, no dia 11, a passagem para o Sul abriu-se livremente. Assim que os marujos a viram, e perceberam que estava assegurada sua volta às suas terras, ecoou por todo o navio um grito de alegria. Frankenstein, que estava cochilando, acordou e perguntou qual era a causa do tumulto.

– Eles estão gritando – disse eu – porque em breve estarão de volta à Inglaterra.

– Então, você vai mesmo voltar?

– Contra a vontade, vou. Não aguento mais ouvir seus pedidos. Não posso obrigá-los a seguir para o perigo; e devo regressar.

– Volte, se quiser. Eu não voltarei. Você pode abandonar o seu objetivo, porém o meu foi-me atribuído pelo céu e eu não ousarei fazê-lo. Sinto-me enfraquecido, mas estou certo de que os espíritos que me têm assistido para que eu realize a minha vingança me darão a força suficiente. – Assim falando, ele procurou levantar-se do leito, mas o esforço foi-lhe demasiado, ele caiu e desmaiou.

Passou-se muito tempo antes que ele retornasse a si, e cheguei a pensar que sua vida se houvesse extinguido completamente. Por fim, ele abriu os olhos; respirava com dificuldade e não podia falar. O médico deu-lhe uma poção e ordenou-nos que não o perturbássemos. Entrementes, disse-me que meu amigo com certeza não teria muitas horas de vida.

"Pronunciado seu prognóstico, não me restava senão lamentar e esperar. Sentei-me junto ao leito, observando o doente. Seus olhos estavam fechados e pensei que estivesse dormindo. Ele porém me chamou com a voz muita fraca e, fazendo sinal para que eu me aproximasse, disse:

– Ai! Acabou-se a força em que eu confiava; sinto que vou morrer, e ele, meu perseguido, ainda pode estar vivo. Não pense, Walton, que nos últimos instantes de minha vida eu experimente o ódio e o sentimento de vingança que sempre expressei; mas sinto-me justificado por desejar a morte de meu adversário. Nesses últimos dias, refleti no que fiz no passado. Acho que a minha conduta não foi censurável. Num rasgo de entusiástica loucura, criei um ser racional e devia assegurar-lhe, tanto quanto me fosse possível, sua felicidade e bem-estar. Essa era a minha obrigação, mas havia outra ainda mais importante. Os meus deveres para com os seres de minha própria espécie exigiam mais a minha atenção porque incluíam maior porção de felicidade ou de misérias. Foi considerando isso que eu recusei, e fiz muito bem em recusar, criar uma companheira para a primeira criatura. Ele demonstrava uma crueldade sem par e um egoísmo diabólico; ele destruiu meus amigos; devotou-se à destruição de seres que possuíam delicados sentimentos, eram felizes e sábios; e nem sei onde terminará sua sede de vingança. Desgraçado ele próprio, para que não cause mais desgraças, de desgraças deve morrer. A mim competia destruí-lo, mas falhei. Impelido por motivos egoístas e rancorosos, eu lhe pedi que terminasse a minha tarefa. Agora, renovo esse pedido, apenas induzido pela razão e pela virtude. No entanto não posso pedir-lhe que renuncie a ver o seu país e seus amigos para realizar essa obra. Agora que você está de volta à Inglaterra, terá muito pouca probabilidade de se encontrar com ele. Mas deixo ao seu critério considerar meus pontos de vista e pesar os seus deveres. Minha razão e meus pensamentos já estão perturbados pela aproximação da morte. Não ouso pedir-lhe que faça o que acho que é direito, pois posso estar ainda iludido pela emoção. Aflige-me pensar que ele possa ficar vivo para ser um instrumento da desgraça. Por outro lado, esta hora, quando espero ficar livre a qualquer instante, é a única feliz que tive durante vários anos. As imagens dos meus amados mortos flutuam diante de mim, e apresso-me a lançar-me em seus braços. Adeus, Walton! Procure a felicidade na tranquilidade e evite a ambição, mesmo que seja apenas aparente, para distingui-lo na ciência ou em alguma descoberta. Contudo, por que digo isso? Eu tive às minhas esperanças destruídas, mas outro pode ser bem-sucedido.

À proporção que ele falava, sua voz foi enfraquecendo e, por fim, esgotado pelo esforço, silenciou. Cerca de meia hora depois, ele tentou falar de novo, mas não conseguiu. Comprimiu fracamente minha mão, e seus olhos fecharam-se para sempre, enquanto de seus lábios irradiava um suave sorriso.

Margaret, que comentários posso tecer sobre a morte inoportuna desse espírito tão glorioso? Que poderei dizer para lhe fazer compreender a extensão de minha tristeza? Tudo o que eu dissesse seria impróprio e ineficaz. Meus olhos choram, minha mente está coberta por uma nuvem de decepção. Talvez encontre consolo na Inglaterra, para onde me estou dirigindo.

Fui interrompido. Que significam esses ruídos? É meia-noite. A brisa sopra ligeira, e o vigia no convés mal se move. De novo um som como o de uma voz humana porém roufenha. Vem do camarote onde jazem ainda os restos de Frankenstein. Devo levantar-me para ver do que se trata. Boa noite, minha irmã.

Meu Deus! Que cena se passou! Ainda fico tonto quando me lembro dela. Nem sei se terei forças para descrevê-la. No entanto, a narrativa que registrei ficaria incompleta sem esta catástrofe final e fantástica.

Entrei no camarote onde se achava o corpo do meu malfadado e admirável companheiro. Sobre ele curvava-se um vulto que não encontro palavras para descrever, gigantesco porém desajeitado e sem proporções. Enquanto pendia sobre o caixão, seu rosto estava oculto por longas mechas de cabelo em desalinho, mas via-se, estendida, uma mão enorme, com a cor e a contextura da de uma múmia. Quando ele me sentiu aproximar, parou de soltar suas exclamações de dor e horror, e saltou na direção da janela. Jamais contemplei coisa tão horrível quanto o seu rosto, tão hedionda e tão apavorante. Fechei os olhos involuntariamente e procurei lembrar-me do que deveria fazer em relação àquele assassino. Ordenei-lhe que ficasse.

Ele parou, olhando-me espantado, e voltou-se de novo para o corpo sem vida do seu criador. Como se esquecesse de minha presença, seu aspecto e seus gestos deixavam transparecer a mais selvagem das cóleras instigada por um sentimento incontrolável.

– Este também foi minha vítima! – exclamou ele. – Com sua morte, meus crimes estão terminados. Minha miserável existência está chegando ao fim! Quem diria que eu agora te peço que me perdoes? Eu que, irreparavelmente, te destruí, exterminando todos os que tu amavas. Ai de mim! Ele está frio e não pode responder-me.

Ele parecia sufocado. Meu primeiro impulso, que foi o de destruí-lo, em atenção ao pedido de meu amigo, na hora de morrer, foi sustado por um misto de curiosidade e compaixão. Aproximei-me daquela enorme criatura. Não ousei levantar os olhos para o seu rosto, tão apavorante era a sua hediondez. Tentei falar, mas as palavras morreram em meus lábios. O monstro continuava em sua autocensura com exclamações incoerentes. Finalmente, tomei a decisão de me dirigir a ele num dos intervalos de sua comoção. Disse-lhe:

– Seu arrependimento, agora, de nada adianta. Se você houvesse escutado a voz da consciência e tivesse ouvido as vozes do remorso antes de levar a sua diabólica vingança a esse extremo, Frankenstein ainda estaria vivo.

– Você está sonhando? – disse o demônio. – Você então acha que era eu quem deveria morrer de angústia e remorso? Ele – continuou, apontando para o cadáver – não sofreu para fazer o que fez. Não sofreu a milésima parte que eu para executar o que me cabia. Enquanto meu coração era envenenado pelo remorso, eu era impelido por um terrível egoísmo. Você acha que os gemidos de Clerval soaram aos meus ouvidos como se fossem música? Meu coração foi feito para o amor e para a simpatia e, quando foi levado para o crime e para o ódio, pela desgraça, não pôde suportar essa mudança sem experimentar um tormento que você jamais poderá imaginar. Depois do assassinato de Clerval, eu retornei à Suíça com o coração partido e abatido. Eu lastimava Frankenstein. Minha piedade chegava ao horror. Tinha ódio de mim mesmo. Mas quando descobri que ele, ao mesmo tempo autor de minha existência e de meus tormentos, se atrevia a esperar a felicidade; que, enquanto me cumulava de desgraças e desespero, procurava desfrutar o prazer com sentimentos e emoções que me estavam proibidas para sempre, eu me enchi de amargura e indignação que me despertaram uma insaciável sede de vingança. Lembrei-me da ameaça que lhe fizera e achei que ela devia ser cumprida. Eu sabia que estava preparando uma tortura mortal para mim, mas eu era o escravo, e não o senhor, de um impulso que, embora detestasse, não podia deixar de obedecer. No entanto, quando ela morreu! Ah! Não me sentia mais desgraçado. Havia afastado todos os meus sentimentos, sepultado toda a angústia, no tumulto do excesso do meu desespero. Daí por diante, o mal tornou-se o meu bem. Chegado a esse extremo, não tive outra alternativa senão adaptar minha natureza a um elemento que eu havia deliberadamente escolhido. Completar o meu diabólico desígnio passou a ser minha única e insaciável paixão. E agora tudo acabou: aí está minha última vítima!

No princípio fiquei comovido pelas expressões de sua desgraça: contudo, quando me lembrei do que Frankenstein me dissera, sobre a sua eloquência e seu poder de persuasão, e quando de novo meus olhos se dirigiram para a forma sem vida de meu amigo, senti renascer dentro de mim a indignação.

– Maldito! – disse eu. – Foi bom que tivesses vindo aqui para te lamuriares sobre a infelicidade que causaste. És daqueles que atira uma tocha sobre um grupo de casas e, quando elas são consumidas pelo fogo, senta-se entre suas ruínas e lamenta sua queda. Demônio hipócrita! Se aquele por quem tu agora choras ainda estivesse vivo, novamente seria ele o objeto de tua maldita vingança. O que tu sentes não é piedade; tu choras apenas porque a vítima de tua maldade foi arrancada do teu poder.

– Oh! Não é assim, não é assim! – interrompeu a criatura. – Todavia essa deve ser a impressão que lhe causaram as minhas ações. Não pense que eu busco um sentimento amigo. Nem pense que eu espero encontrar simpatia. No início, o que eu queria era participar dos sentimentos de amor, de virtude, de felicidade e de afeição, de que todo o meu ser estava inundado. Mas agora que a virtude se tornou uma sombra para mim, e que a felicidade e a afeição se transformaram no mais amargo e odioso desespero, onde devo procurar compaixão? Estou contente de penar sozinho, enquanto durarem os meus sofrimentos. Quando eu morrer, ficarei satisfeito com que a minha memória seja coberta de ódio e opróbrio. Uma vez, em minha fantasia, embalei sonhos de virtude, de fama e de prazer. Uma vez, tive a ilusão de encontrar seres que, perdoando a minha forma exterior, me amassem pelas excelentes qualidades que era capaz de revelar. Fui alimentado com elevados pensamentos de honra e devoção. Mas agora o crime degradou-me a uma condição mais inferior do que o mais ínfimo dos animais. Não existe culpa, maldade, desgraça ou miséria que se possa comparar à minha. Quando revejo a lista dos meus pecados, não posso crer que eu seja a mesma criatura cujos pensamentos um dia se imbuíram das transcendentes visões da beleza, e de majestosa bondade. Mas é sempre assim; o anjo decaído transforma-se num demônio. No entanto, até o inimigo de Deus e do homem tem companheiros na sua solidão; eu estou só. Você, que chama Frankenstein de seu amigo, parece ter conhecimento de meus crimes e de meus infortúnios. Mas nos detalhes que ele lhe forneceu não pôde considerar as horas e meses de miséria que eu despendi em impotentes paixões. Pois embora eu tenha destruído suas esperanças, não consegui satisfazer meus desejos. Eles sempre foram ardentes e pungentes. Embora eu sempre desejasse amor e amizade, fui desdenhado. Não constituirá isso uma injustiça? Devo considerar-me o único criminoso, quando toda a humanidade pecou contra mim? Por que você não odeia Félix, que expulsou de sua porta com desprezo aquele que era seu amigo? Por que você não odeia o aldeão que procurou matar o salvador de seu filho? Não! Esses são os seres virtuosos e puros! Eu, o miserável e o abandonado, eu sou o aborto, que deve ser desprezado, repelido e espezinhado. Até agora, o sangue me ferve, quando me lembro dessas injustiças. É verdade que sou um desgraçado. Assassinei criaturas encantadoras e impotentes. Estrangulei inocentes, apertei suas gargantas para que nunca mais me injuriassem ou a qualquer outro ser vivo. Devotei-me a fazer a infelicidade do meu criador, criatura entre todas digna de ser amada e admirada. Persegui-o até arruiná-lo totalmente. Ali jaz ele, frio e com o palor da morte. Você me odeia, mas seu ódio não pode igualar-se ao que eu próprio dedico a mim. Olho para as mãos que executaram tudo isso, penso no coração onde foram concebidos todos esses planos e anseio pelo momento em que nunca mais as verei nem mais pensarei nele.

– Não receie – continuou – que eu seja o instrumento de males futuros. Minha obra está quase terminada. Não preciso da sua morte nem da de qualquer outro ser humano para completar minha vida, basta a minha. E não pense que me demorarei em realizar esse sacrifício. Vou deixar o seu navio no bloco de gelo que me trouxe até aqui e buscarei o extremo Norte do globo; erigirei minha pira funérea e reduzirei a cinzas este miserável corpo, para que seus restos não despertem a curiosidade de mais um desgraçado e ímpio que deseje criar outro ser igual a mim. Eu devo morrer. Não mais experimentarei as agonias que me consomem agora nem serei presa de desejos insatisfeitos e insaciáveis. Aquele que me deu a vida está morto e, quando eu não mais existir, a própria lembrança de nós dois rapidamente se apagará. Não mais verei o sol, as estrelas, nem sentirei o vento acariciar o meu rosto. Acabar-se-ão a luz e as sensações e, nesse estado, deverei encontrar minha felicidade. Há alguns anos, quando pela primeira vez fui impressionado pelas imagens deste mundo, quando experimentei a cálida alegria do verão e ouvi o farfalhar das folhas e o gorjear dos pássaros, quando tinha tudo isso para mim, teria chorado se soubesse que ia morrer. Agora, a morte é meu único consolo. Manchado pelos crimes, e despedaçado pelo mais amargo dos remorsos, onde posso encontrar paz senão na morte? Adeus! Vou deixá-lo, e você será o último ser humano que meus olhos contemplam. Adeus, Frankenstein! Se ainda estivesses vivo e ainda desejasses consumar tua vingança, ela seria muito pior deixando-me vivo do que me destruindo. Mas assim não foi. Procuraste exterminar-me, para que não pudesse causar maiores desgraças e se, de algum modo que desconheço, não tivesses deixado de pensar e de sentir, não me desejarias um tormento maior do que o que eu sofro. Destruído que estavas, minha agonia ainda era superior à tua, pois o ferrão agudo do remorso não deixará de revolver minhas feridas até que a morte as feche para sempre.

– Mas em breve – exclamou ele com um triste e solene entusiasmo – eu morrerei, e não mais experimentarei o que sinto agora. Em breve, todas essas desgraças terão fim. Subirei triunfante à minha pira mortuária e exultarei com a agonia causada pelas chamas torturantes. Quando se apagar a luz daquela fogueira, minhas cinzas serão lançadas ao mar pelos ventos. Meu espírito dormirá em paz ou, se ainda pensar, não gozará dessa felicidade. Adeus.

Assim falando ele pulou pela janela do camarote para o bloco de gelo que estava perto do navio. Pouco depois era impelido pelas ondas e se perdia nas trevas e na distância.

Posfácio

Harold Bloom

"... um fogo existe, que é
a própria animação da alma e não reside
nos limites da sua substância, mas alcança
além da medida do desejo..."

– Byron, *Childe Harold's Pilgrimage*
Canto III

"...Babilônia não era ainda pó,
E o Mago Zoroastro, meu filho morto,
Conheceu sua imagem vagando no jardim.
Foi, dentre os homens, o único que contemplou
[aquela aparição.
Pois existem dois mundos, da vida e da morte:
Um é o que cruzaste; mas o outro
Jaz sob a terra, onde habitam
As sombras de todas as formas que pensam e vivem
Até que a morte as una e não mais se separem..."

– Shelley, *Prometheus Unbound*
Ato I

O frequentador de cinema que leva o seu gosto obscuro, embora ainda autêntico, pelo sublime, ao que se aproxima do teatro, para ver o último de uma série infindável de filmes de *Frankenstein,* torna-se participante de um terror romântico, agora com quase 160 anos de idade. Mary Shelley mal havia entrado nos 19 anos quando escreveu o *Frankenstein* original. Era filha de dois grandes rebeldes intelectuais, William Godwin e Mary Wollstonecraft, e segunda esposa de Percy Bysshe Shelley, outro grande rebelde e poeta lírico sem par.

Mesmo que nada houvesse escrito, Mary Shelley ainda seria lembrada hoje. Merece ser lembrada como autora de um romance, notável por si mesmo, mas também por profetizar um mundo intelectual que adviria depois, uma novela que descreve um prometeanismo que ainda existe entre nós.

Frankenstein, para quase todos nós, representa mais o nome de um monstro que o de seu criador, pois tanto o leitor comum quanto o habitual frequentador do cinema se uniram, em sua aparente confusão, para criarem um mito fortemente fundado numa dualidade central existente na novela da Sra. Shelley. Para se fazer uma análise crítica de *Frankenstein,* precisamos partir de um conhecimento registrado pela primeira vez por Richard Church e Muriel Spark. O monstro e seu criador são as metades antitéticas de um mesmo ser. A Srta. Spark estabelece a antítese muito claramente. Para ela, Victor Frankenstein personifica os sentimentos, e sua inominada criatura o intelecto. No seu modo de ver, o monstro não possui emoções e, "o que parece ser emoção... são na verdade manifestações intelectuais que chegam através de canais racionais." A Srta. Spark leva esse argumento ao ponto de insistir que o monstro é assexual e que ele pede a Frankenstein que lhe faça uma mulher, apenas para ser sua companheira, conclusão evidentemente em desacordo com o texto da novela.

A antítese entre o cientista e sua criatura, em *Frankenstein*, é muito complexa e pode ser descrita mais completamente no maior contexto da literatura romântica e sua característica mitológica. A sombra ou duplo do ego é uma imagem conceitual constante em Blake e Shelley e, mais frequente, mais casual e descritiva, nos outros grandes românticos, especialmente em Byron." Em *Frankenstein,* é a imagem dominante e recorrente, e responsável pelo muito da força latente que a novela possui.

O marido de Mary Shelley era um ser dividido em dois, homem e poeta, tal como seu amigo Byron, embora em Shelley a separação fosse mais radical. *Frankenstein: ou o Moderno Prometeu* é o título completo da novela da Sra.

Shelley, e embora Victor Frankenstein *não* represente Shelley (Clerval aproxima-se mais do poeta), *O Moderno Prometeu* é um termo muito adequado para Shelley ou Byron. Prometeu é a figura mitológica que melhor se adapta aos costumes da poesia romântica, pois nenhum outro ser tradicional possui a sensibilidade moral e a total capacidade romântica para criar e destruir.

Nenhum escritor romântico usou o arquétipo de Prometeu sem um completo conhecimento de suas equívocas potencialidades. O Prometeu dos antigos tem sido, na maior parte, uma figura espiritualmente repreensível, se bem que frequentemente simpática, tanto em termos de sua dramática situação quanto de sua íntima aliança com o homem contra os deuses. Porém esta aliança foi ruinosa para o homem na maioria das versões do mito, e a benevolência do Titã mal foi suficiente para recompensar a alienação do homem do céu, donde ele o havia trazido. Ambos os lados do Titanismo são evidentes nas primitivas referências cristãs à estória. O mesmo Prometeu que é considerado como semelhante ao Cristo crucificado é também encarado como uma espécie de Lúcifer, filho da luz justamente expulso do céu que ele ofendeu.

Nas interpretações românticas de *O Paraíso Perdido* de Milton (e *Frankenstein* é obviamente uma dessas variantes) é vital esta dupla identidade de Prometeu. Blake, cujo mito revolucionário chamado Orc é outra versão de Prometeu, viu o Satanás de Milton como um Prometeu que errou à medida que o desejo diminuía até que se tornou apenas uma sombra de desejo, um reduzido duplo da energia criadora. Shelley foi mais longe ao considerar o Satanás de Milton como um Prometeu imperfeito, inadequado devido à mescla de suas qualidades heroicas e mesquinhas, que criam na mente do leitor um "pernicioso sofisma" contrário ao espírito da arte.

Blake, poeta mais sistemático do que Shelley, elaborou uma antítese entre figuras simbólicas que ele denominou Espectro e Emanação, respectivamente a sombra e a forma ideal do desejo. Um leitor de *Frankenstein,* lembrando-se da extraordinária conclusão da novela, das suas cenas de uma obsessiva perseguição através das vastidões desoladas do Ártico, pode reconhecer as mesmas imagens aplicadas a uma situação simbólica semelhante ao lirismo de Blake no conflito do Espectro e Emanação.

"Meu Espectro à minha volta, noite e dia
Guarda-me o destino como fera
E a Emanação profunda de minh'alma
Lamenta inconsolável minha Sina.

E nós vagamos e nos lamentamos
Num infinito abismo sem fronteiras,
Ao teu lado caminha o meu Espectro
Acompanhando o vento torturado.

Ele pressente teus passos sobre a neve
E reconhece sempre o teu caminho
Através das chuvas e das geadas "

O monstro de Frankenstein, atraindo seu vingativo criador para um mundo de gelo, é outra Emanação perseguida por um Espectro, com a enorme diferença de ser uma Emanação deformada, mais um pesadelo da realidade do que um sonho de desejo. Embora mais odiado do que amado, o monstro é a representação total do poder criador de Frankenstein e *mais imaginativo* do que seu criador. O monstro é, ao mesmo tempo, mais intelectual e mais emocional que seu criador; com efeito, excede de muito Frankenstein (e do mesmo modo) como o Adão de Milton excede o Deus de Milton n'*O Paraíso Perdido.* O maior paradoxo e a mais espantosa realização da novela de Mary Shelley é que o monstro é *mais humano* do que seu criador. Este ser sem-nome, tanto um Moderno Adão quanto seu criador um Moderno Prometeu, é mais digno de amor que seu criador e mais odioso, mais digno de pena e quem mais se deve temer e, sobretudo, mais apto para causar ao leitor aquele choque de maior conscientização no qual o reconhecimento estético compele à mais elevada concepção do ego. Pois como o Espectro e a Emanação de Blake ou o Alastor e Epipsique de Shelley, Frankenstein e seu monstro constituem as metades solipsísticas* de um só eu. Frankenstein é a mente e as emoções voltadas para o interior de si mesmas, e sua criatura, a mente e as emoções dirigidas imaginariamente para o exterior, procurando maior humanização através do confronto com os outros egos.

Estou sugerindo que o que torna *Frankenstein* um importante livro, embora seja apenas uma novela forte, imperfeita, desajeitada em sua exposição e caracterização, é o fato de conter uma das mais vívidas versões que temos da mitologia romântica do ego que se assemelha ao *Book of Urizen* de Blake, *Prometeu Liberto* de Shelley e ao *Manfred* de Byron, entre outras obras. Porque se ressente da falta de sofisticação e complexidade imaginativa dessas obras, *Frankenstein* oferece uma introdução ímpar ao mundo arquetípico dos Românticos.

Embora novelista tendencioso, William Godwin era vigoroso, e a pré-história das novelas de sua filha tem início no seu melhor trabalho de ficção, *Caleb Williams* (1794). Godwin resumiu o terço final climático (e angustioso) de sua novela como um exemplo de fuga e perseguição, "o fugitivo em perpétuo receio de ser esmagado pelas piores calamidades, e o perseguidor mantendo sua vítima num terrível estado de alarma, com sua engenhosidade e seus recursos." Mary Shelley inverte brilhantemente essa situação na sequência final do seu romance, e toma, também de *Caleb Williams,* o seu tema destruidor da guerra do monstro contra "toda a máquina da sociedade humana" para citar as palavras de Caleb Williams quando na prisão. Muriel Spark argumenta que *Frankenstein* pode ser lido como uma reação "contra o humanismo racional de Godwin e Shelley", e refere-se ao prefácio que Shelley escreveu para o romance de sua mu-

* Solipsismo é uma doutrina filosófica que considera o "eu" como única realidade no mundo. (N.T.)

lher, para apoiar o seu ponto de vista. Certamente Shelley se preocupava com que o romance fosse considerado como uma advertência contra as inevitáveis consequências morais de um incontido prometeanismo experimental e de um materialismo científico. No prefácio ele insiste em que:

> "As opiniões que naturalmente brotam do caráter e da situação do herói não devem ser concebidas como sempre existentes em minhas próprias convicções; nem se deve tirar das páginas que se seguem nenhuma inferência prejudicial a doutrinas filosóficas de qualquer espécie."

Shelley mostrou, através de sua própria obra, uma constante reação contra o humanismo racional de Godwin, porém sua reação era sistemática e conscientemente do coração contra a cabeça. No mesmo verão, nos Alpes Suíços, em que foi concluído *Frankenstein,* Shelley compôs dois poemas que elevam o conflito temático da novela ao nível do verdadeiro sublime. No *Hymn to Intellectual Beauty,* o coração do poeta interpreta uma graça e um encanto inconstantes, sempre além dos sentidos humanos, como sendo a única força benfeitora da vida, e implora a esta força que seja mais constante em assisti-lo e à toda a humanidade. Num hino irmão deste, ainda mais grandioso, *Mont Blanc,* reverente meditação sobre uma tonificante paisagem natural, o poeta elabora um relato aliado, porém essencialmente contrário. A força, ou poder, ali está, por trás ou dentro da montanha, mas suas influências externas sobre nós são indiferentes ou más, e esta força não é para ser implorada. Ela pode ensinar-nos, mas o que nos ensina é a nossa própria perigosa liberdade da natureza, a necessidade para nossa vontade de se tornar parte insignificante da necessidade materialística. Embora o *Mont Blanc* abra seu caminho até chegar a uma conclusão quase heroica, é também um poema de horror e nos recorda que Frankenstein confronta-se pela primeira vez com seu monstro consciente na presença criadora do Monte Branco, e ao som da música agitada de um dos líricos de Shelley sobre a Mutabilidade.

No *Prometeu Libertado,* a separação entre a cabeça e o coração não é fechada, mas se permite que o coração domine. O herói, Prometeu, como Frankenstein, fez um monstro, porém esse monstro é Júpiter, o Deus de todas as religiões históricas e institucionais, inclusive da organizada cristandade. A salvação desse erro conceitual vem através das instigações do coração, e apenas através do amor; mas o amor neste poema, como em tudo o mais produzido por Shelley, é sempre ensombrecido pela ruína. Com efeito, o que Shelley perpetuamente escolhe é ruína mascarada de amor, apresentando-se o sofrimento como prazer. Na poesia de Shelley, a tentativa de sair dessa situação se faz através de um cérebro sensível e de um coração compreensivo, que é simbolizada pela união sexual de Prometeu com sua Emanação, a Ásia. Frederick A. Pottle resume o *Prometeu Libertado* observando que o seu significado é o de que "a cabeça deve perdoar sinceramente, deve abster-se voluntariamente do ódio em terreno puramente experimental", enquanto que "as afeições devem exorcizar os demônios da infância, quer individuais ou da espécie." À luz dessas considerações profundas e precisas, o leitor pode compreender melhor todo o drama lírico de Shelley, quanto à narrativa do *Moderno Prometeu* de sua esposa.

Há dois paradoxos centrais no romance da Sra. Shelley, e cada um deles ilustra um dilema da imaginação prometeana. O primeiro é que Frankenstein foi bem-sucedido em criar o Homem Natural não conforme ele era, mas como os melioristas* viam um tal homem; na verdade, Frankenstein faz melhor do que isso, já que sua criatura, conforme vimos, é mais imaginativa do que ele próprio. A tragédia de Frankenstein não deriva do seu excesso de prometeanismo, mas de seu próprio erro moral, sua incapacidade de amar;

* Seguidores do Meliorismo, doutrina segundo a qual o mundo não é inteiramente bom nem inteiramente mau, mas precisa ser *melhorado* e pode sê-lo. (N.T.)

ele *odiava sua criatura,* ficou aterrorizado e fugiu às suas responsabilidades.

O segundo paradoxo é o mais irônico. Não teria acontecido, ou não teria tido importância, se Frankenstein houvesse sido um criador esteticamente bem-sucedido; um lindo *monstro,* ou mesmo um monstro passável, não teria sido um monstro. Conforme observa a criatura com amargor no Cap.17.

> "Devo eu respeitar o homem, quando ele me despreza? Se ele fosse bondoso comigo, eu, em vez de maltratá-lo, o cobriria de benefícios, com lágrimas de gratidão por me haver recebido. Mas isso é impossível; os sentidos humanos constituem barreiras intransponíveis para nossa união."

Como a feiura de sua criatura não fazia parte das intenções de Victor Frankenstein, deve-se notar quão desastroso isso se tornou.

Não seria injusto caracterizar Victor Frankenstein, no ato de sua criação, como um idiota moral, igual a tantos outros que realizaram o seu trabalho depois dele. Existe um involuntário humor no contraste entre a enormidade da descoberta do cientista e as emoções mundanas do descobridor. Achando que a "pequenez das partes" o diminuía, resolveu fazer sua criatura "com cerca de 2,40 metros de altura e proporcionalmente larga." Prosseguindo em sua obra ele se permite sonhar com que "uma nova espécie me abençoará como seu criador e sua origem; muitas criaturas felizes e excelentes deverão sua existência a mim." Todavia ele sabe que seu laboratório é a "oficina de uma sórdida criação" e falha no teste fundamental de sua criatividade. Quando o "olho baço e amarelo" de sua criatura se abre, ele passa da autonomia de um supremo artífice para o terror de um filho da terra; "meu coração ficou paralisado de horror e repugnância." Ele foge de sua responsabilidade, e desencadeia os acontecimentos que o levarão à sua própria imolação no Ártico, fim digno de um ser que jamais conseguiu compreender totalmente a existência de um outro.

Assombrando a novela de Mary Shelley está a demoníaca figura do *Ancient Mariner,* principal realização de Coleridge no terreno da mitologia romântica do ego purgatorial capturado no isolamento de uma elevada autoconsciência. Walton, na Carta 2, apresentando a novela, compara-se "à produção do mais imaginativo dos poetas modernos." Como pesquisador de uma passagem desconhecida é ele mesmo um buscador prometeano, como Frankenstein, para quem é compulsoriamente arrastado. O Mariner de Coleridge é da linha de Caim, e a ironia do destino de Frankenstein é que ele também é um Caim, assassinando involuntariamente aqueles que ama através da ação de sua criatura. *O Ancient Mariner* é punido vivendo sob a maldição de seu complexo de culpa, enquanto que o excruciante tormento de Frankenstein jamais é capaz de esquecer sua culpa, criando uma consciência isolada orientada para o crime pela raiva de uma solidão involuntária.

Faz parte da concepção de Mary Shelley, em seu tema mitológico, que todas as vítimas do monstro sejam inocentes. O monstro não só se recusa decididamente a matar seu culposo criador, ele o *deplora,* embora com o equívoco tributo de considerar o cientista uma "criatura devotada a si mesma e generosa." Frankenstein, o Moderno Prometeu que violou a natureza, recebe seu epitáfio do arruinado segundo temperamento que ele criou, o Deus abandonado, que conscientemente faz eco ao arruinado Satã de *O Paraíso Perdido* e proclama: "Daí por diante, o mal tornou-se o meu bem". Pode-se imaginar perfeitamente que a maior e mais interessante consciência da criatura sobreviva à do seu criador, pois só ele, no romance da Sra. Shelley, possui caráter. Frankenstein, como o Mariner de Coleridge, não tem uma personalidade própria; ambos os tipos chamam nossa atenção apenas pelos crimes básicos contra a natureza original.

Sem dúvida alguma, o monstro é a mais bela invenção de Mary Shelley, e sua narrativa (do Capítulo 11 ao 16) constitui o ponto alto do romance, mais absorvente mesmo que a magnífica e quase surrealista perseguição do clímax. Numa época tão dada a representações da dignidade do homem natural, uma época que inclui os pastores e os mendigos de Wordsworth e a que W. J. Bate chamou de "ideal polaridade do desinteresse" de Keat – mesmo numa época desse tipo de literatura, a infeliz criatura de Frankenstein sobressai como sublime incorporação de *pathos* heroico. Embora Frankenstein careça da imaginação moral para compreendê-lo, o demônio apela para o que há de mais compassivo em nós.

> "Oh! Frankenstein, não sejas justo com todos os outros para só espezinhares a mim, a mim que mais do que ninguém devo merecer a tua justiça e até mesmo a tua clemência e afeição. Lembra-te de que fui criado por ti; *eu devia ser o teu Adão, porém sou mais o anjo caído, a quem tiraste a alegria, por crime algum cometido*. Por toda a parte vejo reinar a alegria da qual estou irrevogavelmente excluído. Eu era benévolo, bom; a desgraça tornou-me um demônio. Faze-me feliz, e tornarei a ser virtuoso."

A passagem que coloquei em destaque é o cerne imaginativo da novela e serve para lembrar o leitor da epígrafe do romance:

> "Pedi eu, ó Criador, para que do barro
> Me fizesses homem? Pedi para que
> Me arrancasses das trevas?"

Esse desesperado queixume do Adão decaído converte-se na tônica das lamentações do demônio, com a influência de Milton habilidosamente introduzida na narrativa pelo feliz arranjo da criatura do Frankenstein recebendo sua educação através da leitura d'*O Paraíso Perdido,* como uma "história real." Já condenado porque seus padrões são humanos, o que o faz um proscrito para si mesmo, sua educação miltoniana completa o fatal crescimento de seu auto-conhecimento. O relato de sua estória, que ele faz ao seu criador, segue um modelo familiar romântico "do progresso da minha inteligência" conforme ele diz. Seu primeiro prazer após o alvorecer do conhecimento se faz através de seu espanto, quando fica maravilhado ao ver a Lua nascer. Como Caliban, ele reage maravilhosamente tanto à musicalidade natural quanto à humana, e sua sensibilidade ao mundo natural tem a receptividade de um poeta incipiente. O despertar do seu primeiro amor pelos outros seres, os moradores da casa de campo que ele assombra, faz também nascer nele a grande decepção do amor rejeitado, quando tenta revelar-se. A dualidade de sua própria situação e temperamento, colhida entre as situações de Adão e Satã, do Homem Natural e seu desejo frustrado, está diretamente relacionada com a sua leitura da epopeia de Milton.

> "Ele agitava todos os sentimentos de maravilha e terror que o quadro de um Deus onipotente, guerreando com suas criaturas, seria capaz de despertar. Não raro eu encarava aquelas situações como semelhantes à minha. Como Adão, aparentemente eu não possuía liame algum com qualquer outra criatura viva; porém a situação dele, sob todos os outros pontos de vista, era muito diferente da minha. Ele saíra das mãos de um Deus, como criatura perfeita, feliz e próspera, protegida com especial carinho por seu Criador; podia conversar com seres de uma natureza superior e adquirir conhecimento deles, mas eu era um desgraçado, impotente, que estava só. Muitas vezes considerei Satanás como o emblema que mais se adaptava à minha situação, pois não raro, como ele, quando eu via a alegria de meus protetores, sentia dentro de mim o gosto amargo da inveja."

Não há libertação possível de um desespero tão profundo. Lançado numa existência sobre a qual "as estrelas frias brilham com zombaria", o demônio declara "guerra eterna à espécie" e inicia uma existência decaída mais terrível que a de Adão expulso do Paraíso. Repetindo Milton, ele faz uma pergunta irônica: "E, agora, com o mundo à minha frente, para onde me dirigirei?", ao que a única resposta possível é: para o seu desgraçado criador prometeano.

Se nos afastamos da novela de Mary Shelley para melhor apreciarmos o arquétipo de sua forma, vemo-la como uma consciência solitária e devastada em busca, primeiro de consolo, depois da vingança e, por fim, da autodestruição que será apocalíptica, que destruirá o criador com sua criatura. Mesmo que talvez não tenha sido esta a intenção de Mary Shelley, o tema principal de sua novela é um equilíbrio necessário ao prometeanismo, pois este exalta o aumento do conhecimento a despeito de tudo o mais. Frankenstein rompe a barreira, que separa o homem de Deus, e cria uma vida aparente, mas ao fazê-lo confere apenas morte à vida. O profundo abatimento, endêmico na novela de Mary Shelley, é fundamental para a mitologia romântica do ego, pois todos os horrores românticos são doenças do excesso do conhecimento, do eu incapaz de superar o próprio eu. Kierkegaard observa que o desespero de Satã é absoluto porque Satã, como puro espírito, é conhecimento puro, e para Satã (e todos os homens na sua situação) todo o aumento do conhecimento é um aumento do desespero. A desesperada criatura de Frankenstein atinge o estado de espírito puro através de sua extraordinária situação e é torturado por uma consciência na qual cada pensamento é uma nova doença.

Um poeta romântico lutou contra a autoconsciência com a força do que ele chamava imaginação, uma energia mais do que racional, pela qual o pensamento poderia buscar a cura de si mesmo. Mas o demônio de Frankenstein, embora se ache na situação do arquétipo do Vagabundo ou Solitário Romântico, que às vezes era poeta, não pode livrar-se de sua própria estória com o simples fato de relatá-la. Seu desesperado anseio por uma companheira é claramente uma tentativa de arranjar para si uma *Epipsique* de Shelley ou uma *Emanação* de Blake, um eu dentro do seu próprio eu. Porém, como ele é a concretização do pesadelo do desejo de Frankenstein, é ele próprio uma emanação dos anseios prometeanos, e seu único duplo é seu criador e negador.

Quando o *Ancien Mariner* de Coleridge saiu do purgatório da consciência para o seu mínimo de controle da imaginação, deixou de salvar-se, já que permanecia num ciclo de remorso, mas por fim tornou-se uma salutar advertência para os outros, e fez do *Wedding Guest** um homem mais sábio e melhor. A criatura de Frankenstein não pode ajudar-se nem aos outros, pois não tem uma base natural à qual possa retornar. Os poetas românticos gostavam de retornar à imagem do oceano da vida e da imortalidade, pois no redemoinho das águas purificantes podiam pintar um esperançoso processo de recuperação, de uma sobrevivência de consciência, a despeito de todas as suas agonias. Mary Shelley, com maravilhosa propriedade, leva sua romântica novela a uma conclusão demoníaca num mundo de gelo. O mar gelado é o emblema inevitável tanto para o desgraçado demônio quanto para o seu obsedado criador, mas se confere ao demônio uma imagem final de um prometeanismo invertido. Há um heroísmo totalmente conquistado no ser que se despede com uma exclamação de triste triunfo: "Subirei na minha pira funerária e exultarei na agonia das chamas torturantes." Mary Shelley não poderia ter imaginado o quanto uma profecia tão sombria da consumação de uma consciência haveria de se realizar para os dois grandes poetas prometeanos que se achavam ao seu lado no verão de 1816, quando foi concebida sua novela. Byron, ao escrever seu próprio epitáfio em Missolonghi em 1824, e talvez relembrando ter estado presente dois anos antes à pira funerária de Shelley, encontrou uma imagem semelhante à do demônio, para resumir uma existência esgotada:

---

* Convidado Nupcial. (N.T.)

"O fogo que arde em meu peito
É na verdade como uma ilha vulcânica;
Nenhuma tocha se acende em suas chamas –
Uma pira funerária."

O fogo do conhecimento aumentado, roubado do céu, termina como um vulcão isolado, separado dos outros "eus" pelo mar. "A luz daquela fogueira extinguir-se-á; minhas cinzas serão lançadas ao mar pelos ventos", é o grito exultante da criatura de Frankenstein. Um braseiro onde nenhuma tocha é acesa é a autoimagem de Byron, porém ele finaliza o seu poema de morte com outra nota, a esperança do túmulo de um soldado, que ele encontrou. Não há libertação prometeana, mas a libertação não é talvez a tônica da literatura de aspiração romântica. Existe algo, tanto Godwiniano quanto Shelleyano na declaração final de Victor Frankenstein, apropriadamente feita a Walton, o Prometeu falido cujo navio acaba de iniciar o retorno. Embora castigado, o Moderno Prometeu acaba com uma última palavra verdadeira, não para sua proeza, mas para o seu anseio:

> "Adeus, Walton! Procure a felicidade na tranquilidade e evite a ambição, mesmo que seja apenas aparente para distingui-lo na ciência ou em alguma descoberta. Contudo, por que digo isso? Eu tive as minhas esperanças destruídas, mas outro pode ser bem-sucedido."

O Prometeu de Shelley, crucificado no seu abismo de gelo, encontra seu tormento final no escárnio de uma Fúria: "E as melhores coisas confundem-se, assim, no mal." Parece uma resultante adequada para todo o trabalho realizado pelo prometeanismo moderno e poderia ter servido como alternativa para a epígrafe da perturbadora novela de Mary Shelley.

IMPRESSÃO:

GRÁFICA EDITORA Pallotti IMAGEM DE QUALIDADE

Santa Maria - RS - Fone/Fax: (55) 3220.4500
www.pallotti.com.br